本书获2010年度教育部人文社会研究科学青年基金项目"华裔美国小说成长主题研究"（批准号：10YJC752014）；2012年度华南农业大学教改重点项目"从英美文学到比较视野下的外国文学——英语专业英美文学课程的教学改革与实践"（批准号：JG12025）资助，系2013年国家留学基金委青年骨干教师进修计划项目成果之一

华裔美国小说成长主题研究

侯金萍 ● 著

A Study on the Theme of Bildung of
Chinese American Fiction

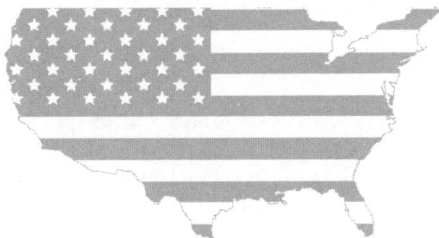

暨南大学出版社
JINAN UNIVERSITY PRESS

中国·广州

图书在版编目（CIP）数据

华裔美国小说成长主题研究 / 侯金萍著 . —广州：暨南大学出版社，2014.12
ISBN 978 - 7 - 5668 - 1305 - 3

Ⅰ.①华…　Ⅱ.①侯…　Ⅲ.①华人文学—小说研究—美国　Ⅳ.① I712.074

中国版本图书馆 CIP 数据核字（2014）第 296935 号

出版发行：暨南大学出版社

地　　址：中国广州暨南大学
电　　话：总编室（8620）85221601
　　　　　营销部（8620）85225284　85228291　85228292（邮购）
传　　真：（8620）85221583（办公室）　85223774（营销部）
邮　　编：510630
网　　址：http://www.jnupress.com　http://press.jnu.edu.cn

排　　版：广州联图广告有限公司
印　　刷：佛山市浩文彩色印刷有限公司

开　　本：787mm×960mm　1/16
印　　张：12.25
字　　数：226 千
版　　次：2014 年 12 月第 1 版
印　　次：2014 年 12 月第 1 次

定　　价：32.00 元

前　言

　　成长是人类和文学永恒的话题。华裔美国文学肇始以来，成长主题就贯穿其发展的始终，是华裔作家不离不弃的热衷主题。本书从文本阅读出发，研究华裔美国英语小说中的成长主题，以史为言说理路，参照成长小说理论，选取具有一定代表性的华裔美国长篇小说，以跨文化的视野，将华裔美国小说成长主题研究置于20世纪和21世纪初世界离散文化语境中，通过对作品中主人公成长模式和成长内涵的分析，探讨华裔美国作家笔下的少数族裔主人公在美国多元文化社会中建构独立自我、确立自我身份的成长过程，揭示人物成长历程中"他者"或者"边缘化"境遇及其原因，展示这些华裔作家如何借助成长主题在小说中进行自我言说。

　　第一，本书遵循着传统成长小说的叙事前提，即认可一个人的自我具有连续性和完整性；承认个人发展的可能性和个体的可塑性，允许个人发展成长程度、阶段、结果具有个体差异；强调个体成长是基于时间维度的变化；承认个体成长的社会维度的重要性。

　　第二，本书把研究旨趣大致限定为主人公在美国的成长经历，是考虑到这种成长经历能够充分体现出华裔主人公在多元文化中，以跨文化的视野审视自我、进行族裔身份的建构以及美国化的过程。所以，本书暂未将华裔美国小说中对中国成长叙事的书写，如闵安琪、哈金等作家的有关作品纳入研究范围。这些作品生动地描写了主人公在父权制的中国社会和家庭中艰难成长的历程，但由于其作者主要是在中国视野中书写成长，其跨文化的视野并不十分明显。

　　第三，本书把成长主人公的成长跨度大致限定在青少年期和成长初显期。这主要考虑到主人公的成长时间其实是内在时间维度与外在时间维度的交织、重叠和共同延续发展，也有些主人公"不在一个时代的内部，而处在两个时代的交叉处，处在一个时代向另一个时代的转折点上"，所以为保持对主人公成长的持续和整体的关注，本书不严格限定其成长期的物理时间。

　　第四，本书选取华裔美国文学中的长篇小说为主要研究对象，其原因是考量到大部分典型的成长小说都是长篇，其篇幅和容量相比中、短篇小说更能够充分表现主人公的个体成长过程，给读者和批评者充分的欣赏和诠释空间。

一、研究范围

本书认为，主体与自我并非与生俱来，并不具有固定本质和永久的稳定性；相反，它们是在具体文化语境下建构和生成的。所以，对于华裔美国小说成长主题来说，其界定主要指向生理上或者精神上未成熟的华裔美国人，包括土生华裔和新移民，表现了处在"他者"或者"边缘化"境遇中的男性或者女性，在多元文化的美国生活经历和体验中，以跨文化的视角书写与诠释全方位萌发和展示的自我意识，艰难曲折地建构自我的成长历程，即对"我是谁"之问题的多角度解答和确认。其价值内涵指向作为华裔美国人的主体性生成。

成长主题与成长小说在概念和内涵上其实略有不同，成长小说作为一种以主题为分类标准的亚文类文学，一般把主角限定为青少年，其年龄限定为12~18岁，其心理成长伴随着生理的发展而逐渐成熟，重点描述步入成年之前，精神危机和心灵的困惑与挣扎这段对人生发展至关重要的成长旅程。成长主题作为一种主题形式，并没有严格的年龄限制与特指的主人公规定，人的一生中诸多经历和考验大多都可以作为成长的阶梯和契机，并且文学作品中的成长主题不必然是贯穿全文或者唯一的主题。

在本书中，华裔美国小说中的成长主题，主要以主人公身份确立为主要成长向度。究其原因，是因为传统上以主人公成功融入社会，找到较好职业或者婚恋成功为其成功成长的标志；然而少数族裔个体们因受到主流社会的偏见与文化的种种局限，往往不能实现这些目标，所以这种成功在他们身上并不多见，而认定自我身份、在多元社会中寻找到自我认同的位置却成为他们的普遍诉求。另外，由于华裔美国小说中主人公个体的差异，其发展与成长阶段有可能跨越青春期。以成长主题为研究对象，既避免了年龄和文类的限定，保持了对主人公成长事件的持续和整体的关注，又可对成长小说的界定提出质疑和参考。

二、研究视野与方法

时至今日，文学研究领域的中西方各类文学的批评方法可谓云集荟萃，互相交替与互相影响，反驳、融合与颠覆共同存在，这给文学批评注入了生机和活力，也改善了传统社会历史批评方法的单一局面。基于华裔美国文学的独特的生产语境和其主人公的成长特点，对华裔美国小说成长主题的研究，自然会涉及史学、哲学、美学等方面的挖掘，以及对种族、阶级、性别问题等文化层面的讨论。所以，其研究理论和方法必然是多学科的结合。

在研究华裔美国小说的成长主题时，应把文学美学分析与社会文化历史的相关论述相联系，理论诠释与文本解读相结合；同时，将研究置于其存在的历史文化的大环境中，解释其生成和发展的原因，揭示其主题意义、审美价值和文化价值。另外，还要重视形式主义、结构主义、解构主义、女性主义、后殖民主义、精神分析、读者反应批评等现当代文学理论的指导作用，准确理解其要义和精髓。并且，在注重系统性与整体性的描述和评价的同时，应注意具体文本所展示出来的独特性，最终的落脚点依然是文学文本本身。

华裔美国文学是一个跨文化、语言、族裔、国界的文学现象，所以在比较文学研究中具备相当资历和足够的丰富性。比较，也是文学批评中非常重要的视野和方法之一，尤其是对复杂的文学现象来说，这种方法无疑具有合理性和可操作性。运用比较的视野和方法考察华裔美国小说成长主题的渊源、影响以及其与传统成长小说中成长主题之异同，能够有所参照和比较，从而见其异与美。同时，将华裔美国小说成长主题中的女性成长与男性成长相比较，可以发现相似又相异的成长困惑与矛盾，为揭示个体成长的差异、共性找到一个适合的研究切入点。所以，运用比较的方法对考察华裔美国小说成长主题来说，不失为一个有效的研究策略。

三、整体框架

首先，本书按照主人公成长的不同向度以及成长过程表现出的不同性质，提炼出华裔美国小说成长主题的三种主要模式，并分章加以探讨。从成长的溯源可以看出：成长主题叙事从"我是谁"这个哲学问题出发，进入文学文本中，发展成为成长面向的若干问题。其中，在华裔美国小说中，有三个问题为成长主人公们所普遍关注：①我是怎样在当下语境中存在与发展的；②我源自何处，是怎样的历史造就了我；③如何解放自我，如何从对自我的未知或否认迈向自知和肯定。与上述三个问题相应的回答，是成长的具体事件。主人公成长的达成主要通过事件的影响，要么是主人公在线性成长过程中发生的"未来"事件；要么是已经成为历史的家族和国族的"外部"事件；要么是主人公亲历过的，持久压抑在心中的"内部"事件。成长一般由一种危机意识或处境而引发对"我是谁"的质询出发，促使主人公自我思考，进而促使他们向着"未来"、向"外"、向"内"三个维度寻找答案，确认"我是谁"，从而达成成长，如图所示：

```
              ②向"外"集体历史
                    │
   我是谁 ─────── ①"未来"历史 ─────── 成长达成
                    │
              ③向"内"个体历史
```

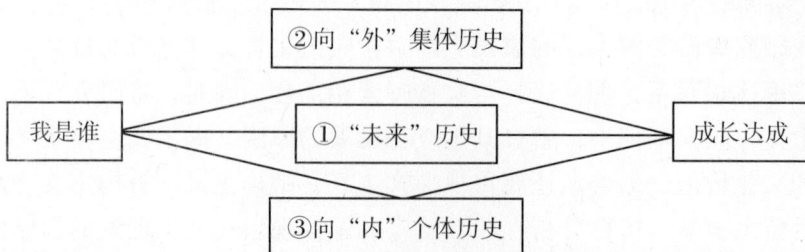

需要指出的是，个体历史与集体历史往往有相互渗透和重叠的状态。个体历史常常汇集成集体历史，并且小说中最后主人公的成长并不一定终结。对于其整个人生来说，书中所描述的可能只是成长的一个阶段，或者经回溯与反思、经验与体悟后开始成长。为此，图示应作如下变动：

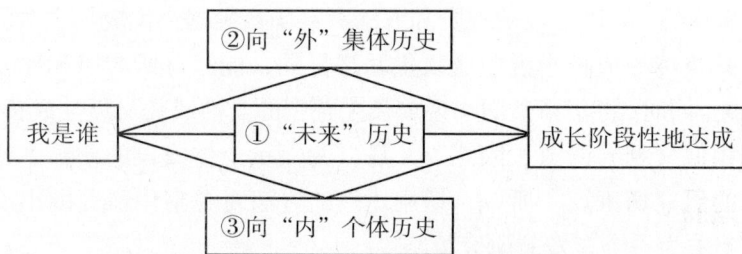

```
              ②向"外"集体历史
                    │
   我是谁 ─────── ①"未来"历史 ─────── 成长阶段性地达成
                    │
              ③向"内"个体历史
```

本书将华裔美国小说中成长主题所体现出来的这三种成长的不同取向进行区分式命名，以昭示其不同的成长特点：社会化成长——沿用和改写传统成长小说的社会化成长路线而成长；族裔化成长——通过对为美国主流社会所淹没的华裔移民历史和其在中国的家族历史的挖掘而获得的成长；个体化成长——对内心压抑记忆的回溯和对禁锢自我之突围所达成的成长。成长始于主人公对自我的认识呈现危机，并阶段性地终于对自我进行某种肯定和确认，即：

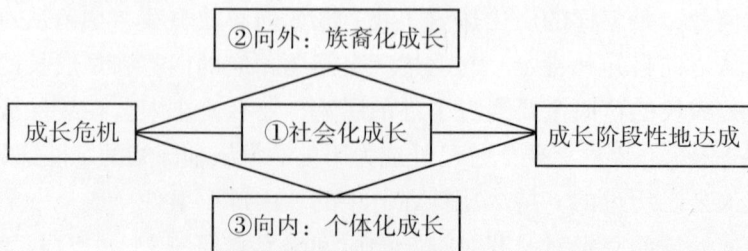

```
              ②向外：族裔化成长
                    │
   成长危机 ─────── ①社会化成长 ─────── 成长阶段性地达成
                    │
              ③向内：个体化成长
```

然而，这只是成长主题理论上的闭合式区分，实际上这几种主要形式间的界线很模糊，因此作品中常常有交叉现象。无论回溯哪种层面的历史，主人公最后仍然要回到现实生活的层面上来，社会化、个体化和族裔化身份都是对自我的不同向度的确认，三者往往不独立存在，而是相互交织。如社会化成长中，主人公需以明确自我独立个体为前提，在充分认识自我族裔文化身份的基础上来进行社会化。另外，需要注意的是，每一种理论的限定，必然会将一些游离于这几种模式之外的作品"边缘化"，这也是研究"以偏概全"的悖论。所以，它所反映的只是一个大致的类型趋向，介于文学艺术的多种可读的美学趋向，它所反映出来的不仅仅如图示这样简单，如此归化只是为了方便本书的阐释和展开。

第一章是绪论，目的是了解华裔美国文学的研究状况，从而引出对华裔美国小说的主题研究这个研究目标，阐明其目前的研究水平、研究的必要性和意义；厘清成长小说的定义与范畴，渊源与研究成果；明确研究的文本范围和研究方法，为具体研究做好基础工作。

第二章至第四章分别探讨华裔美国小说中这三类成长模式，以历史性的纵向顺序，选取具有一定代表性的文本，将成长主题铺陈叙述，从而进行一个文本的旅程，旨在在展示其基本风貌的基础上，通过纵向比较和横向参考，挖掘典型文本中成长主题的特异之处，从而窥见华裔美国小说成长主题发展的丰富内涵和个体创作的多样性。

第五章是对全书的论述得出的结论。

本书梳理了华裔美国小说成长主题的三种基本模式：社会化成长——沿用和改写传统成长小说的社会化成长路线而成长；族裔化成长——通过对被美国主流社会淹没的华裔移民历史和其在中国的家族历史的挖掘而获得的成长；个体化成长——对内心压抑记忆的回溯和对禁锢自我之突围所达成的成长。这三种模式再现和诠释了华裔美国小说成长主题的独特风貌，从而为华裔美国文学逐渐建立起与主流文学相异的话语系统并发出自己的声音作出贡献。

目　录

第一章 绪 论

小说（fiction），一直是华裔美国文学艺术表现的重镇。一大批耳熟能详的华裔美国作家，如汤亭亭（Maxine Hong Kingston）、赵建秀（Frank Chin）、谭恩美（Amy Tan）、任碧莲（Gish Jin）等，无不以小说而负盛名。可以说，几乎在任何一本综合性的亚裔美国文学评论集里，华裔美国小说都无法缺席。在国内外诸多批评类的期刊中，相比戏剧、诗歌等其他文类，关于华裔美国小说的评述和研究总是备受关注，这与此种文类的起步、数量、影响和学界关注情况不无关系。从某种意义上说，小说这一文类支撑和见证了整个亚裔／华裔文学史的发展和变迁。

第一节 华裔美国文学／小说主题研究概述

米兰·昆德拉曾说过："所有时代的所有小说都关注自我这个谜。您只要创造一个想象的存在，一个人物，您就自动地面临着这个问题：我是什么？通过什么我能被捉住？这是一个基本问题，小说这个东西就是建立在它上面。"于是，"自我"成为所有小说关注的核心问题。从现有的研究成果来看，人们对华裔美国小说中"自我"的探讨和研究，多集中在文化维度，以文化与文学批评相结合的角度来进行评论和展开研究，从而挖掘"自我"的多重维度与多重意义。华裔美国小说的研究中，对自我及其成长过程的回应与探讨集中在文化身份／认同问题（Identification and affiliation）、美国化／同化问题（Americanization and assimilation/nationalization）、性别／性（Gender and sexuality）、历史与记忆（History and memory）四大典型主题中。

一、华裔美国文学／小说中的四大理论焦点

（一）文化身份／认同（Identification and affiliation）

在英文中，属性与身份是同一个词——identity，简言之，就个人来讲

是指一个人的归属问题，身份对于美国多元文化中的亚裔作家来说是自身的现实问题。在多种文化交织造成的文化错位和话语权缺失的状态下生存的华裔美国人，其身份既与种族、阶级、性别和民族密切相关，也因社会文化政治环境的变化而不断变异。在创作方面，文化身份和认同成为此类作品不可或缺的重要主题，围绕其创作是亚裔族群探索成长中自身文化身份的有效途径，所以它也成为亚裔学者小说批评中密切关注的焦点。关于文化身份主题的书写和讨论，在华裔美国小说／文学中逐渐形成了两种认同视角：本土视角和全球视角／离散视角。

探讨华裔文化身份的最早的重要研究成果，要数斯坦利·苏和德拉德·苏（Stanley Sue, Derald W. Sue）1971年发表的论文《华裔美国人的性格和精神健康》（"Chinese-American Personality and Mental Health", 1971），该文认为，华裔美国人的身份是在中国传统文化价值、美国文化价值观和种族主义三大因素互动影响下形成的三种典型模式："传统主义者"（Traditionalist）、"边缘人"和"华裔美国人"。简单来讲，"传统主义者"完全遵循父辈中国文化传统；"边缘人"疏离中国文化，拥抱美国文化，却又受到美国主流的排斥；"华裔美国人"则既拒绝中国文化，又排斥美国文化，而寻找一个全新的自我。所以，从心理学的角度出发，作者们认为理想的华裔美国人应建立自己的"自豪感"，理想的认同是"建立在抛弃中国文化的前提下形成的文化和族群认同"。斯坦利·苏和德拉德·苏从心理学和社会学角度研究华裔美国人的身份问题，拉开了身份探讨的序幕，但是他们的观点存在很多问题，如研究对象的局限、研究方法的狭隘，导致把复杂的问题简单化、整一化。

同时期的学者本·R.堂（Ben R. Tong）与斯坦利·苏和德拉德·苏展开了讨论。堂对苏把亚裔美国人过多关注种族主义的行动主义策略当作适应不良的个体性格（maladaptive personality）的表现不满。他对苏的关于华裔美国人被动和温顺的观点作出了反驳，认为华裔美国人的心理是由中国文化、历史创伤和在美国经受的极端的动乱的历史所构成的，被动和温顺只是美国种族主义的产物。两者的争论实际上如学者李磊伟（David Lei Wei Li）所说，是"以犹太人同化为样板的族裔改良派与以黑人反抗为样板的革命派之间的争论"。

苏与堂对于身份所关注的问题在赵建秀与陈耀光的文章《种族主义之爱》（"Racist Love", 1972）中得到了回应。他们把亚裔美国人的身份认同的矛盾由美国主流"种族主义之恨"（racist hate）的排除法案和集中营时代，一直追溯到"二战"之后标榜中、日裔为模范少数族裔的"种族主义之爱"的时代。与堂相似，赵等人认为标榜中国人与日本人被动和温顺是主流文化种族主义运作的刻板印象的结果，其后果就是这种刻板印象被少数族裔自我接受并视为真实的自我，这就是种族主义之爱的结果。堂的激进思想和苏的建立自己的"自豪感"的观点在赵建秀、徐忠雄等人编辑的选集《哎咿！亚裔美国作家选集》（*Aiiieeeee! An Anthology of Asian American Writers*，1974）和《大哎咿！华裔日裔美国文学选集》（*The Big Aiiieeeee! An Anthology of Chinese American and Japanese American Literature*，1991）中得到重新书写。鉴于亚裔美国人缺少一种有机的完整的身份感，赵建秀等强调身份的本土性（nativity），以建立一种既不是亚洲又非属于美国白人的亚裔美国感性（Asian American Sensibility）。是否具有这种独特的情感，决定着一个人是否具有亚裔美国人身份。在文学创作中，就要对自身生活、中国文化及美国话语保持高度的觉醒和强烈的意识。既不可以渲染、诋毁中国文化，又能洞悉和挑战东方主义话语，同时追寻美国早期的华人之根，挖掘华裔阳刚的英雄传统，以彰显亚裔美国人"拥有美国"（claim America）的权力和事实。所以，学界普遍认为，形成文化认同的本土视角是赵建秀等人的贡献，他们为亚裔结成有同样需求的政治联盟，对抗种族主义，争取生存权和发声权开辟了重要阵地。

但是这种本质主义纯洁而整一的、固有不变的身份认同观点，无法应对瞬息万变的政治经济情况和亚裔族群内部各异的生存境遇所导致的不断复杂化的身份。赵建秀等人的身份认同观点中过多强调单一的美国出生权、男性气质的沙文主义和文本的政治意图遭到了诸多学者的质疑。随着讨论的升级，一种新的文化认同视角——强调差异与变化、流动与混杂的反本质主义文化身份视角逐渐形成。支持这种流动的身份观的学者们一致推崇斯图尔特·霍尔的身份观——文化身份"不是一种本质（essence），而是一种立场（positioning）"，将差异看作是文化身份认同的出发点和终点。这种反本质主义文化身份思想观点集中体现在丽莎·刘（Lisa Lowe）的著作《移民法案：亚裔美国文化政治》（*Immigrant Acts: On Asian American Cultural Politics*，1996）中。丽莎·刘着重分析对文化认同中的各种影响因素和认同过程的探讨。她反对一成不变的文化观点，反驳本土视角单一不变的文化观点，以说明华裔美国文化的形成"在想象、实践与传承中，不仅发生在纵向的代际传承，同样在社区中横向发生"，形塑亚裔美国文化的实践"部分承袭而来，部分改造而来，部分创造而来"。所以，她强调文化形成的动态性，认为文化不可能完全继承，它随着文化个体的变化、时代的变化而不断变化。于是，"与其说华裔美国身份是一个固定不变、完全等待赋予的状态，毋宁说华裔美国人在文化实践中产生身份认同"。所以，丽莎·刘认为"亚裔美国人并不是一个自然的、静止的群体，他是一个社会性地建构出来的整体，一个受环境影响形成的特定的立场（position），为了政治的原因而存在"。刘的观点对现存的主流与少数对立的主流话语建构和认为亚裔族群是单一的族群的观点，是具有解构性的。其文化政治策略超越了本土视角的局限，扩展和深化了对文化认同和亚裔美国人生存状况的思考。但是，一味强调亚裔文化的异质和多样可能会陷入文化相对论，而使"亚裔美国人身份"作为政治一体的概念失效；单一强调差异又会使人们忘记亚裔族裔的共性，抹杀差异掩盖下的深层矛盾。所以，丽莎·刘也同时警惕"亚裔美国人的内部矛盾和能指滑动"。

随着全球化的到来和后工业时代的开启，文学领域也把自身创作与研究置身于超越了疆界的"全球化"语境中，以离散的角度来观察世界和审视文学。离散（diaspora）一词源于希腊语，本意是指古代犹太人于公元前586年被古巴比伦人逐出以色列和于公元前135年被罗马人驱逐出耶路撒冷之后离散在外的状态，后又泛指一个国家或民族人民散居在外的生存状态。离散是一种千百年来就存在着的人类处境。在20世纪这段人类历史上迄今为止可谓最动荡不安、迁徙与流亡频繁的时代，经济、科技和文化的全球化，战争、政治、经济等各种因素导致的逃亡和漂泊，形成了新的人群，如在若干国家拥有居住权但根据移民居住和工作要求而在世界各地来来往往的"卫星人"（satellite people）、作为"卫星人"的后代中单独留在美国读书并与父母长期分居的"风伞孩子"（parachute children）以及由于工作机会和条件从美国反向移民回亚洲的亚裔美国人——"反向定居者"（reverse settlers）。这其中反映出来的关于跨越边界、语言、文化、身份的现象，在文学创作中，成为充满活力的话题，促成一个新的文学领域——离散文学。在近来"离散研究"日益高涨的趋势中，具有离散特点的亚裔美国作家们也在书写离散，在多种文化的比较中，开阔了视野，拓展了精神疆域。对亚裔美国学界来说，"离散"是个热点问题和核心话题。在多元文化的背景下，研究领域中的亚裔学者们更注重参与美国各领域的研究，亦注重与亚洲学者的合作交流。由于之前对文化身份的讨论与不断反省，亚裔学者对于离散及其离散身份的普遍态度并非持拿来主义，乐观盲目地接受，而是以局内人的角度理智、客观、冷静地审视之。

随着文化民族主义关怀的退热和亚洲人与亚裔美国人身份的互渗，亚裔美国文化批评的视角也从本土向离散转移。例如，黄秀玲（Sau-ling Cynthia Wong）在《"去国家化"在思考》（"Denationalization

Reconsidered: Asian American Cultural Criticism at a Theoretical Crossroads", 1995)中将研究重点放在全球化进程中出现的"去国家化"趋势下对亚裔美国文化批评的宏观思考。黄秀玲看到亚裔美国这个概念在离散的视野下越显狭隘,呼吁将亚裔美国文学的领域拓展到囊括书写亚洲与亚裔美国历史经验和文化表达的移民文学。但是她认识到这一议题引发了对无条件参与"去国家化"进程的一系列后果的设想,比如会不自觉落入主流叙事中,由于理论上不断自我批评而可能削弱亚裔美国人的政治诉求等。所以,她认为对亚裔美国文学批评的"全球化过程"应进行历史化和语境化分析。在离散的语境下,鉴于"亚洲离散"(Asian Diaspora)这个概念具有涵盖过广而又失去政治效力的危险,黄秀玲仍然提倡"拥有美国"的本土化观点,使亚裔美国人在美国国家文化遗产和当代文化语境中仍然有一席之地,同时为其提供一个有效的"言说空间";另外也确立亚洲人在美国的生存现实,在想象的共同体的基础上建立泛族裔的联盟。

林玉玲(Shirley Geok-lin Lim)致力于对离散概念的准确定位。她在《移民与离散》("Immigration and Diaspora", 1997)一文中,区别了移民和离散的概念,认为二者之区别在于是否有感情的联系。离散指与自己的出生地的隔离感被持续不断地与故土联系而抵消,这种联系使得漂泊的人们能够将自我置放于亲属的秩序之中。离散话语承载的是身份从母国脱节的经历,其中充满了放逐的想象,但不局限于此。她在肯定离散的存在与必要的同时,认识到"移民"一词在文学中总意味着同化叙事,最终移民主体认同西方文化价值和权力关系,更忽视了阶级、种族、性别对移民过程的影响,从而不自觉地与西方主流共谋。

大卫·L. 英格(David L. Eng)在亚裔美国研究中对离散和酷儿(queerness)作了比较探讨,将离散研究进一步引向深处。他在文章《此岸与彼岸:在亚裔美国研究中的酷儿与离散》("Out Here and Over There: Queerness/Diaspora in Asian American Studies", 2005)中指出了亚裔美国离散和酷儿人群的共同境遇:在内与外(in and out)——原籍与目的地,在私人空间与公共空间的徘徊与悬置。离散人群因为经济工作等原因在母国与主宿国之间游荡;酷儿人群则不被异性恋认可而边缘化却又时刻受其压迫和归化而无法实现异性恋。所以,从这种角度上来说,两者都质疑了"家"(home)和民族国家(nation-state)的概念以及两者之间的张力与矛盾,从而使个人身份复杂化。透过离散和酷儿视角的分析,大卫·L. 英格质疑了亚裔美国文化民族主义的本土视角,强调在离散的语境下酷儿视角和理论参与审视身份的建构在亚裔美国文学批评中彰显出的必要性：酷儿作为一种方法论可以为亚裔美国身份认同开启更广泛的范式，同时为亚裔美国批评创造更广泛的空间。

加州大学洛杉矶分校（UCLA）亚裔美国研究中心主任凌津奇教授，以犀利的批评眼光和对现代与后现代的启发性审视，使离散问题的讨论进一步深化。他主要考察了离散概念的渊源与发展变迁，认为离散概念在当代美国文学中的应用主要借助于"现代主义、后结构主义和后殖民视角中的语言学与心理分析模式，强调不受民族—国家约束的越界行为和能与各种宏大叙事分庭抗礼的文化混杂化运作"。他深入受到推崇的反人本主义话语语境中，试图挖掘这一概念的批判潜能和再现弱点。他肯定了离散概念对理解当代文学与文化表达的全球性、混杂性和不平衡性的重要文化视角作用；也看到作为一种批判视角，离散立场无法摆脱反人本主义思潮中固有的美学化特征，忽视了阶级属性和社会后果的非历史化倾向。这种倾向源自于这些思潮的非物质化的形而上趋势，所以他建议"将离散的诠释和运功充分历史化，同时也重视带有种族和阶级局限性的离散经历和与之缠绕共生的权力失衡状况"。

从以上对诸学者的观察可以看出，学者们对身份的考察和探讨逐渐深入、复杂，兴致勃勃。在全球化的当下，在认识到离散视角带给我们研究的宽阔视野和丰富理论的同时，应注意到，若忽略亚裔美国人内部的共性而强调差异性，忽视美国土生而重视双语人群、跨界流动的人群，则会导致无法维护亚裔美国人自身的共同利益，从而重新陷入从属和边缘地位，有可能再次使亚裔/华裔美国人的美国生存权被模式化和贬低。所以，离散视角必须辩证地审视。

总之，通过以上观察可知，无论是从本土视角抑或全球视角来切入审视文化身份，亚裔美国人身份和命名的政治效力与批判视角的问题始终是学者们关注的焦点之一，也是他们对亚裔/华裔美国文学/小说中"自我"问题的积极回应。离散视角下的本土关怀仍然是他们无法释怀的焦虑。跨国的关怀与对本土的关切是无法割裂的，离散视角总是被纳入对本土视角的批判与思考、关怀与体认。

（二）美国化／同化（Americanization and assimilation/ nationalization）

同化原为生理学概念，指食物在体内的消化过程。社会学借用此概念，指不同文化单位融合成一个同质文化单位的渐进或缓慢的过程，主要指"语言或文化的同化或融合"，即归化（nationalization）。美国化就是与美国主流文化同化的趋势，就是"移民来到美国后成为'美国人'的过程"，目的是为进入主流文化而奋斗，以及谋求在美国社会中的立足之地。对于华裔美国人来说，同化与美国化是同义词，因为同质文化单位即为美国主流文化。长期以来，美国主流总认为华人移民是"不可同化"者，是"来自彼岸的陌生人"。华人移民总被认为是暂居美国，等待赚足美国的钱后衣锦还乡，颐养天年。除此经济动机之外，文化传统、信仰与美国主流的隔阂也使华人被排除在可同化者之外。如果他们想进入主流社会，则困难重重，远远超出欧洲移民。即使"二战"时，中美因结成同盟而关系趋于缓和，但是华裔移民仍能感受到在美国社会中所遭遇到的种种歧视，寻求主流认可、建构自我的社会化努力仍是他们生活与写作的主题之一。学者们就同化的可能性、同化的代价和意义以及不同性别主体的同化差异提出看法。

奠基性的亚裔学者如金惠经（Elaine H. Kim）和尹晓煌（Xiao Huang Yin）对早期华裔美国文学作品中的同化现象持批判与辩证的态度。在这期间，有大约十部亚裔作品发表，在华裔美国文学中，关于美国化的讨论首先集中在对刘裔昌（Pardee Lowe）的《父亲与光荣的后代》（*Father and Glorious Descendant*，1943）[①]和黄玉雪（Jade Snow Wang）的《华女阿五》（*The Fifth Chinese Daughter*，1945）两本自传性小说上。金惠经在著作《亚裔美国文学作品及社会背景介绍》（*Asian American Literture: An Introduction to the Writings and Their Social Context*，1982）中，批评以上第二代华裔美国作品中主人公在同化过程中所采取的推销华裔美国人的模范少数族裔形象的策略，纵容美国社会对华裔美国人的歪曲，而片面地把困难归罪于自己、家庭、华人群体或种族，渴求美国主流接受和认可。这些作品或可看出主人公与主流文化同化的强烈愿望，抑或仅成为供两种文化猎奇的产品。尹晓煌在著作《美国华裔文学史》（*Chinese American Literature since the 1850s*，2001）中，也认为这两部作品作为第二代华裔成长叙事，都表现了他们希望归属主流文化的强烈愿望，同化成为第二代族裔作品的重要主题。在他看来，这两部作品的主题与内容都似乎暗示，身处当时"大熔炉"中的所有美国土生华裔均已被同化。他注意到刘裔昌和黄玉雪两人寻求进入美国主流社会的方式有别，由此产生的后果也不同，

[①] Glorious Descendant（光荣的后代）实际上是刘裔昌中文名字的英文意义，中文普遍译成"光荣的后代"。此文按照习惯，亦翻译成"光荣的后代"。

不仅跟家庭背景有关，更与时代差异紧密相连，这体现了辩证的社会历史批评态度。

亚裔作家及学者赵建秀是坚定的激进的反同化主义者。他强烈地抨击了早期作家如容闳（Yung Wing）的《我在中国和美国的生活》（*My Life in China and America*，1909）、刘裔昌（Pardee Lowe）的《父亲与光荣的后代》（*Father and Glorious Descendant*，1943）和黄玉雪（Jade Snow Wang）的《华女阿五》（*The Fifth Chinese Daughter*，1945），以及后来的汤亭亭、谭恩美等人的作品，认为这些作者在文本中构建了以白人至上为前提的模范少数族裔形象——"成功同化了，遵守法规，认同安格鲁撒克逊文化的公民"①。赵建秀认为以汤亭亭为代表的作家迎合了白人对亚裔的窥视欲，把华裔美国文学女性化，非但没有打破，反而强化了被美国主流异域化了的亚裔刻板印象。赵建秀与汤亭亭的争论，在当代华裔美国文坛上也引起了广泛关注。这场论争被赵建秀、丽莎·刘等人称为"同化主义与民族主义之争"②。

同化主义与民族主义之间的对立遭到亚裔美国批评家丽莎·刘（Lisa Lowe）的瓦解，同化的诸多可能性被逐渐认识。她在提倡策略性本质主义的前提下，通过探讨法国后殖民主义批评家法农（Frantz Fanon）的著作《大地上的受苦者》（*The Wretched of the Earth*，1961）中的身份政治，指出法农认为资产阶级同化论和民族主义都服从同一种逻辑，都是对殖民主义的回应，他们都复制了统治阶级的相同结构，所以同化主义与民族主义并非对立，而同是对旧制度的照搬。这就瓦解了以赵建秀为代表的民族主义批评者批判汤亭亭"同化主义作品"的汤赵之争。同时，丽莎·刘又指出同化主义与民族主义又存在于亚裔美国文学之中，深刻地表现在叙事作品的代际冲突之中，凸显出成长中社会化的多重而复杂的影响因素。

可见，美国化/同化这条路并不好走，作者笔下的主人公迫于时代政治环境的压力和驱使，往往以排斥或迎合等态度对待文化，从而达到个体社会化的成长。张敬珏注意到亚裔移民的双重驱逐困境："直到今天，很多亚裔仍觉得有必要通过摆脱亚裔文化，与新亚裔移民保持距离来证明美国性。虽然土生亚裔与移民具有不同的族裔情感，一味强调本土性势必会

---

① Frank Chin, Jeffery Paul Chan, Lawson Fusao Inada, Shawn Wong, ed. *Aiiieeeee! An Anthology of Asian American Writers*, New York：Mentor, 1991. p.xiv.

② 这场争论也被金惠经、张敬珏等学者称为"民族主义与女性主义之争"。

造成亚裔移民受到非亚裔美国人和土生亚裔的双重排斥。"①

　　黄秀玲和林玉玲（Shirley Geok-lin Lim）两位亚裔专家分析了亚裔美国文学中同化与反抗的两个维度。黄秀玲在对亚裔美国文学中的母题做贯通性的研究时，注意到许多亚裔美国作家用饮食的母题来象征受生存驱使的同化行为。她认为《父亲与光荣的后代》和《华女阿五》这类作品是由叙述者带领白人读者参观文字美食的"唐人街导游式自传"（autobiography as guided Chinatown tour），因为两本著作的成功很大程度上归功于对中国文化的描绘，如饮食、风俗等，迎合了当时变幻的时局和对东方的猎奇心理，表达了作者寻求接纳的渴望；同时，绘制了一幅华裔从传统走向现代、从因袭走向个人自由的成长路程，从而"迎合了关于移民家庭最终都要'进步'的主流神话"。另外，黄秀玲注意到黄玉雪笔下的对社会和家庭地位的观察和描写，认为同样是同化的成长，华裔美国男性与女性的经历具有显著差别。黄玉雪需要同时应对中国式的父系男权制度以及西方殖民主义或者种族主义困扰，所以她的成长带有很浓的女性主义味道，学界对黄玉雪的兴趣也慢慢转向种族、性别叙事的研究。林玉玲利用赛义德"世俗批评"理论中的衍 / 源生与附属（filiation and affiliation）这一对术语来讨论华裔美国文学中的同化问题。衍 / 源生指一种血统关系，而附属指非自然衍生的一种从属关系；衍 / 源生与附属经常在同化叙事中建构出来，主人公通过附属的秩序整合到一个系统的、整体化的世界观和价值观当中去。所以，衍 / 源生与附属之间的张力在第二代华裔美国文学中复制下来。在林玉玲看来，不但早期作家，土生第二代华裔作家如谭恩美和任碧莲等人的作品，都包含了同化的主题，附属已经成为重新再现的一种文学形式。这些作品中交织着对种族、阶级和性别身份的讨论和质疑，所以"应该把他们理解为是个体在离散 / 族裔文化背景下特殊的历史情境中个人与衍 / 源生的和附属的之间的协商"②。同化叙事，已被认为是再现自我、书写自我的一种工具，成为反抗主流同化的一种手段。

　　随着亚裔美国文学研究的不断深化和细化，学者们继续着对同化问题的探讨。帕特丽夏·楚（Patricia Chu）强调亚裔美国主体同化过程中男性主体与女性主体的重要差别。她的著作《同化中的亚洲人：亚裔美国著作

---

① King-kok Cheung, "Re-viewing Asian American Literary studies", King-kok Cheung ed., *An Interethnic Companion to Asian American Literature*, New York：Cambridge University Press, 1997, p.6.

② King-kok Cheung ed., *An Interethnic Companion to Asian American Literature*, New York：Cambridge University Press, 1997.p.307.

权的性别策略》（*Assimilating Asians： Gendered Strategies of Authorship in Asian America*，2000）是第一部系统研究亚裔美国同化叙事的性别分化现象的著作，带来了一个悖论性的结果，正如书名所指出的：亚裔美国人永远处在同化的过程中，"一个永远潜在的同化时刻"，"同化的实质是一个着实可人却永远无法实现的目标"。由于历史、政治、文化等原因的限制，亚裔移民把美国化的愿望表达在文学中，就是寻求建立作者权和谱系，建立新的文学传统，表达拥有和建构亚裔美国主体的心愿。帕特丽夏·楚深入到了作家创作心理与社会、种族和性别的深度去探讨美国化和美国化在文学中的建构问题，为同化问题的阐释提供了深层理解。

安娜·安林·程认为从心理分析这种角度分析和理解亚裔美国文学，可以改变包括同化在内的诸多概念的原初设想，为研究亚裔美国文学带来生机和新的学术空间，同时也呼应了帕特丽夏·楚的永远无法实现的同化论断。她在专著《种族的忧伤：精神分析、同化和隐藏的悲伤》（*The Melancholy of Race： Psychoanalysis， Assimilation and Hidden Grief*，2001）中，借用弗洛伊德心理学的两个术语，悲伤（grief）的两种分类——悲伤（mourning）和悲哀（melancholy），来诠释种族主义留在少数族裔心上永远无法愈合的创伤。悲伤（mourning）为人的健康情绪，是对一种缺失感到正常的伤痛，并可以随着替代物／人的到来填补这种缺失而得到治愈；悲哀（melancholy）则是一种病态情绪，对于所失拒绝补偿，而这种缺失自我内置消化后，不仅如影随形，无法彻底忘怀，反而变成了对所缺失的东西产生厌恶、愤怒，从而自我否定、自我憎恨。在亚／华裔美国文学中，同化最容易被认为是对理想自我的仿效，使个人无法真实，使人不停地想去比较、效仿。那些生活在种族想象中的人们，不断把自己看成是不正常、不健康和不完美的。种族主义给少数族裔心灵带来的正是这种悲哀，同化过程中种种自我憎恨、自卑，对主流的迎合等心理表达的正是这种永远无法消除的悲哀。

面对社会强大的规约力、美国梦的强力诱惑和生存的利益原则，美国化／同化不可避免。然而，真正的同化是不可能实现的。用霍米·巴巴后殖民理论来解释，同化实际上是一种仿拟，即殖民仿拟是被殖民者按照殖民标准来进行同化时所执行的指令。但事实上，这种指令是不可能奏效的，因为殖民者由于种族差异将永远无法仿拟成功，无法符合殖民标准。我们通过众多学者对同化不同角度和侧面的审视可以看出，它并不是对认同与融入美国主流问题的简单叙述。在自我书写与再现的过程中，同化不再被认为是自我成长与实现的标志，而成为一种生存的策略和主体在多重文化背景中生成的一种表达。

（三）性别／性（Gender and sexuality）

社会性别与生理性别是自我的属性，也是自我生成所要完成的认同任务。金惠经、张敬珏和黄秀玲等具有代表性的学界批评家对亚裔美国文学中性别问题作了全景式的描述和介绍。以下论述重点关注亚裔美国文学中关注性别／性问题的研究特点和论争景观，以显示学者们如何在这一点上回应"自我"的问题。

1. 注重性别与族裔、阶级和社会背景的紧密相连

性别（Gender）与族裔（Ethnicity）问题相互交织，不可分割。在亚裔美国文学中，关于性别问题的讨论，众多著名亚裔学者皆有相似论点，认为从一开始，种族与性别就与亚裔美国历史和文学交织在一起；任何性别／性主题的出现和变迁及持久性总是与具体的历史条件相连；族裔身份从某种意义上来说，本身就是性别化的，性别总是族裔化的；在所有的社会关系中，劳动力本身就是性别化的、性种族化的，种族也与阶级紧密相连。

较早关注种族歧视中的性别问题的要数金惠经。她最早指出亚裔美国人的社会历史问题和生存困境时刻与性别／性相联系，认为早期亚裔男性移民受到的种族偏见的待遇在历史上所采取的就是一种性别的形式。她在后来的文章《如此异类：亚裔美国文学中的男人和女人》（"Such Opposite Creature"：Men and Women in Asian American Literature，1990）中，继续探讨亚裔美国男性刻板的无性形象和亚裔女性过度女性化的形象。她总结出男性和女性刻板形象的共同原因——亚裔女性的性感与亚裔男性的无性形象只为一个原因服务——为了确定白人男性雄风和白人种族优越性。

张敬珏教授也关注亚裔美国文学的若干性别话题：亚裔美国男性和女性的刻板形象、以男性为中心的文化民族主义、女性主义意识的生发，以及新近涌现出来的同性恋写作与批评，并且她也深入到性别研究的实践中去。重要的是，她强调亚裔美国文学中对阶级问题的讨论被忽视了。张敬珏强调诸多亚裔文学作品中由于社会与经济不平等所导致的跨种族、跨族裔甚至族裔内部的摩擦，"随着全球合作中亚洲发挥着重要作用，亚洲人和亚裔美国人不仅是被剥削者，也是剥削者"。所以，亚裔美国文学中跨民族的阶级批评可以揭示亚洲和美国社会中类似和相互联系的阶级和性别压迫问题，"不仅揭示出亚裔中间不平等的物质状况，同时也会修正混杂

和离散等批评概念"。

黄秀玲等人在论文《亚裔美国文学中的性别与性》（"Gender and Sexuality in Asian American Literature"，1999）中使用"交集"（intersectionality）一词来加以概括性别与族裔、阶级和社会背景之间互相影响、依赖的关系，并对亚裔美国文学中关涉性别和性的再现问题作了全景式的回顾，为鸟瞰整个亚裔美国文学中的性别书写提供了可能。除了继承金惠经以来的与社会历史背景相联系来研究亚裔美国文学的传统以外，黄秀玲等还按照历时的历史发展顺序，根据主题的变化将亚裔美国文学分为三个发展时期：暴力与异类（violence and deviance）（19世纪50年代—20世纪50年代）；自我定义与自我再现（self-definition and self-representation）（19世纪60年代—20世纪80年代）；多重自我、场域和逾越（multiple selves，sites，transgressions）（19世纪80年代至今）。黄秀玲等根据在亚裔美国历史背景下关涉性别/性的典型主题进行分类并举例评述，为亚裔美国文学性别/性的研究提供了一个宏观的轮廓，也为总结和发展之前的学者论点作出贡献。重要的是，她认识到同一时期内部男性与女性作家围绕性别/性问题而进行的不同叙事策略，并且，这些主题并不是一种替代传承的关系，而是在具体历史时期不断生发、互动，例如前两个发展时期关涉的主题在第三阶段仍然被学界持续关注，而第三阶段的亚裔美国文学以逾越的姿态质疑了先前的研究定论。

2. 焦点论战

如前文提到的，赵建秀曾引领一场在学界影响深刻的文化民族主义运动，为确立以男性特质（masculinity）为主要表征的"亚裔美国感性"（Asian American Sensibility）而奋斗。他认为"去男性化"（emasculation）是亚裔男性最具破坏力的刻板印象："不管是好是坏，刻板化的亚裔男性不被看作是男人。更糟糕的是，亚裔美国人面目可憎，因为他们是女子气的，完全丧失了传统上的独创性（originality）、冒险精神（daring）、勇气（physical courage）和创新性（creativity）。"所以，赵建秀等人致力于质疑和颠覆长期以来美国主流中华裔男子被阉割的形象，恢复被主流湮没的亚裔美国历史。同时，从中国历史文化中寻找阳刚十足的英雄形象以重建"亚裔英雄传统"（Asian Heroic Tradition）。赵建秀等人抨击《女勇士》的作者汤亭亭，认为她（以及谭恩美、黄哲伦等人）继承了西方自传作家的个人经验写作，迎合白人主流歪曲中国传统故事，屈从于同化冲动，从而歪曲整个亚裔美国文学和历史，强化了亚裔的刻板印象，写作了"又一部换皮肤的《风中奇缘》里面那个投白人所好的印第安公主写的中西文化挣扎的老一套华人自传"。当赵建秀对汤亭亭的《女勇士》（*The Woman Warrior*：*Memoirs of a Girlhood Among Ghosts*，1976）展开强势的批判和笔伐之时，他与其支持者和力挺汤亭亭的学者们展开了持续 20 年的论争，引发学界围绕女性主义和大沙文式的文化民族主义之间，包括性别和性、男性气质与女性气质、男权与女权、历史文化所呈现的真假等问题的多重讨论。

迄今为止，对这场争论的探讨大都集中在赵建秀观点的局限性上，其狭隘的亚裔美国感性的定义和充满男性至上的英雄传统遭到了质疑。女性主义批评赵建秀所主张的文学是男人的特权，文学的主体性是男性的，并反对妇女参与；用单一的尺度压制亚裔美国文学表达的复调性，对亚裔美国女性蒙受社会与文化耻辱的历史麻木不仁；忽视以性别歧视为方式的文化压迫，从而对自身吸收了父权制建构的男性特质视而不见。所以，张敬珏强调特别警惕"少数族裔男性在白人社会被压制的时候，非常容易转向族裔内部，对妇女儿童等更加弱势的群体施威，从而重建自我的男性特质"。同时，须看到赵建秀这种大男子主义式的抗争有效性非常有限，"虽然他公开宣称要抗击白人至上论，对中国精神有选择、有倾向性地重复运用了欧洲男权意识形态，从而削弱了他的民族主义姿态"，但其意义仅限于它能揭示种族、性别、阶级和民族身份在美国文化建构亚洲男子性欲取向过程中的纠结状态，以及它使赵建秀的抗争策略自觉让位于更具反省性的反霸权立场的可能性。自然，他的论断不仅成为亚裔美国女性言说自我和再现自我的阻碍，同时也成了一种催化剂，助长了一种对抗性的意识。

汤亭亭于 20 世纪 60 年代后出版的作品《女勇士》被认为是战后里程碑式的作品而被纳入经典，该书被有意识地认为将亚裔美国女性主义的异见视角注入了以男性为主导的亚裔美国文学话语。《女勇士》主要讲述女主角在中美群鬼缠绕之下的生活记忆，该书集历史与想象、神话与现实、文化与生活等为一体，文本的主题和意义呈现横看成岭侧成峰式的多重角度诠释的可能性。对汤亭亭持肯定态度的女性主义批评者们普遍把她的自传作品看作是一种反抗和发声的策略，认为这部作品的多重解读性成为主流文化和族裔群体论争权力的场域，以此来争夺为亚裔美国言说的话语权和代理权。该著作甚至被看作是"革命内部的革命（revolution within revolution）"，引发了一场真正的批评产业（industry of critical analysis）："与后结构主义和后解构主义理论的不谋而合使它很快成为批评界的宠儿，除了引来众多女性主义视角的讨论之外，还带来另一些问题的思考，比如误读现象、合谋、建制化和经典化问题，以及普遍的姐妹情谊的局限等等。"①

张敬珏曾强调，在亚裔美国文化领域探讨性别问题，不可能绕过美国历史上华裔美国男性去势而被女性化的问题、种族刻板印象和民主主义与之对抗的问题，更无法回避在亚洲和西方文化中男性特质与女性特质问题。这是因为这些都是相互关联、极其敏感的话题。汤亭亭的作品正因为触动了这些话题，加之其受到民族主义者的强烈抨击，从而引发华裔美国学者热烈的讨论。这场论争无疑是具有火药味的，甚至势态发展成两者的个人积怨。它被认为是亚裔男性与女性作家权和生存权的一种争夺，从中可看出赵建秀等人对拯救刻板化的华裔美国男性形象的迫切愿望，以及试图建立一种气势磅礴的英雄华裔形象的决心。同时，也看到了汤亭亭等亚/华裔女性作家在世界之间（between worlds）伸张自我的重重困难和不懈努力。更重要的是，"作为在亚裔美国主体建构过程中就重大议题进行争论和协商的场域，这种争议也构成了亚裔美国文学创作和批评更新其变革性表述的一个先决条件"②。女性主义和文化民族主义倡导者们也在这场争论中不断审视自我批评的领地，更新自己的主张，不断考量多种因素如种族、阶级和文化等的影响，同时也时刻警惕父权和欧洲中心的侵扰。这些研究能够使学者们为突破女性与男性主义二元论战而努力，将族裔研究与性别研究相结合，把在主流文化压迫下的少数族裔男性纳入女性主义研究的视野，同时发明新的颠覆刻板印象的反抗模式，而并不复制父权制的模板，以达到真正意义的殊途同归。

3. 女性主义浪潮式批评

20世纪40年代以来女性主义批评在亚裔美国文学的尝试，为这片文学领域的话语发展和批评研究作出了颇多的贡献，也涌现出一批耳熟能详、熟练驾驭女性主义和诸多后现代批评理论的女性学者如金惠经、张敬珏、林玉玲和黄秀玲等，以及后来颇有影响力的学者如凌津奇、丽莎·刘和帕特丽夏·楚等。

随着20世纪90年代初第三次女性主义浪潮的到来，亚裔美国文学中关于女性、性别和性的讨论也日渐热烈，形成了继焦点论战之后的又一次女性主义浪潮式批评。新近登场的学者将女性主义批评融入他们的研究中，

---

① Sau-ling C. Wong & Jeffrey J. Santa Ana, "Gender and Sexuality in Asian American Literature", *Signs*, Vol. 25, No. 1（Autumn, 1999）, p.194.

② ［美］凌津奇著，吴燕译：《叙述民族主义：亚裔美国文学中的意识形态与形式》，北京：中国社会科学出版社2006年版，第177页。

探讨亚裔女性在文学多重权力象征系统中的再现。总的来说，"众多学者把女性身体作为一个斗争的场，家庭与民族在语言中高度隐喻"①，同时女性视角研究与族裔研究紧密结合。从论著与论文数量和影响力来讲，女性主义的浪潮式批评可谓蔚为大观，讨论女作家作品占绝大部分。这既与理论界盛行的女性主义思潮有关，又与少数族裔女性较之男性更加复杂的意识形态形象和族裔内部价值观的纠结有关系，后者无疑成为女性主义更加关注的焦点。另外，20 世纪 90 年代以来华裔美国文学女性作家的作品日趋增多，也为女性主义批评提供了言说和讨论的场域。

在亚裔美国文学中，女性主义批评者关注的重点仍然是女性在性别 /性、文化、种族的维度自我的建构和再现问题，更加关注女性身份的流动性、复杂性和多重关系的影响与主体生成的策略性问题。然而，在多种制衡的因素中，对阶级问题、女性成长之关注仍较薄弱。

4. 走向性别的逾越

酷儿理论是 20 世纪 90 年代在西方兴起的一种新的性理论思潮，根据葛尔·罗宾（Gayle Rubin）的观点，酷儿理论是指在文化中所有非常态（nonstraight）的表达方式。这一范畴既包括男同性恋、女同性恋和双性恋的立场，也包括所有其他潜在的、不可归类的非常态立场。随着性别 /性讨论的多元化和日趋开放的批评态势的发展，亚裔美国文学也出现了书写同性恋 / 双性恋主题的作品，亦称酷儿写作。②它向传统的性别 / 性规范挑战，彻底地颠覆了二元划分的思维方式。它对男权文化和异性恋霸权模式的冲击和挑战，与少数族裔的批评策略和生存抗争方式不谋而合，为亚裔美国文学批评找到一个契合的关注点。

华裔 / 亚裔美国的酷儿写作得到了批评界的日渐关注，一系列选集和相关评论不断出版和发表，如梁志英的《亚裔美国的性：男同志与女同志经验》（*Asian American Sexualities*：*Dimensions of Gay and Lesbian Experience*，1996），宋丘（Song Cho）编辑的论文集《米：亚裔男同

---

① Shirley Geok-lin Lim， John Blair Gambler， etc.， *Transnational Asian American Literature*：*Sites and Transits*， Philadelphia：Temple University Press， 2003， p.10.

② 就华裔美国文学中的酷儿写作来说，具体有雷祖威（David Wong Louie）《爱的痛苦》（*Pangs of Love*，1991）、梁志英（Russell Leong）《梦与尘的国度》（*Country of Dream and Dust*，1993）、闵安琪（Anchee Min）的《红杜鹃》（*Red Azalea*，1994）、徐宗雄（Shawn Wong）《美国的膝盖》（*American Knees*，1995）、凯瑟琳·刘（Catherine Liu）《东方女孩想浪漫》（*Oriental Girls Desire Romance*，1997）、伍美琴（Mei Ng）《裸体吃中餐》（*Eating Chinese Food Naked*，1998）等。

志的文化与政治探究》（*Rice*：*Explorations into Gay Asian Culture and Politics*，1998），以及大卫·L. 英格（David L. Eng）的《种族阉割：亚裔美国的男性特质的演练》（*Racial Castration*：*Managing Masculinity in Asian America*，2001）等。其中，《种族阉割：亚裔美国的男性特质的演练》就是利用酷儿理论，从精神分析的角度探讨亚裔美国文学中男性形象叙事策略和性别与性、种族身份的互涉关系。通过亚裔美国离散身份和酷儿身份，大卫·L. 英格认为正是美国政治上严格的移民策略等阉割了男性特质，使亚裔男性具有同性恋趋向。

这些酷儿作品的作者们从 20 世纪 80 年代同性恋组织和七八十年代女性主义写作中涌现出来，"书写了男女同性恋、双性恋和跨性别者的逾越的文化实践"[①]。他们的作品中的性形象，很大程度上质疑和颠覆了亚裔美国男性无性、女性过度性（over sexual）的刻板印象，同时也通过混血和跨种族的性别/性的书写颠覆和模糊了族裔身份。酷儿理论与离散研究不谋而合，这更显出在后殖民后现代的全球语境中美国亚裔主体文化身份建构（包括酷儿）的混杂性和流动性。可以说，以一种逾越姿态登场的酷儿理论与族裔、性别研究相结合滋润了亚裔美国文学研究这片沃土。

（四）历史与记忆（History and memory）

记忆是历史的基础，历史则通过记忆把已经消失的过去保存下来。所以，历史与记忆联系紧密：二者均着眼于过去，并且均不能脱离彼此而存在。对于个人来讲，记忆对"在主体业已断裂、破碎的世界中建构个体的社会身份和个体身份起到至关重要的作用"[②]。记忆把我们个体的过去与集体的过去[我们的出身，遗产和历史（origin，legacy and history）]连接起来。从这个意义上说，个体记忆与集体记忆有千丝万缕的联系。集体记忆就是"无数个体记忆互相交织的矩阵"。并且，历史经由个人的见证而恢复，又因其关涉到什么被记住，什么被遗忘而具备了一个政治维度。回忆什么与如何回忆成为历史与记忆问题的核心，也成为主体建构、自我形成的重要向度。

在华裔美国文学中，无论是亚裔美国作家还是研究者，都对亚裔美国

---

① Sau-ling C. Wong & Jeffrey J. Santa Ana，"Gender and Sexuality in Asian American Literature"，*Signs*，Vol. 25，No. 1（Autumn，1999），p.204.

② Vijay Agnew，ed.，*Diaspora*，*Memory*，*and Identity*：*A Search for Home*，Toronto，Buffalo，London：University of Toronto Press Incorporated，2005，p.7.

文学中的历史与记忆呈现出深厚的兴趣，对过去的审视，对自我和家族以及华裔移民历史的文化记忆（cultural memory）的追认也是批评界关注的主题之一。正如迈克尔·费舍尔（Michael M.J. Fisher）指出的，"移民记忆与历史成为族裔文学诸种文体如诗歌、戏剧、小说等主要的叙事策略"。亚裔/华裔美国移民"无史"的历史可谓众所周知。亚裔/华裔美国移民的历史一直是被主流消声灭迹的历史，所以，恢复与重建亚裔美国人的历史，建立完整的自我，宣布对美国的拥有权，被看成是记忆的政治任务。

记忆是动态的过程，是产生意义的过程，更是记忆者建构和寻找主体的必经之路。所以，记忆是一种回想与回溯的行为，对过去和现在产生新的理解。亚裔美国文学研究中，学者们大都从阅读层面入手，围绕如何利用回忆再现个人/家庭/族群历史的问题，将焦点放在作者的书写策略和读者的阅读策略上。总体来讲，对于文学中历史与记忆的建构与解读，学者们形成了以下几个理论视点。

1. 记忆的政治（Politics of memory）

华裔美国文学，若放在后殖民主义语境中分析，应属后殖民文本，因为华裔美国人所置身的"无史"情境，预示华裔美国人其实仍然必须面对强势族群与文化的"内部殖民（internal colonialization）"。所以，通过记忆找回、重建被殖民者湮灭、扭曲的历史，对于华裔美国人建构自我属性具有重要意义。华裔美国文学中关涉的记忆叙事自然牵扯到这个关键话题。无怪乎黄秀玲讨论亚裔美国文学自传作品的无形的责任时说："理想上来说，族裔自传也应该是一个群体的历史浓缩，特别是在种族主义压迫下的苦难、挣扎和胜利。换句话说，族裔自传作家需要成为范例和代言人，其作品应该启发自己族裔的读者，同时为无知者揭示社会的本真面貌。"

台湾学者李有成在其文章《〈唐老亚〉中的记忆政治》中综合后殖民论述中多位重要理论家的观点，分析赵建秀的小说《唐老亚》中的记忆政治，从理论角度将华裔美国文学中的记忆叙事的政治效力定位于后殖民的批评语境中。他认为批评家如孟密（Albert Memmi）、法农（Frantz Fanon）、詹姆士（C.L.R. James）、巴巴（Homi Bhabha）和菲律宾历史学者康斯坦丁诺（Renato Constantino）等具有谱系关系的后殖民理论家对被殖民者的历史具有同样的关怀：历史是建构后殖民主体性的重要认知方法与形式，通过个人、集体记忆建构的"另类历史"（alternative histories），重新挖掘被掩埋的过去。而整个过程本身即是心理重建、重归所属的认同过程。他发现，作者（赵建秀）尝试透过这个文本重新找回的，"正是华裔美国人充满英雄主义色彩的'美丽而辉煌的'过去，同时也交织着华裔美国人长久以来被扭曲、压制与被边缘化的心酸记忆"。他注意到美国的弱势群体在与白人强势文化和支配阶级的遭遇和互动中存有血泪交织、可歌可泣的民族记忆，如印第安人被灭族失土、黑人沦为奴隶、日裔被扣押拘留营、华人被拘押天使岛、排华法案等，这作为他们集体记忆的一部分，在反驳和抗争主流压迫的时候，成为发言的位置（position）。

2. 对抗记忆（counter-memory）

"对抗记忆"是一个有借鉴意义的理论命题，为亚/华裔美国文学的研究批评记忆政治维度下增添了一个具有建构意义的解构的方法论。"对抗记忆"是米歇尔·福柯提出的一种撰写历史的方法，与传统的撰写历史的方法相比，对抗记忆强调以一种不同的方法再现过去的事件，揭露传统历史的真理性的伪装，颠覆传统历史的连续性，揭露知识的片面性[①]。张敬珏在其专著《尽在不言中：山本久枝、汤亭亭、小川乐》（*Articulate Silences：Hisaye Yamamoto，Maxine Hong Kingston and Joy Kogawa*，1993）中首先使用"对抗记忆"，并把它归类为一种双重叙事（又译"左右其词"）（double-voiced）的叙述方式，应用到对汤亭亭等作家的作品分析中去。在《说故事：汤亭亭〈中国佬〉中的对抗记忆》（"'Talk Story'：Counter-Memory in Maxine Hong Kingston's *China Men*"，1994）一文中，同样发挥"对抗记忆"的概念作用分析汤亭亭的作品《中国佬》。她认为，汤亭亭用来挑战传统史学并投射自己世界观的那些手法，可统称为"说故事"（Talk story）——重写古老的故事，呈现自相矛盾的版本，混合幻想及现实。小说正是通过说故事这种对抗记忆策略，达到对传统来源及主导叙事的去中心、散播及质疑权威的目的；同时争回（reclaim）华裔美国人的过去，并形塑（envision）更美好的未来。

国内学者刘葵兰也以对抗记忆为理论视角，以"历史是战争，写作即战斗——赵建秀《唐老亚》中的对抗记忆"和"地图·命名·历史——《天堂树》中的对抗记忆"为题目分别探讨两部著作如何挖掘被恶意歪曲或抹杀的华美历史。新近的亚裔学者崔永苏（Youngsuk Chae）也延续"对抗记忆"的传统，在其著作中表明自己的研究目的——通过揭露在美国内外至今仍存在的种族、族裔和性别的歧视和剥削，创造一片"对抗叙事"的理论批评空间。

---

① Michel Foucault，*Language*，*Counter-Memory*，Practice：Cornell University，1977，p.160.

另外，对抗记忆的特殊叙述策略就是运用沉默（silence）和无（absence）的暗示和张力，以虚求实、以静制动，从而再现个人家庭和族裔的历史记忆，使得为父权、种族歧视、历史所抹杀的人重获"新声 / 生"。活用这两种策略的是美国学者张敬珏和台湾学者冯品佳，她们分别提出"宣告沉默"（articulate silence）和"隐无叙事"（narrative of absence）两个概念，并将其成功运用在亚裔美国文学的文本细读上。两者都着重揭示叙事中断裂、隐无的潜藏性文本，具有异曲同工之效。

张敬珏很多论文都关注亚裔文本中的沉默问题①，并在著作《尽在不言中：山本久枝、汤亭亭、小川乐》中在女性主义和族裔研究维度上深入探讨了沉默问题，关注了从双重压迫境遇下女性的沉默，到沉默在跨文化中的不同感受和正面意义。张敬珏将沉默分成三类：修辞性的沉默（rhetorical silence），指无声的情节所展示出沉默的说服力量（pervasive power），从作品中的无声艺术（muted art）窥探出人物被压制的沉默；静默激发出来的回应（provocative silence）指由沉默激发出的创造性，信息的缺失作为艺术创作的前提，从而使作者赋予失声者以言语，颠覆父权制和种族歧视；细心静候（attentive silence）趋向于让读者静候聆听，参与"破碎的记忆"（fragments of memories）之意义建构和正义评判。通过对三位亚裔女作家对沉默的三种运用及诠释，张敬珏认为她们通过三种沉默的叙事策略使无声变有声，她们的作品成了"沉默与发声的桥梁"。她批评了白人女性主义和欧洲中心主义论述中对于语言 / 沉默的二元对立式批评，颠覆了西方文化中对语言的正面肯定和对沉默的负面强调。

冯品佳在其文章《"隐无的叙事"：〈骨〉的历史再现》（1996）中把"隐无的叙事"作为一个整合的概念，借用托德洛夫（Tzvetan Todorov）的"隐无 / 现存"的观念、巴赫金（Mikhail M.Bakhtin）的小说对话式论述的理论和弗洛伊德心理分析中"被压迫者的重返"（the return of the repressed）的观点，并将三位批评家的理论融入女性主义和种族政治的架构中，作为弱势族裔文学基本阅读的一个理论提出来，并探讨弱势群体作

---

① 如她在 1988 年发表的关于亚裔美国文学方面的第一篇论文《"不许说"：〈紫色〉和〈女勇士〉中被控制的说话自由》（"'Don't Tell'：Imposed Silences in *The Color Purple* and *The Woman Warrior*"）和随后 1991 年的论文《左右其词：山本久枝小说中互文性沉默》（"Double-Telling：Intertextual Silence in Hisaye Yamamoto's Fiction"），以及《被三次消音的故事：山本久枝小说〈笹川原小姐的传奇〉中艺术与政治的互动》（"Thrice Muted Tale：Interplay of Art and Politics in Hisaye Yamamoto's *The Legend of Miss Sasagawara*"）中都专门讨论沉默问题。

家如何解决个人历史与种族历史再现的问题。"隐无的叙事"至此有了理论系统性。根据冯品佳的理解，"隐无的叙事"就是"文本中所呈现的缺憾或虚空，迫使文本中的角色及文本外的读者试图填补此空缺，进而出击各个层次的历史（histories），令'潜藏文本'得以浮现，使得文本中复杂交织的个人、家庭乃至族裔历史得以再现，进而诘难'传统'或'正统'历史中的盲点"。这种书写策略的作用是："反映华裔作家对于美国社会中他性（alterity）的反省，以'弱势他者'与美国历史轮式长期隐而不彰的负面空间出发，质疑以逻各斯（logos）之现存为尊的欧洲传统哲学思想，进而颠覆美国社会中白人主流之文化霸权模式。"①

李有成在分析赵建秀的《唐老亚》时曾最后总结说："赵建秀的整个计划大抵是以记忆政治为基础，企图唤起华裔美国人的集体记忆，在找回、重述华裔美国人有意无意间被涂灭、消音的过去之余，同时揭露美国历史——支配阶级所认可的历史——进程中随处可见的'缝隙、断裂和非延续性'。"②

其实，这种对抗记忆正是作者们的一种记忆政治的策略，沉默和不可言说是这种策略独有的写作和阅读方法。在记忆的政治中，这两个概念通常被认为是被动的、负面的，其实他们更具有颠覆和建构的作用。亚裔学者从细读文本入手，结合多种理论思想提炼出来这两个策略概念，也为读者（包括批评者）提供了较好的阅读工具与文本分析和欣赏的切入点。从接受美学的角度来讲，文本并非自足的实体，而需要读者阅读实践、参与建构意义才得以实现，而沉默和无正是华裔美国文学文本中待解读的未定意义和空白（elements of indeterminacy，blank），在感受作品艺术形象的同时，挖掘和创造其潜在的意义成为作品价值的关键实现方式。

从以上几组亚/华裔美国文学研究中具有代表性的理论焦点研究状况，我们能看出学界对文学中"我是谁"这个成长核心问题的回应。从研究中可以发现：

首先，学者们大多从文本客观实际出发，研究比较重视从文化视角、社会历史批评视角进行分析与审视，重视亚裔美国文学中的各种人物、情节、叙事等背后深刻的文化和历史背景，以挖掘文本的建制和生产机制，探究作品的政治文化意义。重视文学的社会功能，可以说是亚裔美国文学

---

① 冯品佳：《"隐无的叙事"：〈骨〉的历史再现》，见何文敬、单德兴主编：《再现政治与华裔美国文学》，台北："中央研究院"欧美研究所 1996 年版，第 143 页。

② 李有成：《〈唐老亚〉中的记忆政治》，见单德兴、何文敬主编：《文化属性与华裔美国文学》，台北："中央研究院"欧美研究所 1994 年版，第 127 页。

研究的传统，无论从金惠经、尹晓煌，还是晚近的批评著作都可以看出对这方面的重视。学者们普遍看到亚裔美国文学产生和发展跟亚裔美国人的政治运动（亚美运动）与文化诉求紧密相连。但是，亚裔美国文学研究过多地倚重政治诉求，作为一种"反抗的策略"，致使其批评视野偏离了文学研究的主要审视维度——美学视角，研究过于侧重文学的社会效应和文化意义，追问自我生长形成的语境问题，并未直接面对"自我"。文学作品直击人的存在和自我的体认，所以研究中关注生存的复杂文化与社会语境固然重要，但更重要的是如何阐释与探究"自我"的属性与成长的过程。

其次，文化身份仍然是讨论的焦点主题之一，研究重视族裔、性别、阶级等因素的交互影响，重视女性身份的研究。华裔美国文学中，女性作家日益增多，影响颇深。尤其是 20 世纪末和 21 世纪初，涌现出一大批年轻的女作家，她们从女性视角出发审视自身的生存状况，用自己的经验参与建构和质疑华裔美国人的身份，揭示自我成长的艰辛与复杂。女性研究的兴起也与 20 世纪两次女性主义思潮有关，学者们重视性别 / 性与族裔、阶级结合，焦点并不局限于女性作家，更涵盖了男性作家及新冒现的酷儿写作。这些研究角度从种族、族裔、性别等不同侧面以及不同维度触及了"自我"的身份与意义，为回答"我是谁"提供了多种线索。

再次，从华裔美国文学小说的创作看，成长主题始终贯穿其中。诸多小说都表现了生理上或者精神上未成熟的华裔美国人在多元文化的美国生活经历和体验中，萌发和展示全方位的自我意识，建构文化自我、性别自我等多重自我成长历程的叙事。成长主题实际上试图寻找的正是"我是谁"这个问题的答案。

华 / 亚裔美国文学中主人公在建构文化、族裔、性别自我的同时，对于生命和成长有了更深刻的生命意识体悟，除了对社会、文化具有深刻思考之外，还夹杂了对精神价值、情感、人性等的思考，以追求本真生存。所以，真正探讨和挖掘华裔美国文学的价值和意义，就必须注重作品的文学性（literariness），而关注文学中普世性的主题——成长主题在华裔美国文学中如何作为一个美学呈现，有何特殊的表现方式和审美意义，与族裔经验有何联系，对研究华裔美国文学的文学特点和文化价值具有重要意义和价值。

二、华裔美国小说成长主题研究现状

在成长小说 / 主题的研究视域内，亚裔 / 华裔成长小说 / 主题的研究相比其他少数族裔，如美国非裔和犹太裔等作家作品的研究，是处于边缘地带的，学界对华裔美国成长小说/主题的关注还比较少。就现有的资料来看，丽莎·刘、帕特丽夏·楚和冯品佳三位学者较早提出并论及了亚裔/华裔成长小说/主题。

丽莎·刘在《移民法案——亚裔美国文化政治》（*Immigrant Acts on Asian American Cultural Politics*，1996）中探讨经典、建制化和身份问题的时候，曾以亚裔美国成长小说为文本，讨论经典化（canonization）的问题，论争亚裔美国文学如何利用经典文类反对主流的打压和收编。她认为，经典化其实是霸权主义过程，拒绝另类的声音、打消挤压或者归化边缘，是它的通常做法。当少数族裔作家利用典律来书写的时候，就会有不自觉地认同西方这种传统、归化主流的嫌疑。亚裔美国文学由于与美国民族文学存在历史形塑的距离，反抗了这种审美与经典化的形式提纯（formal abstraction）。如果亚裔美国文学完全使用经典文学学术来审视的话，那么它就无法表达出生产物质基础不平衡的状况，所以它的美是通过矛盾（而非崇高化的）升华来定义的。作品中的不和谐、不同一，使其质疑经典化的形式提纯过程，从而建立了自己独立的认同和归化的文学领域。丽莎·刘虽然未将成长小说作为研究的主体，而将之视为研究论证的案例，但是她注意到了亚裔美国成长小说潜在的颠覆性和建构性。

台湾学者冯品佳教授在她的专著《托尼·莫里森和汤亭亭女性成长小说的后现代解读》（*The Female Bildungsroman by Toni Morrison and Maxine Hong Kingston:A Postmodern Reading*，1998）中，追溯了当代美国有色女性成长小说中身份建构的文本历程和在种族、阶级和性别压迫下艰难的成长。她从后现代和女性主义的角度观照两位女作家的作品，提出了具有启示意义的见解，认为她们"通过成长小说与反成长小说的杂糅，揭示出有色人种妇女所遭受的多重苦难"，突破了西方男性主人公的成长论述。之后，她对华裔美国成长小说作出持续关注。例如，她曾以"华美成长小说"为题目，专门从成长小说的角度探讨了徐忠雄的《家园》（*Homebase*）和刘爱美的《脸》（*Face*），指出前者"强调父系传承之延续及再现美国主流社会所淹没的华裔历史"，后者"同时刻画女主角向内挖掘内心压抑的记忆及向外探寻家族在中国的过去"，二者"虽然性别与经验场域各异，但各自以叙事方式打破沉默的牢狱"。冯品佳关注美国少数族裔成长小说中的种族、阶级、性别，以及记忆在主体成长中的重要作用，同时质疑"自我"的传统定义，将少数族裔女性个体成长纳入主流成长叙事中去。

　　帕特丽夏·楚的著作《同化中的亚裔人：亚裔美国著作权的性别策略》也对成长小说有所关注。她通过分析华裔美国文学中一个典型的小说亚文类——成长小说，选取华裔美国作家赵建秀、水仙花、汤亭亭、谭恩美等人的作品，纳入她所划定的成长小说范畴内来讨论和研究亚裔美国男性与女性作家为何、以何种方式处理作品中的同化问题。她指出，亚裔女性特殊的移民史，亚裔美国家庭的构成和亚裔男性与女性不同的文化再现等因素决定了男性与女性之间不同的同化方式。"男性作家的同化依靠与亚洲文化和以女性为象征的家庭责任的疏离来获得美国性，通过俄狄浦斯式的抗争、男权的确立和性能力来表征建构著作权（authorship）"，所以他们只是依据美国文学中固有的模式建立男性亚裔美国主体性。对于女性作家主体来说，因其"要摆脱传统的贤妻良母形象、以家庭为中心的固有束缚，又要与主流中单面的、种族化的性对象这样的刻板印象作斗争，与诸多无生命的如景观、社会、民族等象征作斗争，同时又要面对额外的心理负担和自卑情绪"，所以她们的同化叙事无法照搬男性主体的成长和同化模式，只能建构疑问重重的叙事模式。当她们借用传统成长小说模式叙事的时候，注定要挑战这些既定的、以女性婚恋为成功社会化标志的女性成长叙事模式。帕特丽夏·楚专注研究亚裔美国作家如何重写成长小说，以此来确立他们在美国处于焦急和不稳定的位置[①]，寻找和建立一种新的文学传统和隐喻来完成建构和宣布拥有亚裔美国人的身份。她的著作题名——"同化中的亚裔"，把同化作为亚裔美国人成长中极具诱惑性但永远不可能实现的成长终极目标。

　　根据现有资料，2003 年的两篇博士论文对亚裔美国的成长小说也有所关注，分别为：《文化少数族裔聚居区之外——美国亚裔阶级批评和民族志的成长小说》（*Beyond the Culture Ghetto：Asian American Class Critique and the Ethnographic Bildungsroman*，2003）和《美国亚裔成长小说中的消费与身份》（*Consumption and Identity in Asian American Coming-of-Age Novels*，2003），分别以阶级批评和消费与身份为中心，对亚裔美国成长小说中独特的文学现象进行分析，得出了有建设性的结论。

　　以上学者的相关研究为华裔美国成长主题/成长小说的命题成立做了奠基性工作，他们的研究理路与结论为本文的研究命题——华裔美国小说成长主题带来重要启示。值得注意的是，对于华裔美国成长小说的界定，

---

　　① Patricia Chu，*Assimilating Asians：Gendered Strategies of Authorship in Asian America*，Durham and London：Duke University Press，2000，p.6.

这些学者的观点明显呈宽泛化趋势。如冯品佳在谈论族裔女性成长小说时，就认为"凡是族裔女性对身份建构历程的书写，不管是虚构故事或自传体，情节是顺时或倒叙，都是成长小说"。然而大部分华裔美国文学在书写人物生存与遭遇的时候，都会涉及对自我身份的审视与讨论。成长小说的外延无限扩大，务必对一种文类的界定和研究造成困扰，也使这一文类失去其界定的意义和效力。

我们可以看到，在华裔美国文学研究领域中，除了这些学者的研究和尝试以外，整体而深入的华裔美国成长小说／主题的研究一直是一个空白，至今没有学者对华裔美国文学成长主题进行整体概览和细致梳理。鉴于华裔美国文学研究自身的成长发展，以及研究的学术价值和创新意义，从学理的角度出发，建构完整的成长叙事，以此来进行华裔美国成长主题的研究有其必要性。

三、对华裔美国文学研究的意义

第一，从成长角度来审视和赏析作品，从而得出更有美学意义和文化意义的结论，可丰富和促进华裔美国文学发展。华裔文学作为一股新兴的非主流文学，已经越来越受到中美学界的重视。其实，从华裔美国文学肇始以来，成长主题就贯穿在其发展的始终。探讨和展示华裔主人公成长中诸多难以抉择的问题已成为华裔美国文学不可或缺的一部分。时至今日，成长仍是华裔美国作家热衷的、不离不弃的主题，成长主人公在多元文化背景中，在其各异的成长时空里，如何完成与美国主流青少年迥然不同的关键成长阶段，将是一个极富特色、意义深刻的课题。然而，其成长的复杂性、特殊性和曲折性被研究者有意无意地忽略了，从而导致这方面的研究成果比较匮乏。因此，华裔美国小说成长主题研究为研究华裔美国文学提供了一个独特的视野，填补了国内外华裔美国文学研究的空缺，同时也拓展了华裔美国文学研究领域的学术空间。

第二，对于美国文学来说，华裔美国成长主题的研究意义同样重大。它能够更加深刻地显现出美国成长小说／主题具有的矛盾性、复杂性和多义性。处于美国文学边缘的美国亚裔／华裔文学在美国主流文学中获得一席地位是近三十年的事情，这与泛亚运动的崛起息息相关。饶芃子教授曾指出，对于在边缘处境的海外华文作家来说，这有种种无法备述的艰辛；但对文学创作而言，这是作家的一笔宝贵的精神资源和财富，因为文学需要自身感受和体验的积累，也需要客观的审视和思考。恰如饶教授所言，作为美国少数族裔，处境边缘的华裔美国作家，正利用着自己的感受和体验，通过对成长的阐释，揭示出这种复杂矛盾多义的多元文化层面的个体成长意义。美国少数族裔的成长境遇，成长中面临的挑战和艰辛，在华裔美国成长小说中得到了形象的雕刻。华裔美国小说成长主题研究必然会丰富美国成长小说/主题研究，更是为美国文学研究增辉添彩。

第三，华裔美国文学是一种世界性的文学现象，是一个由越界引起的文化交叉重合地带，具有跨国别、跨地区和跨文化的特点，对于世界华人文学来讲，其价值不可估量。鉴于华裔美国文学与中美文化的亲缘性和不可剥离性，它既隶属于美国文学，又可以说属于世界华人文学。华裔美国小说成长主题的界定与研究势必会进一步完善和丰富世界华人文学研究。因华裔作家本身经历了多元文化中成长和成熟这一独特的人生体验，他们的作品切入成长生活历程的角度自然与中国本土作家有所不同。他们作品中对"民族"、"历史"、"文化"等互有联系的成长记忆与命运的书写，为华裔美国文学创造了与中国本土文学、其他地域的华人文学相异的成长空间，从而为世界华人文学的"成长文学"添姿添色，丰富和完善了世界华人文学。

第四，华裔美国小说成长主题能够反映出文化边缘人物成长的艰辛历程，从而为成长小说这种小说类型本身注入新的活力。对华裔美国小说成长主题的成长模式进行分类研究与个案分析，有助于研究者深入地认识这类小说的美学特征，滋润和丰富成长的多元姿态和多种结果，对于成长小说本身是一个新的扩展。对华裔美国小说成长主题的研究，更是为成长这个古老的文学主题在当今多元文化存在的时代得以焕发新的生机并诠释新的时代意义提供契机。

第五，离散文学这个文体学概念的存在，使华裔美国文学这种存在形态独特的世界文学有了一方归属之地。华裔美国文学中的成长主人公总是处在两种文化的挤压与冲突之中，这使他们获得了一种崭新而独特的自省目光，得以在全球化的文化视野下审视自我成长。并且，华裔美国作家们不仅仅向西方的读者，更是向全人类，在离散家园中呈现了一个个鲜活的特殊成长主体，奉献了一片崭新的文学大陆。

第二节　成长主题理论概述

一、成长溯源

哲学意义上的成长，就是对"主体之谜"的解密，也是一个从个体到主体的过程。人的成长的标志就是在追寻"我是谁，我该向何处去"，就是主体的觉醒。古今思想家们对主体的形成和自我的认同及其过程一直关注，并对此作了有益和坚持不懈的探索。关切一个人自身，认识自我这个论题得到了很多哲学家的论证和发展。

成长即意味着对自我的确认，但是这个自我开始被认为是先天赋予的，是理性的存在，如奥古斯都的"认识你自己"、笛卡尔的"我思故我在"、康德的"理性为自然立法"。从区分理性为认识理性和实践理性，到黑格尔的"实物即主体"的绝对精神，都坚持这种先验和理性的自我。后来，唯意志主义哲学、生命哲学和存在主义哲学等现代西方人本主义哲学对主体性持有"非理性生成"的态度：唯意志主义哲学的叔本华唯意志论认为"世界是我的表象"，"世界是我的意志"；尼采则以"强力意志"与"超人哲学"代替了理性重建人的主体性；生命哲学代表狄尔泰和柏格森同样以对生命冲动、生命存在的精神性本质和心理绵延的分析，证明了主体性的非理性存在与生成；存在主义代表萨特以存在先于本质的理念，弘扬自为的、非理性的自我，与先验的理性的自我背道而驰。

心理分析学者们也将"自我"这一成长追寻的对象作为研究己任。弗洛伊德提出"自我的三结构说"，即本我（id）、自我（ego）与超我（superego），认为"自我"这个心理主体是在动态中形成的，是"本我鲁莽的愿望和超我的禁忌，以及外在世界强加的现实之间的中介"[①]，这在本质上瓦解了哲学意义上主体的稳定性和完整性。继弗洛伊德之后，荣格把整体人格的思想作为研究重点和核心，认为人格应分成自我（self）、个体潜意识、集体潜意识三个互相独立同时又相互联系的部分。人的自我与自我原型（大写的 Self）密切相关，是人格的中心，是指人的现实存在，是人的思维、

---

① Paul Brinich，Christopher Shelly，*The Self and Personality Structure*，McGraw—Hill Education（Asia）Co.& Peking University Medical Press，2008，p.37.

情感、认知和感知觉的综合。与福柯同时代的拉康所构建的自我，以他所观察到的幼儿从出生 6 个月到 18 个月之间的镜像阶段为出发点，自我形成的第一步就建立在这个虚妄的基础上。

在研究自我是怎样存在的同时，一些学者也着手于 "自我" 的形成和发现的探讨。具有代表性的是现代社会心理学创始人之一乔治·赫伯特·米德（George Herbert Mead）。他从进化的观点出发，论述人的心灵和自我如何从社会背景中产生和发展，认为自我是在社会经验与活动中产生并逐步发展起来的，群体亦即社会优先于自我而存在，所以自我是一种社会的建构而非先验的存在。但是，当社会塑造自我时，自我也通过主我—客我的辩证法改造社会。

美国心理学家肯尼思·J. 格根（Kenneth J. Gergen）的观点充分体现了自我的现代性理解。他把传统意义上的自我定义为一个唯一的、自治的个体，具有自我导向和自我依靠的能力。他认为，在现代，这样的传统观点已经被新观点——人存在于一种持续建构和重构的状态中所替代，自我关涉观察角度问题，是商酌的结果，是持续不断地建设中的动态的概念。它是具有关联性质的、主观的（relational and subjective），而非分离的、客观的（separative and objective）。正是在自我与世界的互涉中主观地参与和洽谈，成长个体逐渐解构旧观念、旧价值、旧身份、旧品行，建构与世界商谈后达成的新观念、新价值、新身份、新品行，这种被迫或主动的自我调适之后，以期与世界达成一致。但是这个协商不是一劳永逸、一蹴而就的，而是在不断的进行中，所以自我也在不断地进行调整、重构。所以从这个意义上说，成长并不是仅仅发现，也不是一朵美丽的花骨朵，慢慢培育最后盛开。简言之，从现代意义上来讲，成长是现代意义的自我的建构与重构过程。

随着人类思想的发展和演变，西方马克思主义、女性主义、后殖民主义、同性恋理论陆续登台，也都对先天赋予的自我从各自不同的视角提出质疑。马克思主义认为自我或者主体不是与生俱来的，而是在实践中、在社会关系（如阶级）中渐渐形成的；女性主义认为自我的形成与性别认同紧紧相连，所谓性别（gender）是社会建构的产物而并非与生俱来，所以自我亦是社会的产物；后殖民主义关注的是被殖民者作为自我和主体在后殖民语境中，如何在与殖民者的关系状态下沦为"他者"，又如何进行殖民内化或颠覆自我的他者地位和殖民的主体地位。20 世纪下半叶，随着后现代社会的逼近和侵袭，以福柯、利奥塔、德里达等为代表的后现代主义学者对先验的自我展开了激烈的攻势。他们认为所谓的自我，只能解释为人的历史化、生物化、社会化的结果,是在社会化过程中的产物,所以"所谓的主体性只是形而上学思维的一种虚构而已",真正的主体性并不存在。

如上所述,对于成长中关于自我的个体现象的研究存在多种视角。但是,关于"我"的追问,"我是谁,我正走向何处,以及我如何才能发现和实现这两者"是各学科关于主体/自我的追问焦点,可谓殊途同归。哲学意义上的追问建立在生物发展的基础上,伴随着心理学意义上的自我展开,同时进行的是社会文化身份的追寻。试图为成长,亦即自我/主体及其自我的建构/主体性生成下一个正规的定义,无疑是在这一客体上设置障碍,亦容易使人对这一概念产生误解,即自我发展是发生在现实世界中的某种客观对象。只有在特定语境、特定族群、特定时空限定成长,多角度跨学科阐释,才具有理解意义。

与此应和的是,文学一直做着找寻主体性、记录自我成长的努力。作家们加入了思者的行列,用艺术的手法谱写人类异彩纷呈、可歌可泣、可感可慨的人之成长的歌弦。这一点上,华裔美国作家们便是极好的例证。他们笔下的成长主人公,在多元的社会文化环境中,在以家族群体、异国他乡为主的背景下,开始了寻求真正意义上的主体性生成。

二、 成长主题的定义与范畴

(一)成长小说的发轫

成长小说主要是于 18 世纪在德国产生,并于 19 世纪壮大成熟的文类,在西方现实主义文学中具有悠久的传统,一直占据重要位置。"成长小说"(Bildungsroman)的命名源于德国的"教育小说"[①],以德国作家歌德的小说《威廉·麦斯特的学习时代》(*Wilhelm Meister's Apprenticeship*,1858)为典范。"Bildungsroman"一词由"bildung"和"roman"组成。"Bildung"是"Bild"(塑像)、"Image"(肖像)的同义词,原意指"按上帝的形象塑造",后经启蒙运动,演变为"教育、修养、发展"的含义,强调对人的德行和理性的塑造。成长小说可以追溯到若干文学传统:从早期的道德寓言中的人物,到流浪汉小说中到处漫游、阅尽人间悲喜的主人公;从通过自身不断磨炼而成长的帕西发尔(亚瑟王传奇中寻找圣杯的英

---

① 成长小说从 20 世纪初期被引进至现代中国,长期以来并未有统一的理论命名。德国的"教育小说"也被称为"经典成长小说"、"歌德式成长小说"、"塑造小说"、"发展小说"等,不一而足。

雄人物），到寻求全面发展、多才多艺的文艺复兴时代的人（Renaissance man）；从性格固定的流浪汉发展到好内省的忏悔者，即一个具有个人意识、记忆和罪恶感的主人公。作为有着悠久历史渊源的文类学概念，成长小说历来都被认为是 18 世纪德国人文主义影响和熏陶的结果，可以追溯至 17 世纪洛克（John Locke）的教育理论和 18 世纪英国教育小说（The Novel of Education）传统。

第一次正式提出"成长小说"的是德国学者卡尔·凡·莫根斯特恩（Karl Von Morgenstern）。莫根斯特恩在题为"论一系列哲理小说的精神与联系"（"On the Spirit and Connection of a Series of Philosophical Novels"，1810）的演讲报告中，是这样定义成长小说的：

之所以定义为成长小说，最基本的缘由是基于小说主题内容的考量，因为这类小说描绘了主人公从开始直到到达某种完善的阶段这一发展过程。这种关于成长的描述能够促进读者自身的成长，所以成长小说的意义远胜过其他任何一种小说。①

莫根斯特恩的概念比较宽泛和笼统。他并未对主人公及其成长过程作细致规定，为后来学者修正、补充和发展，甚至教条化这个概念提供了契机。但是他指出这种文类是以主题分类，从而明确了文类的划分标准。这类小说描述了主人公经历发展的阶段来达成完善自我的目标，并能够促进读者成长，这种表述性的界定（performative definition）并非规范性的定义（normative definition），表达了这类小说品德教育的功效和目的，这与当时 18 世纪德国资产阶级强调通过艺术熏陶和审美教育以达成个人健康成长、与社会和谐统一的目标是一致的。然而莫根斯特恩的影响力不大，在学术界并未引起多大反响。

到了 18 世纪中晚期，德国民族意识觉醒，工业化促使中产阶级壮大，德国贵族、教会、新兴资产阶级与无产阶级和底层群众之间的矛盾日趋激烈，带有目的论意义、协调社会与个人的文学象征——成长小说不断发展壮大，满足了统治阶级的需求。这也是歌德发表于 1858 年的小说《威廉·麦斯特的学习时代》备受推崇的原因之一。1905 年，德国哲学家威廉·狄尔泰（Wilhelm Dilthey）在《体验与诗》（*Experience and Poetry*，1905）

---

① Martin Swales, *The German Bildungsroman from Wieland to Hesse*, New Jersey: Princeton University Press, 1978, pp.12 – 13.

中对成长小说进行了包括来由、代表作和情节模式等方面较为具体的论述，他认为：

> 从《威廉·麦斯特的学习时代》和《黑斯佩鲁斯》（*Hesperus*）起，所有这类小说都表现那个时代的青年：他在幸福的晨曦中踏入生活，寻找相近的灵魂，遇到友谊与爱情，又陷入与冷酷现实的斗争中，在多种多样的生活经验之下渐趋成熟，找到自身，明确他在世上的任务。[①]

狄尔泰强调主人公与时代之联系的紧密性，是以"个人和社会的矛盾尚未激化成为敌对状态"为前提和初始条件的。成长之初是主人公生活在对社会和自我无知的状态中，成长过程是获取对世界的理解、自身缺点被改正、品格得到完善的过程，其任务是"找到自身"和"明确在世上的任务"。作为成长小说理论的先贤，狄尔泰有预见性地提出"找到自身"这一概念，最早关注到成长小说主人公的主体性。基于当时重视教育以寻求人与社会和谐的气氛，学者们把主人公通过自我教育达成社会化作为成长中"找到自身"的主要向度。同时，狄尔泰的定义揭示了传统成长小说的叙事模式，即线性的发展，通过知识与社会的融合、上升的运动以达到精神的富足。其成长的结果是积极向上的，主人公能够融入社会，实现自我的社会化，承担起社会的责任，在现实世界真实地、充满意义地生存。从这个意义上来说，狄尔泰的定义扩展了莫根斯特恩的定义，并成为被引用频率最高的成长小说定义。

（二）成长小说的经典论述

20世纪初，匈牙利的文艺理论家卢卡奇在著作《小说理论》（*The Theory of the Novel*，1920）中，对小说的本质和小说形式的类型进行了开创性探讨，奠定了现实主义文学理论的基础，同时对现实主义文学中的重要文类——成长小说进行理论剖析。他认为，当文学走出神学的禁锢后，小说主人公因灵魂无所归属而与外部世界产生分离，带着问题心理去外部世界冒险，于是产生两种类型的小说：抽象的理想主义和幻灭的浪漫主义。第一种类型的主人公以内心的理想试图征服世界的险恶与困难；第二种类

---

① Wilhelm Dilthey, *Experience and Poetry*, Princeton：Princeton University Press, 1985, p.273.

型则脱离外部世界，回避冲突，折返至内心，但两种主人公都不能很好地面对个体的发展和变化。而成长小说，如歌德的《威廉·麦斯特的学习时代》"在美学和历史哲学方面刚好处于前面两种小说之间：它的主题是成问题的个体在经验理想引导下与具体的社会现实之间的和解"。同时，"作为这种作品的基本信念的人文主义，需要行动和沉思之间的平衡，需要在改造世界的雄心壮志和面对世界的接受能力之间的平衡，我们把这种形式叫做教育小说（即成长小说）"。卢卡奇强调内心与世界的矛盾与冲突，把与社会的和解作为成长的结果。主人公因为要把内在的东西在外部世界真正地实现，所以才会成为有问题的人，陷于无奈和孤独。主人公已经认识到了内心和世界的差异，和解并不是自己对世界的抗议或者附和，而是在理解的前提下的体验。卢卡奇强调外部世界与个体内心的对立与和解，把文学视为追求"人的完整性"，整合人、重建人的社会关系的手段，视野向历史与世界拓宽，其中不难看出他早期对资产阶级文化的批判和对黑格尔辩证法的吸收。

卢卡奇首先提出成长小说中成长的预设前提，认为人物的种类和情节发展必然受制于成长小说的形式，即内心与世界的和解虽然问题重重，但仍是可能实现的。卢卡奇强调成长中他人和偶然事件的积极介入，并将社会按照职业、阶级的等级分类，认为这对于在此现实基础上行动的人物类型具有决定性意义。卢卡奇的观点，开启了新的研究风范，促进后来学者更多考量成长个体与他人的动态关系，考察现当代成长小说中诸多成长因素如种族、族裔、阶级和性别等。

1936年，苏联著名文艺理论家、批评家巴赫金（Mikhail Bakhtin）对成长主人公的特点作了有独创性的分析与补充，对"成长小说"作出较准确完善的学理性阐述和总结，被认为是以现代理论全面阐释成长小说的第一人。他在论文《教育小说及其在现实主义历史中的意义》中首次引用"常数"和"变数"的概念，对长篇小说体裁作历史的梳理，按照主要人物形象的构建原则进行分类，他指出：

在一类小说中，主人公和他的性格成为小说公式中的"变数"，而并非是一种"静态"的、"常数"的，具有既定品格的主人公形象。这种主人公本身的变化具有了情节意义，时间进入人的内部，进入人物形象本身，从而极大地改变了人物命运及生活中一切因素所具有的意义。这一小说类型从普遍含义上说，可称为人的成长小说。①

巴赫金对成长小说理论的又一大创新在于将"时间"放入成长小说的概念中，将其作用加以分析，认为：

> 人的成长过程可能是截然不同的。一切取决于对真实的历史时间把握的程度。在纯粹的传奇时间里，自然不可能有人的成长；但在循环时间里，人的成长是完全可能的。例如在田园诗的时间里，可能展示人从童年开始通过青年、成年步入老年的历程，同时揭示出人物性格及观点随着年龄而发生的重要的内在变化。人的这种发展（成长）带有循环的性质，在每一生命中重复出现。②

巴赫金强调了线性时间对人物性格发展的极大影响，认为它促成成长小说中主人公的动态变化，推动了小说情节发展。同时，因为时间进入人物内部，人物内心的事件反映了历史的进程，历史与个人有机地结合成为整体。因而人物在内心成长的实践中，进入变化着的历史中进行人格完善，反映出与自己密切相关的广阔社会，也反映出时代的变化。所以，在巴赫金看来，成长小说因时间的涉入而被赋予了历史意义和社会意义。

虽然巴赫金已不再强调成长小说的教育意义，却无形中引出文化语境对于成长的重要性。人随着时代的变化而成长，成长小说随之改变状貌。他的定义从某种程度上可以视为成长小说理论的深化与发展，标志着随着时代、思潮的演变，成长小说定义也在不断变异。

19 世纪后期诸多学者对于成长小说的理解，亦大体采取一种表述性定义，而非卢卡奇和巴赫金的规范性概念，但是他们的定义也因对象的改变、时代的变迁而变化，诠释了成长小说的一种式微，预示着传统成长小说的叙事困境和发展危机。英国学者苏珊·豪（Susanne Howe）和杰罗姆·巴克利（Jerome Buckley）把焦点放在英国文学上，在以歌德的《威廉·麦斯特的学习时代》为参照下，试图为成长小说作出提纲挈领的阐述。苏珊·豪在 1966 年的著作《威廉·麦斯特和他的英国亲戚：生活的学徒》（*Wilhelm*

---

① ［苏］巴赫金著，白春仁、晓河译：《小说理论》，石家庄：河北教育出版社 1998 年版，第 230 页。

② ［苏］巴赫金著，白春仁、晓河译：《小说理论》，石家庄：河北教育出版社 1998 年版，第 230 页。

Meister and His English Kinsmen：*Apprentices to Life*，1966）中将成长小说定义为：

成长小说主人公独自踏上旅程，走向他想象中的世界，由于他本人的性情，往往会遭遇一系列的不幸，在选择友谊、爱情和工作时碰壁，但又会认识不同种类的引领人和建议者，最后经过了对自己多方面的调节和完善，终于适应了特定时代背景与社会环境的要求，找到了自己的位置。①

很显然，苏珊·豪的论著探讨的成长是作为一种心灵旅程，抛弃自己对世界天真的想象，克服自己的性格弱点，以求得社会的同化。无独有偶，巴克利在他的著作《青春时节——从狄更斯到戈尔丁的成长小说研究》（*Season of Youth*：*The Bildungsroman from Dickens to Golding*，1974）中这样细致概括成长小说：

一个颇有些敏感特质的孩子生长在乡下或者县城。他发现社会智力上的束缚制约着他的自由想象。他的家庭，特别是他爸爸对他的异想天开非常抵触，对他的所谓的志向嗤之以鼻，对他从"歪门邪道"的书上读来的新观点不以为然。他所受的第一期教育即使并不完全没用，但可能因为并不适合他而让父亲颇感失望。所以，有可能年纪很轻，就离家进城，自谋生路。至此，他真正的教育开始了，不仅仅作为从业前的准备，也指他从城市生活中的历练所得来的经验。后者经常牵涉到两段爱情故事或者性经验，其中一个糟糕透顶，另一个则让人振奋，甚至可以赢得别人对自己的较高评价。此时，在经历了痛苦的灵魂追寻之旅，能够在现实世界中立足之后，他度过了青少年期而进入了成熟期，成长达成。此刻，他可以重返故乡，用自己的成功或者睿智证明自己。②

巴克利在苏珊·豪的基础上，比较详细地描述成长过程，诠释了这个文类的特点，为英国成长小说经典的创立提供了参考价值，为典型成长小说画出一个轮廓。然而，这种以男性主人公为传统成长小说的典型的做法，

---

① Howe Susanne，*Wilhelm Meister and His English Kinsmen*：*Apprentices to Life*，New York：AMS Press，1966，p.11.

② Buckley，Jerome Hamilton，*Season of Youth*：*The Bildungsroman from Dickens to Golding*，Cambridge：Harvard University Press，1974.

被后世学者称为文化和历史霸权主义，也被人认为是原型人物定义。这样的情节构件显然局限于维多利亚时代的成长小说风尚、教条化的人物原型，必然限制成长小说的发展创新，在今天已然失却其现实意义。

（三）成长小说在 20 世纪的颠覆与"重建"

成长小说于 19 世纪西方发展成熟，随着成长小说的不断发展壮大，成长小说批评在 20 世纪中叶成为显学。随着文学理论与思潮的变化，成长小说的理论批评也在不断的论争中生存，在饱受非议的过程中不断发展演变。随着现代主义的到来，它同现实主义文学一道，遭到了现代主义、后现代主义、后解构主义的全面质疑。在女性主义、民权思潮中，很多学者也发起了对经典成长小说的攻击，旨在重写、重新定义成长小说。评论家们就这个文类的教育价值、概念的边界、政治作用以及其身份霸权等方面展开辩论。在批评界对现实主义的瓦解和颠覆的过程中，成长小说因其服务于时代教化、教育的目标，其成长主人公的"成熟"（maturation）和"发展"（development）暗示着"同化"（assimilation）、"文化适应"（acculturation）和"同一"（conformity）的过程，一度成为辅佐和强化当时意识形态的贬义词。

总体观之，一类批评者将成长小说视为德国魏玛时期的特殊文类，从德国的角度阐释世界，服务于当时的历史与政治，表达了当时的德国意识形态，其叙事盛行并附属于整个 19 世纪欧洲中部地区的政治氛围，因此不能在其他国家和地区生存与发展。加之这种文类小说的历史语境已经不再，成长小说必然日渐消亡。狄尔泰就认为成长小说表达出一种文化中的个人主义的思想，这种文化的关注范围局限于私人生活；彼得·乌韦·弘汉代尔（Peter Uwe Hohendahl）也曾专门阐释包括成长小说在内的德国文学批评如何在 19 世纪后半叶塑造了德国特有的民族身份；迈克尔·贝得（Michael Beddow）也曾阐明成长小说这个概念本是源于 18 世纪德国的小说类型，并由德国作家发扬光大。德国作家托马斯·曼（Thomas Mann）在 1916 年的一次成长小说的演讲中也持类似观点，指出这种成长小说是德国独有的文类，具有民族合法性，且与德国人文精神紧密相连。

当代学界对成长小说的批评和阐释是站在反本质主义的立场上的。如杰弗里·L.萨蒙斯（Jeffrey L.Sammons）从伽达默尔的解释学出发，把考察焦点放在成长内涵的矛盾性上，认为成长小说呈现出保守的文类形式主义；马克·雷德菲尔德（Marc Redfield）则从后结构主义观点出发，将成长小说定性为"幽灵式成长"（Phantom formation）；对于彭志（Pheng

Cheah）来说，传统成长小说这种把社会化的目标（即国家）视为有机自为的统一体的观点，是后殖民主义自由话语一直挥之不去的幽灵；约瑟夫·R. 斯劳特（Joseph R.Slaughter）认为成长小说中，人权法律的主体仍然是个"仿拟的人"；骆里山（Lisa Lowe）批评成长小说的霸权行为，为个体与理想的国家主体身份认同提供了一个优越的场所，而这样的国家主体实为官方叙事，抹杀了其他（族裔）的历史和生存经验；杰德·埃斯蒂（Jed Esty）直接通过现代主义时期的成长小说阐释实践得出结论，认为大部分成长小说的主人公并未按照规范的成长叙事规律来发展。学者们普遍质疑成长小说的定义概念和理论术语，如"自足"、"和谐有机的个体发展"，以及"自我"、"主体"和"身份"等这一系列不稳定的现代主义概念。特别是一个范式发展模式必须限定在严格的成长小说框架内完成，其内部矛盾就显现出来，于是不可避免地招来多方批判。

与这种成长小说终结说相对立的批评则坚持成长小说作为现代性的通用标记，文学应在不断变化的时代中。20 世纪以来的小说，包括成长小说主人公的成长鲜有和谐的结果，更不要说是幸福的结局。甚至成长小说最有影响力的理论家之一弗兰克·墨罗蒂（Franco Moretti）从现代性的终结看出了这种文类的业已衰败的趋势，进而预测欧洲成长小说将出现危机。然而将这类成长小说完全看作是"失败的成长小说"或者"反成长小说"并不一定合适。现当代成长小说文本可能与这个文类的某些基本假设相悖，然而这些文本却阐释出自己的"生活艺术"。所以，个人必须稳固自己在世界上的地位，而不是发现它预先给定的传统或继承。为此，《反思与行动：成长小说论文集》（*Reflection and Action*：*Essays on the Bildungsroman*，1991）的编者詹姆士·哈丁（James Hardin），对于"自我塑造"更倾向于一种概括的、超越历史的定义——"成长可以泛指主人公的心智与社会发展，在外部世界与经验中经历了成功和失败之后，获得了对自我更深刻的认知，也获得了积极的世界观"。

对成长小说持乐观态度的学者格雷戈里·卡索（Gregory Castle）对成长小说充满信心，认为对成长小说的批判实则是现代主义宏大愿景的尝试之一，目的是要恢复与修正启蒙主义理论概念。卡索在著作《解读现代主义成长小说》（*Reading the Modernist Bildungsroman*，2006）中将成长小说按时代分为经典成长小说和现代主义成长小说，并肯定了现代主义成长小说的文类成功：

文类失败有其结构性的必然性和必要性，因为它是经典成长小说内在批评的基础。文类失败其实标志着文类批评的成功……换句话说，二元对立概念（成功/失败）的瓦解和失败标志着新的社会文化主体再现的成功。19世纪成长小说作为再现成长主体身份形成、社会化过程的重要文类，它促成发展叙事闭合结构的主要模式，即对失落的幻想和希望破灭的认识、对为社会作了微薄贡献的妥协。在现代主义阶段，成长小说批判这些闭合模式，并提供了另外一种开放、流动的选择。内部文化是矛盾与非同一性的根源，而美学教学寻求的是反抗的辩证法而非和谐的辩证法。从王尔德到沃尔夫，成长小说超越了文类的失败，通过言说内在批评的变迁，展示了现代主义成长小说独有方式的成功。①

（四）边缘主体成长小说的崛起

20世纪由于女性主义、民权运动的兴起，多元文化主义、结构主义、离散现象和身份与主体等热议问题促进了人们对成长小说的重新关注与审视。各种族裔、性别借用"成长小说"这个文类，将之视为边缘化主体的言说工具，少数或边缘主体成长小说如加勒比地区成长小说、亚裔美国成长小说、西裔成长小说和非裔成长小说等纷纷登台，演绎这些被主流边缘化的主体建构自我身份的成长经历与生存历史。同时，一些大学课程、国际学术会议也围绕相关问题进行讨论。

20世纪70年代初，西方女性主义开始对成长小说产生浓厚兴趣，成长小说一度成为受新女性主义影响的文学形式中最有生命力的和最受欢迎的女性主义小说形式。1979年，邦妮·胡佛·布莱德琳（Bonnie Hoover Braendlin）对女性成长小说有了初步的定义表述：

女性成长小说描述女性向着可能的自我发展。这种自我存在于现在与未来中，摆脱了女性在男权社会中预设的角色。这种预设的角色培养出一个破碎的个性，而并非令人满意的完整的个性。②

尽管这类定义仍然是本质主义的表述，寻求的是备受争议的"真正的女性自我"，但其基调还是比较乐观的。同年，一篇名为"觉醒小说"（"The

---

① Gregory Castle, *Reading the Modernist Bildungsroman*, Gainesville：University Press of Florida, 2006, pp.71 - 72.

② Bonnie Hoover Braendlin, "Alther, Atwood, Ballantyne, and Gray：Secular Salvation in the Contemporary Feminist Bildungsroman", *Frontiers*：*A Journal of Women Studies*, 1979, 4（1）：p.22.

Novel of Awakening")的论文发表，作者苏珊·J. 若索沃斯基（Susan J. Rosowski）将觉醒小说视为与男性成长小说相对立的文本，即女性成长小说。如果说传统男性成长小说的成长是向外的运动，最后通过与社会整合统一达到自我实现；那么女性成长小说则是一种向内的运动，通过更深刻的自我认识，认识到"生活的艺术"对于女性来说很难甚至不可能真正实现。1983年，一部女性成长小说批评论文集——《向内航行：女性成长小说》（*The Voyage in：Fictions of Female Development*，1983）的出版标志着女性成长小说批评的日臻成熟；1990年，美国现代语言学会出版了《英语写作的女性成长小说：参考文献集》（*The Female Bildungsroman in English：An Annotated Bibliography of Criticism*，1990），标志着女性成长小说获得了认可。这本书的主编伊丽莎白·阿贝尔（Elizabeth Abel）等认为，从传统文学史的角度来看，女主角的成长经历总是比男性曲折。对照巴克利的成长小说定义来看，女性无法按照男性那种"进程"成长，即"离家"，获得"性经验"，以及最后在社会上占有一席之地。于是，主编们将女性主人公纳入成长小说主人公的维度中，目的是要"绘制出一个在声张和所受的压抑性惩罚之间，在聚焦内心和直面社会代价之间，在屈服于疯癫和维系于压抑的'正常'之间的危险路程"。她们提出女性成长小说的叙事模式——精神成长式和顿悟式，旨在拓展成长小说定义的历史局限、性别范围和直线的情节发展结构，使读者理解性别在主人公成长过程中的独特影响。当然，正如传统成长小说一样，女性成长小说批评也褒贬不一，主要围绕女性成长小说作为文类是不是成长小说的修正、变体、次文类的问题，或者是关于其拓展等可能性的问题。

早在1983年，学者们如布莱德琳等，在探讨女性成长小说的同时，已关注到美国文学中另一类的成长小说，作者们要么是女性、非裔、墨西哥裔、美国土著，要么是同性恋者。他们不满成长小说主人公一直由白种人、男性、异性恋者主导，认为成长小说其实可以为边缘主体提供一个混杂的言说空间，使得一系列持久待解的生存矛盾得到再现和磋商。所以，正如斯特拉·波拉齐（Stella Bolaki）在探讨当代美国女性族裔成长小说时所说：我们应该打开成长小说的范畴，探讨与之不相融的生命写作形式和叙事，如心灵创伤、疾病、死亡等显性事实，又如边缘状态、被迫的沉默、消声的历史和被禁锢的行动等隐性叙事[①]。这些张力其实已经是成长小说内部的叙事冲

① Stella Bolaki，*Unsettling the Bildungsroman：Reading Contemporary Ethnic American Women's Fiction*，Amsterdam and New York：Rodopi，2011，p.13.

突的重要部分，所以需要依据新的标准和视角对传统的成长小说的价值进行重新评估与批判。

亚裔美国学者也都通过探讨种族和族裔对亚裔美国年轻人的主体建构的影响，尝试重塑经典成长小说。帕特丽夏·楚（Patricia Chu）的著作《同化中的亚洲人：亚裔美国著作权的性别策略》（*Assimilating Asians：Gendered Strategies of Authorship in Asian America*，2000）阐释了亚裔美国人如何重写这个文类（成长小说），从而确定他们在美国令人困惑而又不稳定的位置。冯品佳（Pin-chia Feng）通过宽泛的成长小说文类定义，将所有书写身份建构的女性族裔的小说都划归为成长小说，重新定义成长小说，将文化与历史环境纳入主人公成长重要影响要素中，质疑将文学作品看作社会产物的庸俗文类批评，突出成长小说的种族和阶级批评。无独有偶，詹妮弗·何（Jennifer Ho）在遵循成长小说传统叙事模式的同时，将种族、性别和族裔的差别在主人公的成长过程中通过饮食的隐喻和象征再现出来。这些批评不断挑战和检验成长小说这个传统文类的当代适用性，拓展、重写，甚至颠覆其边界与本质，从而激发文类新的生命力。正如波拉齐所说：

这些（成长小说）文本重新划定了某些场域，彰显了个体欲望与社会化需求之间的张力。在此回顾过程中，这些文本触犯了此类文类的规范，与这些想当然的臆断发生摩擦，使文本形式产生变形，从而揭示了隐藏于文类表面之下的多种模式和形象，正是这些文类定义了以自我中心主义和父权制为主的某一形式。①

综上所述，诞生于德国的成长小说，其定义首先由莫根斯特恩提出，寄予了成长小说较多的教育性和示范性的期许与职责。成长小说这一文学概念先后被文学理论家如狄尔泰、卢卡奇和巴赫金等定义与诠释。狄尔泰的定义提出成长小说主人公与社会协调，塑造积极向上的主体；卢卡奇补充成长的预设条件，强调内心与世界的辩证关系，把与社会的和解作为成长的结果；巴赫金引用"常数"和"变数"的概念，将"时间"引入成长小说的概念中，注重成长小说的社会与历史意义；随后学者如巴克利和苏珊·豪等，致力于比较详细地描述成长过程，诠释文类的特点，创立成长

---

① Stella Bolaki，*Unsettling the Bildungsroman：Reading Contemporary Ethnic American Women's Fiction*，Amsterdam and New York：Rodopi，2011，p.12.

小说的经典范式。学者们不断对界定成长小说作出开拓性努力，终于促成成长小说在 19 世纪西方发展成熟。

　　然而在 20 世纪，随着现代主义的到来，成长小说遭到了批判。对成长小说的质疑与批判正代表了当代西方文类批评境况。考察成长小说传统的颠覆与偏离正是考量这个文类在当代的适用性的契机。本书无意加入这场旷日持久的话语论争，对成长小说是否已衰败持开放性的乐观观点，认为对成长小说的批评和质疑并不意味着这种文类批评的失败。传统的文类受到广泛质疑的原因主要是其简单的类型化倾向，所以仍然沿用传统的文类批评观念来考察现当代的文类状况不可能得出正确的结论。这种观点正如波拉齐所说：一种文类批评的实践，应遵循的讨论规则是"哪个文类的文学与社会功能的变化取决于谁在何时定义的"[①]。而今，"成长小说"这个文类，已然成为边缘化主体的言说工具，用来不断塑造和改写文学的轨迹，焕发出新的生命力。正如埃斯蒂所说，"自我塑造"这个概念塑造了几代文学批评和实践，"这是一个事实，而非某个文本的未完成状态而改变的"。本质上说，文类总是这样的空泛体系，通过对其的否定、演化、转变或者变异而塑造着文学历史。

　　詹姆逊对当代西方文类批评状况给予了极大的关注。詹姆逊提出了当代文类批评走出困境的途径，也为理解成长小说文类纷争提供了视角。他在坚持把马克思主义作为阐释主导符码的前提下，引入辩证的思维方式。他提出用"语义的"和"句法的"文类解释方法来考察文类，认为"文类被限定为一种文学的话语，它可以按照一种固定的形式来考察，也可以按照一种方式来考察，但必须能够从这两种观点任意地进行研究"，即"通过辩证地重新思考这两种解释方法使它们历史化，从而不仅可以找出其作为一种文类的意识形态意义和历史命运，而且可以进一步获得对文类文学史本身的辩证运用的某种同情"。"辩证思维的特征可以说是历史的反思性，就是说，对一个客体（这里是传奇）进行研究时，它可以包括我们必然带给该客体的概念和范畴（本身也是历史性）研究。"[②]使用历史化的方法，从辩证的角度发掘文类所蕴含的意识形态，考察文类产生、发展、消弭或者转化为其他亚文类的历史命运，考察文类在文学作品中的呈现方式。本文亦是持这样的历史主义态度，尝试追溯文类历史与发展的。日新月异本

---

①　Stella Bolaki, *Unsettling the Bildungsroman*：*Reading Contemporary Ethnic American Women's Fiction*, Amsterdam and New York：Rodopi, 2011, p.10.

②　［匈］卢卡奇著，张亮、吴勇立译：《卢卡奇早期文选》，南京：南京大学出版社 2004 年版，第 96 页。

是事物发展的常态，所以批评界也要拓展传统成长小说的疆域，发展文类的内部张力，见证更多充满生命艺术的人生写作。

三、成长小说 / 主题研究成果

中国大陆关于成长小说的研究专注在英、美、德诸国的成长小说研究和中国现当代文学范围下的成长小说研究，并且大多都是博士论文或者以之为基础的专著。在欧美成长小说的研究中，中国大陆著作者基本上采用了理论与个案分析相结合的原则，以探求成长小说这一西方文类从传统到现代发展的流变规律和国别成长小说的特点，凸显了成长小说既是一种独立的文学类型，有鲜明的主题、内容和结构特征，又随着社会时代和文学环境的改变而变化。台湾文学界中，成长小说的研究起步亦比较晚，在20世纪后才逐渐对成长小说这一文类和成长主题有所关注。这个概念与作为文学类型的书写和推广是以"专辑"、"征文"和"研讨会"的形式①，由《幼狮文艺》杂志发起和推动的。关注文学中成长主题的学者主要有梅佳玲、王建元、张子樟、杨照、冯品佳、廖咸浩、陈长房、吕正惠等。梅佳玲等人以及相关论题的博士论文、硕士论文关注的主要是现当代台湾作家作品和少数大陆作品，如七等生、台湾乡土文学中的成长小说，冯品佳等关注的焦点是西方成长小说的形成与发展②。总体来看，台湾方面的相关研究主要集中在对特定作家作品的研究，对特定族群的文本考察或特定主题的分析阐述，体现出明显的台湾特色，反映出台湾本土社会历史发展对成长主人公的诸多影响，以及成长小说的写作和研究与《幼狮文艺》共同生长。

总体来说，国内学者对于这个舶来品的研究兴趣浓厚，努力从多方面健全和完善这种文类研究，这表现在对欧美成长小说的研究呈现不断细化、数量不断增加、研究视角文本内外互相结合、研究方法和视角不断创新的趋势。但是，具体研究也反映出不足之处：对于成长的定义普遍过宽，并未限定在哪个人生时期，并且对成长小说的界定普遍不够全面，这导致外

---

① 如杨佳娴主编：《台湾成长小说选》，台北：联合文学出版社 1998 年版；黄锦树、纪大伟等著：《"世界华文成长小说"征文得奖作品集》，台北：幼狮文化事业公司 1996 年版；钟文音等，《孤岛旅程——第二届"世界华文成长小说"征文得奖作品集》，台北：幼狮文化事业公司 2001 年版等。《幼狮文艺》杂志也主持召开了"关于年轻人的文学与艺术"和"苦涩的成长"等主题研讨会。

② 见《幼狮文艺》诸刊所登载的各位学者的文章，其中，陈长房对成长小说的定义多次被其他台湾学者引用，见陈长房：《西方成长 / 教育小说的模式与演变》，《幼狮文艺》1994 年第 492 期，第 5 页。

延模糊，学理性不强；也有的是为主要诠释和理解某个时空的小说而借用成长小说理论构建研究框架，著作的系统性和结构性不强；有的是为涵盖成长小说各方面研究，观照研究范围内所有成长小说而使文章过于宽泛、不够深入；甚至有的在很大程度上忽略了各民族内部因种族、性别、阶级、地域不同而产生的成长差异。

成长小说源于西方，传统深厚，欧美学界对于成长小说的相关研究相对于国内较成熟，著作明显多于国内 ①，在博士论文中也有一部分关于成

---

① 这些研究多集中于国别成长小说研究，研究德国成长小说的代表性专著，如《从维兰德到黑塞的德国成长小说》（*The German Bildungsroman from Wieland to Hesse*，1978）、《德国成长小说研究：一部民族文类的历史》（*The German Bildungsroman: History of a National Genre*，1993）、《德国成长小说研究：乱伦与遗传》（*The German Bildungsroman: Incest and Inheritance*，1997）；英国及欧洲成长小说的研究专著，如《威廉·麦斯特和他的英国亲戚：生活的学徒》（*Wilhelm Meister and His English Kinsmen: Apprentices to Life*，1966）、《青春时节：从狄更斯到戈尔丁的成长小说研究》（*Season of Youth: The Bildungsroman from Dickens to Golding*，1974）、《英国女性成长小说研究》（*The Female Bildungsroman in English*，1990）；关于美国成长小说的研究始于近晚，代表性著作如《美国文学中的年轻人——成长主题研究》（*The Young Man in American Literature——The Initiation Theme*，1969）、《重回童年：从文化类别角度研读西班牙裔美国成长小说》（*Reconstructing Childhood: Strategies of Reading for Culture and Gender in the Spanish American Bildungsroman*，2003）、《族裔化成长：民族主义与美国非裔和犹太裔美国成长小说》（*Growing up Ethnic: Nationalism and the Bildungsroman in African American and Jewish American Fiction*，2005）等。同时也有专门对成长小说进行的研究，从整体角度把握成长小说的承传与发展，如《行动与反思：成长小说论文集》（*Reflection and Action: Essays on the Bildungsroman*，1991）、《世界的存在方式：欧洲文化背景下的成长小说研究》（*The Way of the World: The Bildungsroman in European Culture*，2000）、《被疏离的年轻人成长小说》（*Alienated-Youth Fiction*，2001）、《学习时代：从歌德到桑塔亚纳的成长小说研究》（*Apprenticeships: The Bildungsroman from Goethe to Santayana*，2005）等；还有对成长小说的重要文化母题进行剖析的，如《当代青少年文学中的死亡、性别和性》（*Death, Gender and Sexuality in Contemporary Adolescent Literature*，2009）、《青少年奇幻现实主义的建构》（*Constructing Adolescence Fantastic Realism*，2009）。另外还有一些关注各类文学中年轻人成长问题的相关专著如《1920—1960年间美国小说中的青少年》（*The Adolescent in American Novel 1920-1960*，1964）、《美国文学中青春期的女性成长》（*Growing up Female: Adolescent Girlhood in American Fiction*，1974）、《少年英雄：现代小说的趋势》（*The Adolescent Hero: A Trend in Modern Fiction*，1975）、《70年代年轻人文学选集》（*Young Adult Literature in the Seventies-a Selection of Readings*，1978）、《1960年以来美国小说中的青少年》（*The Adolescent in American Novel Since 1960*，1986）、《文学中青春期的女性心理》（*Female Adolescent: Psychoanalytic Reflections on Works of Literature*，1987）、《青年小说中的非裔声音：传统、过渡与转变》（*African American Voices in Young Adult Literature: Tradition, Transition and Transformation*，1994）、《变化的浮现：1945年以来的儿童文学》（*Reflection of Change: Children's Literature Since 1945*，1997）等。

长小说的专门研究，目标慢慢转向现当代西方成长小说，对女性或者少数族裔女性成长小说有了特别的关注①。因语言与资源所限，现以英文研究专著为主要讨论对象。总体来说，学界对成长小说的研究具有如下特点：

第一，研究者们普遍把成长小说作为一种按主题分类的文类来进行研究。注重其定义的内涵与外延，以及与其他文类的区别和联系，注重对小说中成长主题的归类研究。很多学者在进入文内研究之前，都会考察成长小说的定义，大都把歌德的小说《威廉·麦斯特的学习时代》作为成长小说的典范和蓝本。同时，研究者们也注重小说类型的传承、发展和变异，如柯克·珂纳特（Kirk Curnutt）的《被疏离的年轻人成长小说》（Alienated-Youth Fiction，2001）就把被疏离的年轻人成长小说（Alienated-Youth Fiction）看作是成长小说传统的一个发展分支来进行理论建构和文本分析，为细化成长小说类型和研究其发展变化提供了启发。

第二，研究比较细致、专注，这表现在其研究的视角日渐具体化。例如，凯瑟琳·詹姆斯（Kathryn James）注意到了死亡的重要成长意义，把这个青少年小说的重要文化母题作为研究核心，在其著作《当代青少年文学中的死亡、性别与性》（Death, Gender and Sexuality in Contemporary Adolescent Literature，2009）中剖析了死亡在澳大利亚青少年文学中的表达与性别和性的关系，诠释了死亡在言语、叙事、修辞、意识形态中的再现。

第三，重视文化研究，关注到了民族、文化、性别等差异导致的成长小说的差异。20世纪60年代兴起的民权运动所引发的对女性和少数族裔的普遍关注，美国学界中，非裔、犹太裔和西班牙裔美国成长小说等"边缘"成长小说在其中也有着清晰的反映。这些研究为全面呈现和阐释成长小说多元化的成长作出贡献，如马丁·捷普塔克（Martin Japtok）在其论文《族裔化成长——民族主义与美国非裔和犹太裔美国成长小说》（Growing up Ethnic: Nationalism and the Bildungsroman in African American and Jewish American Fiction，2005）中通过对非裔和犹太裔美国六部有代表性的成长小说的对比，来分析少数族裔的民族主义是如何通过成长小说这

---

① 如著作《南亚女性文学中的混杂成长》（Hybrid Bildungs in South Asian Women's Writing，2001）、《女性虚构作品中的成长小说：有色女性文学作品中的女性成长》（The Bildungsroman in Female Fiction: A Study of Female Development in Selected Women Writers of Color，2002）、《讽刺中的教育：美国文学危机与美国成长小说》（Education in Irony: US "Literacy Crisis" and the Literature of American Bildung，2003）、《非裔女性成长小说中的女孩形象》（The Portrayal of the Girl Child in Selected African Female Bildungsroman，2005）等。

种文类与族裔的重组（revision）和互动来实现的，并把少数族裔的成长小说提升到族裔文类的角度来考察，其论点颇具新意和价值。

但是，问题还是存在的，这意味着这个领域仍有广阔的研究空间。

首先，对于这一历史悠久的文类，各家说法并不能统一，反而存在越加纷繁复杂、自说自话的理论言说趋势。定义文类的标准和言说侧重不同导致了学界对成长小说莫衷一是，有甚者把成长小说看作是儿童文学、校园文学、青春文学（青年文学、青少年文学）的一支。

其次，学者们关注较多、讨论较多的还是西方"主流"国家中与成长小说有渊源的文学文本，如德国作家歌德的《威廉·麦斯特的学习时代》、英国作家狄更斯的《远大前程》、美国作家塞林格的《麦田里的守望者》等。对于挖掘其他国家作家作品中类属成长小说的作品，新人新作，边缘作家的成长小说／主题作品，关注文化、地域、时空的差别在小说中的再现，以及此种文类如何变化与发展，将是一个有待挖掘的学术空间和言说方向。

再次，大多作家研究文本都是长篇小说。成长作为一个过程动词或名词，必须有动作主语参与和表现方式，即通过叙事来传达，而长篇小说从容量、长度方面给予其充分展示和言说的条件，这决定了（长篇）小说与成长的契合。其实，很多中篇小说中不乏精彩的成长小说，如海明威的《杀人者》、安德森的《我想知道为什么》等。挖掘中短篇小说中成功的成长小说／主题也是一个充满意义的课题。

第二章　华裔美国小说成长主题的社会化模式

在华裔美国文学中，有一类小说，如《父亲与光荣的后代》（*Father and Glorious Descendent*，1943）、《华女阿五》（*The Fifth Chinese Daughter*，1950）、《支那崽》（*China Boy*，1991）、《荣誉与责任》（*Honor and Duty*，1994）、《典型的美国人》（*Typical American*，1991）、《梦娜在希望之乡》（*Mona in the Promised Land*，1996）和《纸女儿》（*Paper Daughter*，1999）等，大体都是按照时间线性发展，关注华裔主人公因诸多成长经历而产生的发展与变化，在多元文化的社会中努力寻求自我的身份定位的过程。这些小说的叙事模式与西方以英国、德国为代表的传统成长小说叙事模式基本上是一致的，按照线性的事件发展顺序进行铺陈的成长之旅的叙述模式，通过对一个人或几个人成长经历的叙事，反映出人物的思想与心理从幼稚走向成熟的变化过程。传统成长主题的叙述和再现具有强烈的现实主义倾向和自传或他传的特点，并以社会化——与社会达成妥协，明确自身在社会中的身份、地位与责任，为理想的成长目标。从这个意义上来说，如上所列的小说亦可以称为华裔美国成长小说，这些作品中的主人公沿着自己的生命轨迹行走着，在各自独特的成长环境中经历了各种引发他们深思与顿悟的成长事件，在成长过程中努力建构自我身份和存在意义，寻找个体在主流社会中的立足点。

本章主要选取了四本华裔美国小说：黄玉雪（Jade Snow Wong）的《华女阿五》、李健孙（Gus Lee）的《支那崽》、任碧莲（Gish Gen）的《梦娜在应许之地》和马敏仪（M. Elaine Mar）的《纸女儿》。这几部作品在华裔美国文学史上具有一定的读者群和影响力，其成长主题突出，具有一定的代表性。这些作品中的主人公具有一定共性，都是处于青春期或更早的青少年华裔男性或女性，他们都具有相似却又相异的成长经历。

众所周知，青春期带来的个体变化与社会期待相碰撞，引发了个体的诸多发展变化。这种变化总体来说分为生理和心理两个方面。青春期的来临伴随着生理发育的成熟，青春唤醒了无知的自我，促进了自我意识的发展。对于个人而言，生理变化一定要伴随着自我意识的觉醒，才能成为真正意义上的成长。在这个被心理学家们定义为"第二次心理降生"的"狂飘突进"式的人生岁月中，成长主角内心的不稳定性凸现：代沟、叛逆、焦虑、偶像崇拜等诸多现象涌现出来，使得成长在这段时期变得更加复杂和艰难。这些亟待成长的年轻人在迫切地进行对"自我同一性"的探索之时，急于摆脱对家庭、父母的依赖；极富创造性和接受能力的他们急于逃避这些现存秩序和文化的代言人，追寻自我的独立与发展，却又时时在现实中碰壁，难以忍受分离的代价；他们体内蠕动着青春的欲望，却又羞于表示和张扬；他们渴望沟通，却不被理解；渴望被欣赏却时时自惭形秽；渴望成长，又拒绝与现实妥协。于是，在青春期这段岁月中，形形色色的成长主体，异彩纷呈的成长主题呈现出来。

在各异的成长主体中，作为离散群体的华裔美国青少年的成长更加引人注目。他们有的是跟随父母移民来到美国，遭遇被突然连根拔起的生存环境的转换，有的是在美国生长的华裔后代，其中不乏异族通婚之后代。在他们的青春成长岁月里，在寻求社会化的旅途中，种族、阶级和性别问题早已凸显出来。主人公在成长中面临着多种文化价值观的痛苦抉择、种族歧视和身份困惑、家庭矛盾和社会交往的阻力，这使得他们对自身成长的体察混杂着对人类存在意识和生存体验的思考，流露着复杂的、沉重的、异样的少年愁。

第一节　在两种文化较量中自我成长
——《华女阿五》

黄玉雪是早期华裔美国作家之一，曾被汤亭亭称为"华裔美国文学之母"。她的自传体小说《华女阿五》于 1950 年出版后，反响强烈，五次再版。当时各大媒体也热评此书，认为它是"一个华裔美国成年女子微妙的发人深省的故事"，"有强烈吸引力的记叙文，不仅因为每一页充满勇气和幽默，而且因为她揭示了一个典型的华人家庭如何适应美国环境、投入到美国的社会生活中去而不失却他们引以为豪的文化传统的精髓"[①]。她也因此书获得了美国国务院资助，在东南亚作巡回演讲。《华女阿五》一直被视为少数族裔成功的典范、模范少数族裔的代表和成功社会化的标志，例如亚裔学者金惠经和尹晓煌对这部作品所作的解读，认为其成功塑造了模范的族裔、成功的女儿形象。解读其中蕴含的成长主题，对于理解早期土生美

---

① ［美］黄玉雪著，张龙海译：《华女阿五》，南京：译林出版社 2004 年版。

国华裔的成长历程和时代背景，挖掘成长主题的传承与流变是具有深刻意义的。

《华女阿五》中玉雪的成长故事就是以作者自己的生活为蓝本，从玉雪孩童时期开始记忆和叙述，一直到 23 岁以制作陶瓷为职业结束。她生于 1922 年的旧金山唐人街，父亲是 1903 年移民美国的第一代华裔。作为开场白，玉雪以一种传奇似的笔调把一个家庭的迁徙和定居过程描述出来："20 世纪初，一位年轻的中国人和他的太太来到了西方中国区，和其他广东人生活在一起。随着时间的推移，这对夫妇终于在那里有了立足之地。"然而，这种轻松笔触下的移民生活并不轻松。虽然父亲自己开工作服工厂，但经济并不宽裕，父亲的工厂也是他们的家，11 岁的她就要帮母亲操持和分担家务，甚至平时买衣服的钱也要自己赚。在故事中，他们两次搬家，期间经历了经济萧条时期和"二战"日本入侵珍珠港后的备战阶段。除却父母之外，玉雪还拥有四个姐姐、一个哥哥、一个妹妹，后来又有两个弟弟。清贫而艰辛的家庭生活帮助塑成玉雪隐忍和自立的品格。其实，纵观华裔美国文学作品，贫困是普遍存在的，如《裸体吃中餐》（*Eating Chinese Food Naked*，1998）、《骨》（*Bone*，1993）、《纸女儿》（*Paper Daughter*，1999）和《梦娜在应许之地》等小说中的家庭，无不靠洗衣、缝衣、开中国餐馆等惨淡经营为生。这种境况深深地影响主人公的人生与命运，使他们早熟、坚强，有一颗敏感的心，从而为他们艰辛的成长埋下伏笔。

一、家庭启蒙与个体意识的萌发

玉雪 5 岁之前几乎都是生活在华人之间，她的第一种世界观是基于家庭维度下，源自于父亲的启蒙和严厉管教。这种教育给玉雪输入的价值观和行为准则是中国化的，以儒家思想为指导的理解：礼教、顺从、矜持、缄默。玉雪以第三人称进行叙述，充满童真口吻，凭着对生活的爱和对社会的热情，书写着成长的不易。例如，在成长路途中，玉雪经历了生平第一次的"奇耻大辱"，在一次中文课上因为帮助传字条而被先生抓住，要经受惩罚。对每个人来说，维护自我权益与尊严都是成长中重要的一步。为免受辱遭罚，玉雪第一次为自己伸张权利与正义并获得成功，拉开了成长序幕。

对于玉雪来说，生活中与家人之间的不愉快、持久的较量是她成长中极富挑战性的问题，其焦点是玉雪渴望被当成一个个体来看待。她在个性形成过程中逐渐注意到文化差异导致美国行为方式和父母的行为方式之间存在差别。她慢慢惊愕和接受成长途中若干个"第一次"，也在这些"第一次"中不断地在两种文化之间寻找、调整和完善自我。因为手指受伤而被老师拥入怀里时，她体验到了这种美国式的真情流露与父母内敛的爱和关怀形成的强烈对比与反差。家里重男轻女的现象和家人对妹妹玉宝的偏爱和期许也使她心里产生了失落，感受到了在重视子嗣的中国家庭中的悲哀。不对等的关注使玉雪意识到自己是如此不同，同时也促进了自我意识的萌发。在逐渐成熟的玉雪眼中，狭小的单一的中国文化空间已经不适合她这个接受了西方教育中注重个体的思维方式的人。世俗生活中的成长使她越发困顿，她急切地渴望从现实中令她无法完全发挥和伸张的空间中抽离出来，思考自我与人生的问题。

第十三章标志着玉雪作为个人和女人之自我意识的全面萌发，与父亲正面冲突的开始，她早期的家庭启蒙受到挑战。此时，玉雪已经中学毕业。她尽量在外面工作，身兼数职，以逃离家庭冲突，同时解决自己的经济问题。此时的玉雪，在思考着未来的路和前途——上大学，继续接受教育。对此，玉雪有一番仔细考量：

如果不上大学，她的前途何在呢？

"教育是你通往自由之路，"爸爸曾经说过，"在中国，你可能几乎无法接受私塾教育，更谈不上高等教育了，要好好珍惜你在美国的这个机会。"

"要当个乖女孩——要好好读书。"外婆也这样说过。

"爸爸认为玉雪非常聪明，"她曾经偷听到几个姐姐的谈话，"但是，咱们等着瞧，看看她能否为咱们家争光。"

"我下定决心，要为妈妈争光，证明那些对他孩子的恶意语言是错误的。"爸爸生病时，她曾经这样发誓。

"请给我力量和能力，让我向家人证明他们是不公正的，让他们更加以我，而不是以其他人而自豪。"在后来无数次的祈祷中，玉雪这样恳求道。①

在玉雪的理念中，读书受教育具有多重含义：对于自己，是通往美国主流文化的"自由之路"，以摆脱中国旧有文化中女子从属与顺从、没有自我与个体的地位；对于家人与华人社区，教育不但是光宗耀祖、获得家

---

①［美］黄玉雪著，张龙海译：《华女阿五》，南京：译林出版社2004年版，第97页。

族认可的体现，也是服从和尊重家长的表现之一，而并不必与家庭产生隔阂而决裂；更重要的是，对于外界，则是为了纠正对像她家这样的华裔家庭的错误印象和偏见。玉雪于是下定决心，继续上学读书。

然而，在向父亲申请资助时，玉雪遭遇到了巨大的挑战。父亲以儿子传宗接代、延续香火为名资助哥哥学习高级医科，并不想帮助她，这个启蒙者对玉雪的成长设置了障碍，从而引发了她对父亲的质疑。

黄玉雪对待这个启蒙者一直以恋父和惧父为主导倾向。父亲的形象在玉雪心中一直是正面的。她诸多的"第一次"成长事件，无不是在父亲的启蒙之爱下发生：第一次偷了卖货郎的小花布而遭父亲惩罚，第一次被父亲买回的活火鸡吓得发抖，父亲第一次教玉雪国文等。这些生活"虽然无忧无虑，但墨守成规；虽然庄重严肃，却也适得其乐"。父亲在玉雪的成长生活中占据核心地位，其形象是高大的，是她的启蒙者和童年时代的领路人，充当着公正、权威和知识的权力表征。玉雪对于父亲近乎崇拜，为成为"父亲第五个女儿而感到无比幸福"，父亲哪怕只是剪裁准确、节约用料都让玉雪佩服不已。父亲还帮玉雪洗碗热饭，等待女儿从中文学校回来；玉雪18岁生日时，父亲给她杀鸡烧菜；工作之后玉雪生病卧床，父亲贴心地照顾她，这些都深深感动着玉雪，使玉雪对父亲尊重有加。更重要的是，玉雪利用父亲教导的方式直率、勇敢地去为自己伸张正义，使玉雪坚信父亲的教育是正确而无私的。父亲笃信基督教，重视基督教戒律的同时重视儒家礼节，又"积极进取，渴求知识，完善自我"。文中一再提到父亲相对开明的观点，如所有在美国和中国的孩子，都要学习他们祖先的语言；女儿的教育非常重要，因为儿子教育的关键在于聪明的母亲；不裹女儿的脚等。在与张子清的访谈中，黄玉雪也介绍了与父亲深厚的感情和父亲爱国爱家、为推翻封建王朝作出过贡献，并受到了孙中山先生的授奖。另外，父亲的形象在玉雪心中也是严厉的父权家长形象，他沿袭了中国家庭传统中父亲对子女的管教极严和中国儒家礼教传统：取得成绩后父亲的表扬是"本来就该如此"；"教育与鞭打几乎是同义词"，稍有不慎，马上招来严厉的惩罚；女儿穿着得体，不能穿拖鞋；不能晚归，不能带朋友来家里；父亲的话不容置疑与争辩，一个举止得体的孝顺女儿，就不能和父亲发生争执……

玉雪逐渐获得主流视野认可、向更大范围伸张自我的时候，却遇到父亲的阻挠，恋父与惧父转化为审父。父亲拒绝资助玉雪接受大学教育，只留下一句"如果有才能，你可以自己支付自己的大学费用"，让她感到从来没有过的痛苦。她开始质疑父亲的公正：

爸爸怎么会明白美国高等教育对我意味着什么？为什么哥哥独自一人享受爸爸辛勤劳动的成果？在美国，人们不用前往祖先墓地上香、祭拜！生为女孩非我所愿，作为女孩，我也许不想仅仅为生儿育女而结婚！也许我的权利不只是养儿育女！我即使是女性，也是一个个人！难道中国人认为女人就没有感情和思想吗？①

父亲未完全西化，他身上保留的传统观点与玉雪想要通过教育继续确立作为独立个体和女性个体的自我发生了冲撞。玉雪并未与父亲发生强烈争执，"她已经养成习惯，问完爸爸一个问题后，全盘接受他的答案"。但是，父亲的形象此时已经大打折扣，偶像轰然倒塌。父亲的集体主义与玉雪的个人主义之间白热化的公开斗争发生在她自作主张，准备出门约会朋友乔的晚上。没有征得父母同意的玉雪遭到父母的谴责。玉雪将在社会学与社会实践中所得到对于自己作为独立个体和自身权利的认识与父母和盘托出，要求获得父母的尊重，给予她自由。虽然她还保持着对父亲的尊敬，但他的领路人作用到此结束。

然而获取独立，摆脱家庭束缚不代表主人公全无顾虑地外向社会，发展自我。独自闯世界意味着在没有领路人、庇护者的情况下，需要自我承担更多的风险，摔更多的跤。玉雪的内心犹豫重重。在她所了解的有限世界中，从小承袭而来的中国思想难以轻易抛弃，如宿命论和集体意识；而国外的哲学思想在玉雪看来也并不全部如意，如对种族根源的淡薄。所以，"如果她个人能够有机地吸收、结合这两种思想，加以运用，这是有好处的"。所以，玉雪需要在"没有书和指导老师"的情况下，"在和两种文化的拉力中保持平衡"，以求取一种中西完美结合的中庸之道。未来的征程，需要玉雪自己奋斗；赢得父亲的欣赏和尊重，也成了玉雪的巨大心愿之一。

二、社会启蒙与自我成长的局限与悖论

在接下来的成长旅途中，玉雪先后以优异的成绩完成了在旧金山专科学校和米尔斯学院的学业，培养出独立思考和表达自我的能力。在没有父亲引领和启蒙的情况下，玉雪进行着自我教育与社会启蒙，继续体验着与美国孩子类似的成长中的"第一次"：第一次向朋友乔吐露心事、和他一

---

① ［美］黄玉雪著，张龙海译：《华女阿五》，南京：译林出版社 2004 年版，第 99 页。

起看电影；第一次社交、跳舞，又获得了初吻；第一次进行个人创作等。更重要的是，她更经历了与主流白人孩子和一般唐人街女孩子不同的成长体验：一个独立、坦率、自信，又有些倔强、敏感的华裔女孩，走出狭小落后的唐人街，获得一个又一个成功：从得到学费的减免、半工半读的机会，到获得 AGB 联谊会的奖金，在专业毕业典礼上致辞，最后不花父母一分钱而顺利毕业；工作中从玉雪的研究创意受到嘉奖，到主持威廉·A. 琼斯自由号舰的下水仪式，再到写作获得成功、制陶器受到认可……

玉雪的成长对她自己来说，是成功的。只有让人们更好地了解华人所作的贡献，在西方世界里，华人的成就才会得到认可。她认为制陶器实现了这种愿望：

这种生活方式多妙啊！她想写作的时候就写作，想制作陶器的时候就制作陶器。她可以说她的灵魂是属于自己的，可以按照自己的速度雕刻制作。她可以发展到什么程度决定于自己的努力程度，与他人的意识和偏见无关。①

同时，她的努力与成就给家人和唐人街，尤其是父亲带来了荣耀和认可：父亲参加了她的毕业典礼；母亲听闻玉雪毕业后热泪盈眶；玉雪主持下水仪式以后父亲请全家人到华人餐馆吃了一顿奢华的大餐；父亲送给玉雪做陶器用的马达并帮助她安装好，最后以一番意味深长的感慨宣布玉雪最终赢得了家人和社会的认可：

我刚到美国时，我的堂兄从中国写信给我叫我回去。当时你还不知在哪里。但是，我现在仍然保留着那封回信的复写副本。我说："你没有意识到中国文化将妇女推入可能的卑微的境地。在美国这里，基督徒信条允许妇女有其自由和个性，但愿我的女儿拥有这种机会。我希望有朝一日我可以宣布，通过自己努力，我已经洗刷我们家女性原先所遭受的种种耻辱。"……谁会想到，你，我的第五个女儿，今天能够证明我多年的话已经得到应验呢？②

爸爸在对待玉雪上，虽然开明，但仍残留着中国旧式传统"养女不如养儿好"的观念，在玉雪成长路上设阻。但是，看到玉雪今天的成绩，爸

---

① ［美］黄玉雪著，张龙海译：《华女阿五》，南京：译林出版社 2004 年版，第 217 页。
② ［美］黄玉雪著，张龙海译：《华女阿五》，南京：译林出版社 2004 年版，第 227 页。

爸认可了她的个人价值。玉雪也"第一次感到满意","她可以不再寻找那个属于她的位置,她已经找到自我,快马加鞭"。

其实,玉雪成长的社会化进程和结果是充满矛盾的。玉雪与家庭的矛盾其实并未完全化解。玉雪认同的成长方向,是独立个体的建立和自我意识的觉醒,这很难否认是在摒弃大部分中国文化的基础上而成长的。她的家庭成员信奉的依然是儒家礼教、宗族制度和男尊女卑。这两者的对立和冲突无法和解。虽然她曾经总结到自己的成功在于中西文化的较好融合,这也成就了自己,"把美国选择职业的自由、中国高度的责任心、我的正直和勤奋工作完全结合起来",但是,这种所谓的平衡,在以家庭为代表的中国文化和以社会为代表的美国主流西方文化之间,只是通过玉雪在家中遵从家规,小心翼翼地做事来避免与父母产生激烈的冲突,在社会上通过做自己喜欢并能赢得白人接受和赞许的职业而得到暂时的和平。所以,它是在极力避免这两者因为矛盾而发生正面冲突的基础上建立的平衡,而并未充分化解矛盾。

玉雪的成长更不代表着她完全西化与成功。首先,她的成功是在诸多热心白人的资助与帮助下,如米尔斯学院院长、艾丽斯·库伯、伊丽莎白·劳伦斯等提供的建议、忠告等,以及不懈的自我奋斗下获得的。这也是玉雪赞扬美国的充分理由:美国给予了她远比中国所给予的更多的机会。但是,这意味着她的努力一定要迎合和接受白人的认可方能成功,她的学业、工作以及后来自己开创的陶瓷店,甚至《华女阿五》的出版、删减和发行,都是在主流社会的白人的支持和赞誉下得到成功的。她的幸运从这种意义上来说,是西方的给予。

其次,她的制陶成功并非赢得所有人的认可。在唐人街的华人圈子里,欣赏和鼓励她制陶器的只有一个提供橱窗给她租用的华人老板和她自己的父亲。唐人街因为玉雪的陶瓷器生意开张而沸腾,不是因为众华人的仰慕和欣赏,而是源自于一种好奇与嘲笑,一种幸灾乐祸的期待。他们看到的是"橱窗里的女人,双脚分开坐在陶轮上,梳着辫子,双手不停地搓揉黏糊糊的加利福尼亚泥土,做出来的东西就像在中国的苦力所使用的一样。她是一个保守家庭的女儿,独自一人经营这门生意——这种组合注定要失败"。等她获得成功之后,人们又不断猜测这其中的原委却从不直接提问。至于到底玉雪制造的陶器具有多大的艺术价值、与中国的陶艺差距如何尚且无法定论,但作为一个华人女性,其成功未能够换来大多数男性的由衷敬佩,也未能颠覆华人女性长期以来处于华人男性权威下的低级地位和形象。在华人的视角中,玉雪仍是一个处在边缘的"他者"。她的生意顾客主要是白人，也有些博物馆馆长写信邀请她去展览陶器，但她的成功并未被华人社区与主流社区全面接受与欣赏。文中提到的两位白人军官因没有看到她陶轮上的机械马达而得出"没法教中国人学会新东西"的偏见结论，对她进行东方主义的误读，认为中国人顽固不化。从这种角度上来说，玉雪仍然代表着白人眼中的东方形象，腐朽守旧，不肯接受新事物。同时，玉雪多次通过做中国餐来获取白人朋友、同学和老师的拥戴和兴趣，书中大量对中国饮食的描写，也为她赢得了相当多的读者，一定程度上满足了主流的需求和期待视野，正如她所说，"华人身份"是她出众和出名的标志。

由于她的成就过多的是美国主流的赐予和援助，与固守传统思想的唐人街截然不同，自然在书写中，玉雪就不自觉地把美国社会美化了。例如，在米尔斯学院，"不管她走到哪里，人们都视她为自己人"，几乎每个接触过的白人，都是无私、没有偏见的。这些不能不说是急于社会化和同化的代价。从这种意义上来理解，可以说玉雪尽量做到与主流社会妥协，但是并未达到真正受人认可、完全融入主流社会的社会化阶段。她的作品要在唐人街店铺里面出卖，依然要靠展示中国文化来获得认同。这也说明，她的身份与地位的获得并非完全成功，其效益必须与自身的华裔文化背景相联系。

纵观全书，玉雪展示的成长途中，鉴于玉雪的成长空间集中在家与学校两地，在社会中的碰撞和正面交锋较少，加之周围有很多为改善华人处境而作出贡献的美国白人，她所遭遇的种族歧视和偏见并不严重。对此，年轻的玉雪理解也无法非常深刻，这决定了文章对一些社会问题的认识欠缺深刻性和批判性。玉雪第一次经历种族歧视是她 11 岁时在学校读书时遭遇白人男同学歧视和侮辱。因生活局限与活动范围的狭小，从未经历过类似情形的玉雪顿时"惊异万分"，但她权衡一下形势，决定息事宁人，默不作声。但是沉默被看作示弱和麻木，中国式的逆来顺受更刺激了理查德，追着她打。遭遇到种族歧视恐怕是大多数华裔美国人都经历过的，对此事的处理和认知各有不同。那时候的玉雪对种族歧视的理解并不深刻。相反，她把攻击她的人看作是无知、无礼的蠢人，以寻求自我安慰，而未对歧视作进一步的反抗努力，反而采取逃避方式，"在如饥似渴的读书中找到快乐和逃避的最大源泉"，取得引以为傲的学习成绩以达到自我排解的目的。成长空间的狭小也未曾使玉雪暴露在赤裸裸的种族主义氛围之中。她坚信种族偏见虽然存在，但是不会影响到她的个人目标。所以，当有人提醒她种族偏见会严重阻碍她的发展，建议她只在华人的公司里找工作时，她更坚定了要进入美国主流社会的决心。

但实际上，她融入主流社会的多重努力和结果，与族裔身份和西方主流社会的导向密切相关。玉雪成长在 20 世纪二三十年代，时值日本侵略中国、偷袭珍珠港。中美的矛盾由于战时变为同盟国而得到缓解，华人地位有所提升，并与美国主流的态度趋向于友善。玉雪在自传体小说中塑造的模范族裔形象，正迎合了美国自力更生、战胜困难的精神，更以一种无害的愿望向主流示好，同时改进了旧版模式化的东方女性形象①，获得了美国读者的肯定，因此也获得了国际声誉。所以，在黄玉雪的成长叙事中，她规避了华裔成长的主要矛盾面向，种族主义问题并未成为她成长中的首要问题。

另外，玉雪对于美国种族主义下境遇悲惨的其他华裔的理解也并不深刻。书中讲述了一段关于郭叔叔的故事作为情趣生活的插曲。在玉雪眼中，在爸爸厂里工作的郭叔叔是一个奇特的人：身材魁梧，生性古怪，不修边幅，衣衫褴褛而且很不合身。他是个读书人，一生的愿望是成为一个私塾教师。但是一生的积蓄被人骗走，只好寄居社会底层，近似于迂腐地关注一点点细节。他有时潦倒到靠老板的施舍度日，但却保持着自尊心，不肯要别人的一分钱。每当别人问起汉字，他会兴致勃勃地查遍他整天带在身上的几本中文书。郭叔叔的孔乙己似的异于常人的行为在玉雪看来非常可笑，"想尽量弄明白一个大人怎么会这么古怪，可是尽管她继续躲在远处看郭叔叔，她从来都找不到一个满意的答案"。在这里，玉雪并未深刻探究作为一个沦落在美国底层，在美国 20 世纪三四十年代种族主义盛行之下，中国书生在美国的悲剧命运和深刻的社会历史原因。又如，教会玉雪一家人钓鱼的奇堂兄，也是一个特殊的人，与郭叔叔不同的是，他具有幽默感，慷慨大方而受人爱戴。但是这个落魄的奇堂兄三十多岁，个头矮胖，已经开始谢顶。他逃避烦恼的做法是赌博、喝酒、吃饭和钓鱼。玉雪对其烦恼与忧愁、身世与遭遇也没有更深的了解。究其原因，恐怕源于涉世未深、生活空间局限在家和学校的玉雪，无法对更深刻复杂的社会现象加以剖析吧。这也决定了书中对个体成长的过于抽象化和绝对化，使玉雪的成长抽离于整个华人社群的其他同龄人，从而带有个人主义甚至英雄化的味道。

与其说玉雪在其社会化进程中，试图在有限的生存空间、文化夹缝中

---

① 东方女性形象通常被描述成两类：一类是莲花（lotus blossom），代表娇小温婉、顺从、无主见，期待被白人男性拥有；另一类是龙女（dragon lady），代表着邪恶狠毒、狡猾却又充满性诱惑的魔女形象。两种形象都是东方女性的刻板印象，是白人男性征服的对象和性幻想的对象。

调整自己的位置与步伐，努力保持"平衡"，毋宁说她是与自己的华裔家庭和社会达成了暂时性的妥协和和解，但并非真正意义上的社会化，与主流完全同化，受主流同时也受华人社会无偏见的认可。《华女阿五》的基调是平和而快乐的。作者以简洁生动的语言写出自己对生活、家庭和社会的尊重与热爱和美好的期待。并未经历刻骨铭心的生离死别、大喜大悲的玉雪是幸运的，更幸运的是在生活中诸多同学、老师等包括丈夫在内的白人们给予她帮助，所以这也决定了她对待生活是乐观和积极的，多处流露出对生活和关心自己的人的感恩。书中多处描述了平凡而艰辛的生活中的点滴乐趣，如与外婆在拮据艰辛的生活中的些许小事与活动，如跟着奇堂兄钓鱼、周六的有酬劳动和电影等，都能使玉雪"暂时忘记家务、作业、家庭问题和其他各种各样的烦恼"。在这种表述中，作者成功塑造了一个自我独立、个性坚强的华裔女孩，摆脱从属于男人的地位，挣脱社会种族主义歧视，努力地奋斗与成长，重新塑造了华裔/女性的形象。更重要的是，以上分析也证明了这本书更突出华裔女孩对身处异域的自我之成长的严肃关注和思考，触及了华裔美国文学和历史中重要的主题。这部著作在华裔美国文学史上也是不容忽视的。从成长的意义上看，它开启了华裔美国女性成长小说和主题的书写，为后来的华裔美国作家的创作奠定了基础，铺平了道路。

值得一提的是写于同一时代的另一部作品——刘裔昌（Pardee Lowe）的《父亲与光荣的后代》（*Father and Glorious Descendant*，1943）。这本著作虽然名气不如《华女阿五》，但是作为早期第一个用英文以完整的书的形式发表的文学作品，其与《华女阿五》有相当大的可比性：

首先，中西文化的对抗与纠结成为两部作品主人公的共同成长语境。土生儿子生活在中国文化与美国文化之间，一方面全面受到美国文化的浸染；另一方面与虽然美国化，但仍然保留有中国文化"顽疾"的父亲纠结不清。儿子对自我身份的关怀与确立则诉诸在父与子之间的矛盾冲突中，儿子一语道破自己的危机——"对于我来说，同时做一个忠诚的中国儿子和一个成功的美国人非常困难"[①]。这成为人物成长中的主要矛盾。

其次，在主人公的成长中，父亲成为他们成长中的重要关涉人物。刘裔昌在反抗以父亲为代表的中国文化之路上，走得更远，与父亲的矛盾演化比黄玉雪更戏剧化。父亲在小时候的刘裔昌眼中，是个正面的英雄形象：

① Pardee Lowe, *Father and Glorious Descendant*, Boston: Little Brown, 1943, p.143.

身材高大，体格健硕，家业兴旺，受人尊重，具有隐忍、诚信、睿智、热爱和平的中国气质，又有不平凡的美国特色：正宗的美国移民身份，还有不留辫子、穿西裤的美国打扮和举止。总之，"在唐人街他是一个地道的中国人，在东贝尔维尔（East Belleville），他就是个美国人"。所以，刘裔昌的父亲与黄玉雪父亲的形象重合了。两者都是充满威严、正义、知识的化身，同时又足够西方化，思想开化，作为孩子童年时期的领路人，为他们的成长早期提供了识知能力，起到了启蒙作用。

之后，刘裔昌逐渐开始了在美国语境中审视曾自以为然的中国文化，而这便预示了他日后的身份困惑，为归属为自己认可的文化属性而努力，从而为父子的冲突埋下伏笔。其实，刘裔昌一开始就认为："父亲的一生都是个骗局。"①父亲美国化的举止和衣着使他引以为傲，但是父亲中国式的思维方式又让他愤怒。成长的历程也意味着刘裔昌的反叛历程，自我危机随着对父亲的信任危机逐渐呈现。他发现关于中国的诸多东西令他难以忍受，而美国的文化却日渐吸引人。父亲对儿子未来的规划，父亲母亲身上承传的中国文化和思维方式使他日趋难以忍受。父子之间的矛盾由父亲坚持送儿子去读中文而激化，忠诚的儿子几乎变成了叛逆的儿子。从当时的时局现状考量自己的成长之路，刘裔昌选择的是为在美国社会获得一席之地，而努力显示自己成为真正的美国人。这种选择是以对中国文化传统的疏离和批判为代价的。作为土生华裔所写的第一部自传性成长小说，正如金惠经所见，刘裔昌面对中美文化的矛盾而感到困惑的心态与诸多边缘人不无相似之处。书中主人公对中国文化和唐人街进行负面描写和刻意贬低。也正如尹晓煌所指出的，刘裔昌的成长揭示了20世纪60年代之前第二代华裔为进入美国社会而付出的努力。

然而，对于刘裔昌来说，做一个成功的美国人也非常困难。刘裔昌认为美国是期许着人人平等、每个人都能成为总统的应许之地，这在他中学时期寻找暑期工时却遭到质疑：面试了九家公司下来，他面对的是不耐烦、嘲弄、可怜、激怒，结果几乎都是同一个答案——对不起，这个职位不缺人手了。他刚刚建立起来的自信很快退却，"本来一个期待着的辉煌的历险，如今变成了漫长而可怕的噩梦之旅"。刘裔昌无法摆脱的是美国文化、种族和社会对他的歧视，正如他无法完全摆脱早已沁入骨血里的中国文化一样，做怎样的自己是亟待解决的问题。在这样的困惑和危机中，以及在

---

① Pardee Lowe, *Father and Glorious Descendant*, Boston: Little Brown, 1943, p.40.

由此带来的强烈的不安和叛逆情绪中，如何成长，或者说付出何种代价，克服重重困难来成长成为他严峻的生存课题。

被父亲认可仍然是刘裔昌成长的目标之一。他带着洋媳妇回家，父亲于唐人街给他办婚宴，他欣慰的不仅仅是在美国社会站住了脚跟，更是重新赢得了父亲的尊重和肯定。然而，如台湾学者张琼惠教授所发现的，虽然父子矛盾渐渐化解，但是刘裔昌在以中国的"我"，抑或以美国的"我"为立足点进行自传小说的书写中，一直闪烁模糊，又更是自相矛盾，其实凸显了中国文化与美国文化水火不容、势不两立。所以，他看似成功的社会化，其实亦是矛盾重重，从而质疑了这种所谓成功的社会化现象。

如前所述，早期的以《华女阿五》和《父亲与光荣的后代》为代表的成长小说，被认为强化了"模范少数族裔"形象。实际上，两个主人公成长的年代正是美国种族主义盛行时期，两个文本无意为这种刻板印象推波助澜，但在社会化的进程中不自觉地落入美国社会对亚裔／华裔在美国成功的模范化要求中去。通过分析其中的成长主题，我们可发现，书中要诠释和说明的，是对另一种文化环境中的适应性和个人的奋斗精神，以及在美国社会里实现自我过程中的对中美文化的选择困顿与矛盾，从而突出成长中的文化困扰。

第二节　作为"边缘人"在流浪中成长
——《支那崽》

《支那崽》是华裔作家李健孙（Gus Lee）的第一部自传体小说。这部小说以流畅的笔触、动人的叙述延续了移民文学的一贯文化身份主题，更展示了主人公在多元文化生存语境中作为一个文化边缘人艰辛的成长经历。这部小说据悉源于某次其帮助女儿做关于家史的作业。父亲一下笔便不可收拾，写成十几万字的长篇小说，1991 年付梓出版后连续六个月高居畅销书榜首。李健孙于是放弃自己的律师工作，专心写作。1994 年，他出版了描述自己西点军校军旅生涯的自传体小说《荣誉与责任》（*Honor and Duty*，1994），随后又根据自己的律师生涯的诸多经历创作了《老虎尾巴》（*Tiger's Tail*，1996）、《缺乏物证》（*No Physical Evidence*，1998）和《追寻赫本》（*Chasing Hepburn*，2003）三部著作，他也因此成为华裔美国文坛上的重要作家。

了解《支那崽》中丁凯的生存语境与时空背景，对于理解他的成长形态具有重要意义。丁凯出身江南贵族的父母与三个姐姐在"二战"的炮火中逃难到了美国。丁凯出生在加利福尼亚，生活在 20 世纪 40 年代美国的旧金山锅柄区。时值日本投降，"二战"逐渐接近尾声，大批退伍军人返回旧金山。这里的市中心锅柄街变成了一个汇集多元文化的"三不管"地带，一个聚集了大量的黑人、各种种族退伍老兵的聚居区，一个由社会底层各类人物组成，具有各种文化与种族的贫民窟。此时的民权意识并未像 20 世纪 60 年代那样成为显像，黑人歧视与黄种人歧视仍然比较广泛。主人公丁凯与作者童年时期一样，生活在这个令人窒息的围城之中。

土生仔丁凯作为家中独子本来备受父母的宠爱与期待，然而生母早逝、继母的虐待使丁凯开始了炼狱般的生活。继母将丁凯扫地出门，只有吃饭时才让他回来，使丁凯像流浪儿一样开始了艰辛的"街头流浪"生活。这使人不自觉想起在西方文学传统中，有一类文学就是以流浪儿作为主人公，被称作流浪汉小说。流浪汉小说在 16 世纪中叶源于西班牙，典型作品如《小赖子》、《堂吉诃德》、《痴儿西木传》、《格列佛游记》和《哈克贝里·费恩历险记》等，这些流浪汉小说以其独特的流浪汉主人公形象、传奇的流浪与成长经历成为欧洲文学的一种独特文学现象与文学类型。这种小说以一个处于社会底层，居无定所的孤儿、私生子或流浪汉为主人公和小说分类准绳，表现他们艰辛的生活和为获得生存权利所进行的挣扎及奋斗历程，通过他们的生活之苦楚、奋斗之艰难揭露社会人性的丑恶，最后在其饱经沧桑之后，以大团圆结局，或者展现社会扭曲与堕落导致的主人公精神的堕落。这种小说的人物具有传奇性。作者往往赋予主人公众多超凡的经历，将其笔下的主人公的传奇性生涯作为创作的审美追求。

对丁凯的人物与发展情节进行分析，可以发现这部小说与流浪汉小说情节模式的契合之处。矮小体弱的丁凯自认"我以为我命中注定低人一等，谁见了都讨厌"。在充满暴力与拳脚的锅柄街上，"我是供小孩子游戏的麦迪逊广场花园的'小鸡仔'"。在街上游荡的岁月中，虽然时间与空间跨度并不是很大，始终在童年时期居住的几个街区中，但这个经历使丁凯以一个社会边缘人的视角，看尽了当时社会底层人们的困苦与艰辛的生活，也深刻体验到以大个子威利为代表的社会中黑暗的一面。更重要的是，丁凯亦感受到社会的良知与正义，他深感自己代表这个社会弱小的群体。这与流浪汉小说主人公所要求经历的具有相似之处，也符合流浪汉小说主人公的类型与情节发展的要求。故事人物的传奇性在于丁凯得到了青年基督教会拳击教练的真传，从只会用回避和逃遁战术来回应搏斗的挑战，到最后用拳头和智慧击败施威者，丁凯赢回生存的权利和自我的尊严；获得了成长。可以说,《支那崽》以流浪为叙事情节,演绎了特殊的华裔身份的主人公在多元文化、阶级、种族、族裔多种偏见与压迫中求成长与发展,形成了自己的独特魅力。

一、父爱与母爱的缺失与追寻——流浪中的成长之途

拥有健全的家庭,拥有母爱和父爱的童年对于个体成长来说非常重要。首先,家是爱的庇护所,在自我完全建构起来之前的归属之地,其重要的职能是提供对家庭成员情感方面的慰藉,所以母爱对孩子的成长意义非凡,"母爱的存在象征着安全"。 母亲在世时的丁凯是幸福的。作为母亲的独生子,丁凯从小备受宠爱。在他的记忆中,母亲是勇敢、美丽与智慧的化身,独身一人带着三个孩子,穿越战火纷飞,土匪、日军、流氓与强盗横行的中国,来到美国与丈夫会合。母亲在美国并不适应,使丁凯6岁时便失去了母亲。母亲的早逝给丁凯的打击非常大,内心的积虑与哀伤酿成他内向、敏感和柔弱的性格。朝不保夕、颠沛流离的生活使丁凯更显得羸弱不堪。更重要的是,母亲不在,丁凯欠发达的语言技能使他无法用任何一种语言来表达自我。所以,丧失母亲是丁凯无法承受的生命之重。心理分析学家朱迪丝·维尔斯特(Judith Viorst)就曾从心理分析的角度探讨过在成长的岁月中,关于丧失的问题。 她认为:"成为一个分离的自我、在名义和感情上分离、外在独立而又能感受到自我的独特,这一切都非易事。当我们离开母体并附属于母亲的时候,我们必须忍受一些丧失,尽管我们的所得也许能弥补这些丧失。但如果在我们还年幼、毫无准备、恐慌万分而又孤立无助的时候,母亲就离开了我们,那么这个离弃、丧失或分离的代价就过于高昂了。" ①如果"母亲曾经是土",那么丁凯现在成了失却了土壤的无根小草,独自摇曳在风雨中;如果母亲没了, "你的生命的精髓已随她去",那么丁凯得以继续生存的方法只有找寻与建构另一个全新的自我。

继母是导致丁凯"流浪"的直接原因。生母去世一年之后,继母艾德娜进入了他的家庭。这个来自费城上流社会的金发美国人并没有给予丁凯期待和渴望的母爱与呵护。相反,她并没有准备做一个母亲,犹如安徒生童话故事中的继母形象,苛刻、暴躁,视他和姐姐简妮为包袱,对他们实施暴力与虐待。如丁凯所说, "我的继母是感情疏远、代理战争、少年搏

---

① [美]朱迪丝·维尔斯特著,张家卉等译:《必要的丧失》,北京:北京大学出版社1988年版,第3~4页。

斗和铁的纪律的代理人"。继母对他们进行的是"巴掌拳脚、膳食革命、衣物没收、宗教改造、语言剥夺、日耳曼衣饰折磨"。丁凯每天放学必须待在街上直到吃晚饭。吃了晚饭，在街上一直待到睡觉才可回房。被继母推出门外的丁凯，正如一个有母亲却没有母爱、有家却不能回家的流浪儿，尝试着一种缺失性的成长体验，成长被迫过早地开始。

父亲，对丁凯来说，只是一个白化的形象、一个背影。曾当过国民党军官的父亲逃离战火和中国政府的追捕来到美国，已然了解中国战争频仍的历史状况，所以欣赏美国人，崇尚美国文化，急于同化，并因娶了一个美国人而让人刮目相看。被同化了的父亲在美国仅做了一个银行职员。在家中，当美国继母虐待儿女时，摧毁家中一切关于中国文化、关于母亲的记忆时，父亲保持着沉默或者逃避。用丁凯的话来说，"我们生活在一个对立的世界里"。显然，向主流文化低头的父亲无法给予子女精神与肉体上的庇护与启蒙。在丁凯暗淡的童年生活中，他给丁凯的只是一个背影、一个模糊的形象，并逐渐淡出儿子的成长生活。

另外，小说中出现了一个重要的人物，丁凯的潜在的领路人——辛伯伯。他与丁凯父母是世交，尤与其生母感情甚笃。丁凯对他尊敬有加，折服其渊博的学识。然而辛伯伯灌输的中古式的三纲五常、克己复礼、忠孝之道，用智力解决武力的儒家思想在这个号称"拳头城"、以暴制暴、以拳头立命的锅柄街根本不适用，使丁凯矛盾不已。中国式的辛伯伯自己尚且无法安身，更无法解除丁凯的危机。丁伯伯送给他的夹克和帽子被继母没收，象征着辛伯伯注定在丁凯的美国世界中式微，他的思想亦无法使丁凯在美国获得认可与成功。辛伯伯注定要淡出丁凯的成长舞台。

所以，家庭中父爱母爱的缺失导致家庭职能的失效，使丁凯无法获取爱与教育，在家的维度边缘化，不得不走上流浪之路，寻找替代的母爱和父爱。丁凯到处寻找母亲的影子，甚至只要别人谈论起母亲来他就愿意听，就被深深吸引。丁凯在好朋友图森特的母亲拉罗太太身上发现了这种爱的源泉。慈祥的拉罗太太爱护弱小、维护正义，造就了同样坚强勇敢、充满仁爱的图森特，同样也关怀着他的落难朋友丁凯。拉罗太太对图森特的爱深深吸引着丁凯。一次，她给丁凯水喝的时候，丁凯看着杯中的水，想到了自己的母亲："杯子里的水溅出水花，就像太平洋的海浪，有一会儿我的感觉超越了现实，世界上所有的大小比例的标准和感觉都消失了。我看见了母亲把脚浸在汹涌的海水里。她正在与大洋彼岸的外公交流，从另一个世界与我交流。她伸出手来搂我，我的耳膜觉得痒，我浑身颤抖了一下。

我的嘴唇顶着杯子，我凝视着杯子里面，斜着眼睛。我不能喝这水。" 在此时，拉罗太太给丁凯的一杯水已经化作爱与记忆之泉，使丁凯再次想起那次妈妈在太平洋海边对彼岸的外公倾诉的情景。生母如海般的爱因为生命的暗淡而逐渐退却，而拉罗太太却再一次将爱的潮水揽来，滋润着丁凯的生活。来自陌生人的母爱与生母的爱在此时交汇，两位妈妈已经化身为一人。丁凯视这只塑料杯子为装满圣水的圣杯，视这杯水为生命的源泉，足见其对缺失的母爱的渴求与珍惜。

丁凯又在名为安吉丽娜·科斯特洛的女人身上找到了母亲般的微笑，还有甚至恋人般的依恋。她是基督教青年会饭堂的经理。受教练巴勒扎之托，照顾丁凯的饮食。在安吉丽娜的牛奶、添加剂、金枪鱼以及淀粉类食物的三年大餐中，丁凯渐渐肌肉丰满，强壮起来。安吉丽娜又安排丁凯在她身边做些杂活，给他零用钱。安吉丽娜的照料与关怀让丁凯找到了在家中无处觅求的归属与安全感。

在丁凯的街头成长过程中，一个特殊的团体承担了父亲的责任，这就是基督教青年会。这里是一个多元文化聚集的会所，有华裔、非裔、意大利裔、犹太人、日本人，还有"菲、日、中、法的大杂烩"，是一个斗志与精神的磨炼厂。在这里，不分肤色与阶级的上下先后。教练们不仅在身体技能方面能力突出，更在文学、艺术等方面有所长。其中的三个拳击教练——安东尼·西摩·巴勒扎、庞莎龙和刘易斯，与丁凯结缘，他们在后来十年的"拳击生涯"中倾囊相授，为丁凯赢得尊严提供了无量的启蒙与教育。教练们从"心灵、体格、精神"三个方面重塑丁凯的自我。书中通过大量细致的描写，体现出他们秉承着"拳击者赢，打架者输"的理念，不仅教授丁凯生存技能，如毅力、防御、意志、思考，又灌输给丁凯做人与生存的法则。丁凯获得的不仅仅是身体的强壮和打架的能力，更是做人的自信、精神上的坚忍、斗志的昂扬。正是这些生存本领，把丁凯从文化与身体维度的弱者境况解救出来。在不搏斗就无法生存的锅柄街街头生活中，正是这些如师如父一样的领路人悉心帮助与教诲，使丁凯的立足、生存与成长充满了希望。

二、流浪中成长的"仪式化"特征

在开篇，丁凯就告诉读者，在他生活的世界里，"搏斗是一个比喻。我在马路上的斗争实际上是为了确定身份，为了作为人群中的一员活下来"。暴力的胜利意味着你将可以在这个领域有尊严地生存而不受凌辱。

从文化原型批评的角度来看《支那崽》这部小说中主人公丁凯的成长轨迹与遭遇，他的成长高度仪式化，是以种种英雄化的成长洗礼来证明自己的生存权与存在意义。与大个子威利最后的打斗亦获得胜利就是重拾自我的标志与成年仪式。其实，仪式在人类早期生活中就已经出现。人类学的研究结果表明，长久以来，在许多原始民族中流行着各种通过仪式，其目的是通过一定的仪式对即将进入社会、履行人生义务的未成年人进行一系列近乎严酷的考验。在人类学中，"通过仪式"（rites de passage）这一术语是由阿诺德·凡·根纳普于1907年首先使用的，用来指称"伴随着每一次地点、状况、社会地位以及年龄的改变而举行的仪式"。通过仪式对于个人成长与发展的意义是不容忽视的，因为"仪式及其包含的符号是至关重要的，因为个人成其为个人，社会成其为社会，国家成其为国家并不是自然天成的，而是通过文化、心理的认同而构成的，而这种认同又是通过符号和仪式的运作所造就的"①。仪式进入叙事文本，影响了小说的写作样式与文类。其中之一的成长仪式与教育小说和后来发展壮大的成长小说契合，不仅是成长小说/主题的一个重要叙事载体与框架，同时这种仪式在文学中虽然经过变形或置换，但对于主人公的成长塑造与人生体验始终保持了人类学上的意义。

丁凯成长中的仪式的意义是多元的，可以从三方面来理解：

1. 死亡与再生仪式（Death and rebirth）

早年的丁凯即似一个非人化、无生命、任人宰割的客体。他称自己为窝囊废，"在这个街区里发挥的作用就和用来拴狗的消防栓的作用一样"。他曾总结了三种主要文化缺陷：一是语言问题。他并未熟练掌握英语或其他任意一门语言，这意味着丁凯丧失了话语权，以及在这个世界最低层仅有的权利与地位。二是体育运动。丁凯从小体重超轻，协调能力差的他在每种户外体育活动中都是被人耻笑的笨蛋。三是不会打架，而"打架是街头生活的期中考试。他衡量一个男孩的勇气，测试他是否有胆魄，是否能养成男子汉气质，是否配在穷街上生存和交朋友。它是殿试，不过不是面对皇帝，而是面对他自己"。如果说还有第四条缺陷的话，那就是丁凯是个"支那崽"，一个受人歧视的"斜眼角小丑"，一个处于文化边缘的黄种人。种族歧视不仅发生在主流社群中，在像锅柄街这样的黑人聚集区中，唯一一个黄种人丁凯亦成为被歧视的对象和街头挨打的靶子。他只是一个

---

① Norbert Elias, *The Symbol Theory*, London：Sage ，1991, pp.123 – 124.

抬不起头来的"支那崽"，没有生命价值的道具。他必须摆脱这种如入地狱的境地，赋予自己价值和尊严，获得新生。

在基督教青年会的拳击师们的精神调教下，经过一系列艰苦训练后，掌握了拳击规则的丁凯终于在学校操场上成功打败大个子威利。在这场荣誉之战中，丁凯心情激动，他感受到自己生命复苏的时刻："拳出得更快，更狠，更准，结合流畅，这在我以往的生活中是难以想象的……"他体验着重获生命与力量的兴奋："我挥动双拳，轮流组合，打得大个子威利晕头转向，我惊异地看着我的双臂，就是鲁弗斯见了也会惊羡。我感到上帝或汉伯伯或赫克托或托尼已经搭上了我的肩膀，开启了本能反射。我的刺拳中柔和了勾拳、交叉拳、敲打和刺戳，我将这些动作击向他的头和躯干。我像阵风一样呼呼地呼吸着空气，我调转屁股，屈曲后背时双臂转动，用力刺戳，在一片盲目意志的叫喊声中，促使威利屈辱认输。"丁凯想象着自己得到了祖先与神灵的支持与附体："在我的意识之中，我并没有看见他，我的血全部都流到了我的手上。我的拳头已经进入了另一个世界，受到了古代精灵的驱使，得到了丁家列祖列宗的支持，并且得到了身披被血染红的盔甲、手握闪闪发亮的武器、在东亚战场上昂首挺胸的旗手们的鞭策。"

在这里，我们分明能够感受到丁凯"复活"时刻的来临，"死亡与再生"原型在丁凯身上变得令人敬畏与充满快慰。在原始社会中，男孩在青春期必须通过成人仪式象征性地死去一次，再重新降生到成年男性的世界中。参加仪式的人回来之后，有的被涂上颜料，弄成生病的样子；有的则要装作神志不清，以此表现他们曾经痛苦地死去，现在又幸运地新生，从此开始过一种具有更大权力并承担更多责任的生活。再生意味着告别之前的非我状态，更意味着另一种身份的确立和与之相对应的世界观和价值观的成熟。新的生命孕育了新的生活与希望。同样，曾经的那个支那崽丁凯经过再生，象征性地复活为"上帝的子民之一"，一个新的生命，具有尊严与荣耀的个体。过去那个懦弱的、任人宰割的"我"一去不返了，换成现在的"我"，再生后的"我"。这个"我"因得到了华裔先辈的支持与召唤，象征了这个少数族裔的崛起之势。这个"我"可以充满信心、以顽强的意志面对未来路上的艰难险阻。

2. 自我拯救仪式（Self-salvation）

缺少家庭温暖与庇护，又受到暴力威胁，丁凯滋生了强烈的反成长倾向。不可否认，这些罪恶、悲惨情境与不公待遇，应归罪于当时美国社会的各种经济政治原因，对黄种人的歧视、意识形态的驯归到处可见。他想回到中国，或者搬来和巴勒扎教练同住，甚至想成为巴勒扎的那条自在的狗森珀。然而，这些都是无法达成的幻想。丁凯无处逃遁，无法期待别人解救，所以他获得解脱的唯一方法，就是自我拯救。

拯救(salvation)一词,在西方源于基督教,指世人因原罪而失宠于天主,但天主因爱人而派遣了救赎者——圣耶稣降生、被钉十字架,让世人重回天主怀抱。基督教的拯救基于原罪说,而人是被拯救的对象。在人类学中的诸种仪式过程,往往强调的是当事人必须参与仪式,以亲身经历各种身体、意志的考验,最终获得本来无法拥有的社会地位与责任,其中亦包含自我拯救的意义。所以,通过仪式也是一种获得的仪式,一种提升或者拯救卑微的自我的仪式。英文俗语当中有一句话叫做"上帝只拯救能自救的人"（God helps those who help themselves）。其被广为接受的意思为:如果"上帝"能够拯救人的话,也只能拯救有主动性的人,从而鞭策人们只有通过自己的努力才能获得成功,不能被动地把希望寄托在自己以外的事物身上。文学中,经常会见到这样的情节,主人公或迷惘或堕落,经过生活中的某些自己主动参与的经历与过程,获得了解脱与转变。这种过程可谓自我拯救仪式在文学情节中的重要体现。在《支那崽》中,丁凯的成长恰恰就是这样一个自我拯救的仪式过程。

其实,丁凯本身具有的悲悯之心就具备了一种拯救意识。他对街头生活境遇低下的邻居,甚至流浪的猫狗都有着深切的同情心,丁凯对大个子威利与继母艾德娜也有着人道的理解,他本身散发出来的同情弱小的人道主义精神令人感动。小说从头到尾都贯穿着他对俗世与人情的关心与体谅,更具有一种拯救的情怀。对于丁凯自己,亦是如此。自我救赎的意识表现之一,便是想改变自己的状况。

丁凯在巴勒扎等人的搏斗计划策划下以及不断增强的体魄与拳术下,开始走上自己的救赎之路。救赎的仪式在学校的操场上开始。他按照事先设计好的,故意在威利的鞋上洒上机油,激怒他并与他展开生死搏斗。最终,站在胜利的战场上,丁凯完成了对他来说至关重要的自我救赎仪式,以自己的拳头击败强大的威利,获得了自由。获得自由后的他感到非常奇妙:"我从来没有这么自由过。我披上了一件红的披风,像一只穿越云层的大胸小老鼠";"我的生活中刚好得了一个'优'。它排名前列,并有一张水晶宫的公开就餐券"。街头上解救了自我后的丁凯,回到家,也举起拳头,面对艾德娜的暴力与压制,说:"我再也不受你的欺负了。"在家中,丁凯虽然要面对的是成人与权威,但是,获得了勇气与安全感的丁凯继续着自己的救赎之路。

3. 成长仪式（Initiation）

纵观全书中丁凯成长的诸情节，我们发现从丁凯被艾德娜推出家门，与家庭分离那刻起，便开始了流浪式的成长。在街头的丁凯亲历了对父爱与母爱的追寻、受辱挨打、获得友谊等一系列伴着眼泪与伤痛的过渡时期，最后成功地通过了考验。丁凯在与强敌威利的搏斗，即那场"男孩时代的洗礼"、"支那崽丁凯的心灵、身体、精神和未来的较量"中，通过了考验，从而获得了独立和自由，成长起来，完成了自我与社会融合的关键一步。丁凯的成长，始于自信心的增强、有意识的对尊严的维护以及对施暴人示以拳头。这一过程，可以总结为分离、过渡（考验）与融合，最后实现成长。这个过程恰恰与人类学中的仪式得到了契合。在《通过仪式》一书中，作者范·根纳普按照当时的研究，将"通过仪式"分为三个阶段：分离、过渡和融合。成长仪式是过渡仪式的一种，是一种专门为未成年人举行的仪式。在仪式期间，这些未成年人将暂时脱离社团，被部落中的长老或专职的巫师带到远离社会的隐秘之地，接受种种折磨和考验，并在此期间习得本部落的神话、历史、习俗和道德价值观。等到仪式结束再返回原地与社会融合的时候，成为新人，能够履行社团赋予的职责和义务，完成分离、过渡和融合三个步骤，获得成人的资格。对照此模式来说，《支那崽》这部成长小说就含有典型的成人仪式原型结构，不同的是丁凯所经历的成长仪式中的分离发生过早，他尚未结束童年生活，青少年期还需时日才能到来，这增加了成长仪式的难度。

成长不是一次性完成的，这种仪式不断被重复。《支那崽》的姐妹篇《荣誉与责任》（*Honor and Duty*，1994）延续了主人公的成长生活，续写出了一个不断成长的故事。《荣誉与责任》开篇时，丁凯已经 17 岁。秉承父亲的期望，他成功考入西点军校，"成为一名真正的美国人"。丁凯第一场成长仪式便是考上西点军校后"野兽营"夏日集训的洗礼。在这个暴力机构，这个美国版本的翰林院中，丁凯找到了中美两种文化传统的矛盾的结合：传统与集体主义的颂扬，责任与荣誉的维护等。然而丁凯并没有成功毕业成为出色的军官，数学不及格的他因被开除而辍学。这对丁凯来说不仅是成长途中的一次巨大失败，更是一次重要的成长洗礼与仪式。塞翁失马，丁凯得到了父亲的理解和认同，并为自己的未来开启了无限的可能。正如杰夫·特威切尔 – 沃斯在《荣誉与责任》中所评价的："这时的丁凯有了挑选前途的多种可能性，不是注定选择决定他成败的一种毫无余地的路线，这种更为开放的未来作为美国人行事的方式得到了肯定，而与此同

时，这也显然保护了他的中国传统里有价值的成分。"　①

总之，《支那崽》以流浪汉为版本，又以成长主题为框架，改写传统流浪汉小说流浪汉主人公的白人形象，将具有华裔背景的丁凯作为故事的主人公，又将故事背景设在 20 世纪 50 年代美国的多元化语境中，把主人公的成长空间定位在底层社会的黑人社区，这无疑是具有突破性和颠覆性的。书中各具独特文化背景的人物，操持着各种语言，跃然纸上，丰富了丁凯生活的三维空间。如此独特的成长环境必然带来传奇性的成长经历，而这些经历又充满了仪式与象征。最重要的是，仪式中的丁凯是通过自救、逐渐强大自己进行拯救的，并非强调通过美国人的拯救。给予丁凯帮助的人具有多样化的文化背景，而并非《华女阿五》中全面的白人拯救。这颠覆了东方主义中白人的拯救形象。所以，《支那崽》中通过独特的流浪汉式的主人公形象与具有仪式化的成长情节，加之多元化的创作背景，展现了华裔男孩丁凯成长中的酸甜苦辣，为华裔美国小说的成长主题的色谱上涂上了浓墨重彩的一笔。同时，丁凯又是美国乃至人类社会中弱势群体的化身，其成长贯穿着对社会中诸多不公正现象的抵抗与控诉，对公正、人性的思考与辩护，更有对生存的深刻考量，具有普世性的意义。

第三节　在理想与身份的思考、实验中成长
——《梦娜在应许之地》

在诸多书写成长主题的华裔美国作品中，任碧莲的《梦娜在应许之地》是一部关于梦娜的成长小说，可以说是与成长小说的鼻祖——歌德的小说《威廉·麦斯特的学习时代》的成长模式最为接近的。梦娜以冒险与实验，探索和理解着世界，开始追寻正义和良知的路程，就正如威廉·麦斯特离家出走，通过戏剧去感化、启迪民众从而实现改良世界的梦想一样，梦娜不断反省自己的身份、信仰和理念；正如威廉不断经历碰壁和失败时不断地反思一样，梦娜认识自己和世界，最终长大成人。相比充满成长教谕的威廉，梦娜是个幽默风趣的女孩，在她的成长中那些看似幼稚、率性的行为，实则融入了对人生与自我、多元文化与身份的深刻思考。

---

① ［美］杰夫·特威切尔－沃斯：《〈荣誉与责任〉序》，见［美］李健孙著，王光林、张校勤译：《荣誉与责任》，南京：译林出版社 2004 年版，第 5 页。

《梦娜在应许之地》的作者任碧莲是继汤亭亭和谭恩美之后又一颇受瞩目的华裔女作家，其于 1991 年出版的小说《典型的美国人》曾入围美国全国书评界小说奖（National Book Critics Circle Award for Fiction），此书以幽默诙谐又颇具深意的独特写作风格而闻名。《梦娜在应许之地》延续了《典型的美国人》中华裔拉尔夫·张一家的故事，把其中的二女儿梦娜的成长故事作为这篇小说的主要叙事，是一部关于少女梦娜的成长小说。任碧莲把梦娜生活的时代设在 1968 年的美国纽约郊区一个叫做斯卡希尔（Scarshill）的中产阶级社区，标志着梦娜一家相对富裕的生活条件和阶级水平，同化为美国中产阶级的一员。[1] 这个社区是一个多种族、多族裔的美国社会的缩影。故事发生时，"族裔意识已经在这个社区的夜色中破晓。他们因为马丁·路德·金而知道美国黑人问题，因为第三次中东战争而了解美国犹太人，更何况，张家现在是新犹太人了"。比《支那崽》中主人公的生活语境稍晚，这个时代是民权运动大获成功、多元文化主义刚刚萌芽、青少年反文化运动如火如荼的时代。自然，梦娜的生活和思考与这些热论的种族、族裔、民主与人权的问题密切相连，对这些问题的探讨和思考成了她成长中必经的认知过程。梦娜是生长在美国的华裔第二代，她本身已经相当西化，对中国文化和中文知之甚少。梦娜在成长中，遇到多种多样的人物，除了包括自己的父母拉尔夫（Ralph）和海伦（Helen）、姑姑特里萨（Theresa）在内的华裔美国人，还有犹太裔美国人、非裔美国人、日裔美国人和白人新教徒。在任碧莲幽默诙谐的笔下，这些人物极具张力、个性鲜明，不同程度地启发与影响了不断思考与发问的梦娜。梦娜好像漫游一样，在多元文化中徜徉与困惑，经历了一次次奇异的历险，同时不断思考与建构自己的文化身份。

一、对文化身份转变的思考与实验

在书中，梦娜的成长始于信仰的皈依，也是这个身份的转变引发了一系列成长事件。初来乍到的梦娜认为斯卡希尔是片"自由之地"，"不像他们原来的镇里惠特曼路上成群结队的家伙们朝她和姐姐凯莉扔沙果，说是能让她们闭上眼睛。在这里，她们像永久交换生"。的确，梦娜非但没

---

① Marina Heung，"Review：Authentically Inauthentic：*Mona in the Promised Land* by Gish Jen"，*The Women's Review of Books*，1996，13（12），p. 25.

有受到任何歧视，反而因为是新来的而立刻引起了大家的关注。她遇到了身为犹太人皈依新教，又转而信奉犹太教的好朋友芭芭拉·古格尔斯坦（Barbara Gugelstein），整天自以为是并住在印第安帐篷里头思索着尼采、康德的犹太男孩赛斯·曼德尔（Seth Mandel），还有犹太教会的拉比·霍洛维茨（Rabbi Horowitz）等。在他们的影响下，梦娜信了犹太教。用赛斯的话说，信犹太教只是他们这些年轻人"寻找自己是谁这个工程的一部分"。在与日裔男友谢尔曼·松本（Sherman Matsumoto）对话时，梦娜表达了一种流动的身份观："谁生在这谁就是美国人，你也可以从你原来的身份转变（convert）成美国人。你只要学些规则和话语就可以了……就像我，我想成为犹太人我就可以。我只需要转换（switch）一下就可以了。"搞笑的是，等到谢尔曼要回日本，要求梦娜像转变成美国人那样变成日本人跟他回去时，梦娜却以遇刺身亡的美国前总统肯尼迪的遗孀杰姬·肯尼迪后来又嫁给了希腊船王为例，说不用转换也可以在一起，不肯变成日本人。她认为谢尔曼应该转变，因为他的所作所为"看起来很奇怪"。梦娜不肯变为日本人，是一种文化在美国主流中不被认可、不被真正理解而造成的。可见这种转变带有一种天真的色彩，其伊始，自主的成分与无知多于深思熟虑，趋附时尚的冲动多于理性的考量，正如梦娜所说，她"碰巧想成为犹太人"。梦娜对于真正的种族融合、平等与自由转变的认识，与其说是在不断的思考与践行中达成，毋宁说是在梦娜的成长过程中进行的。

变成犹太人，说变就变，并非易事。首先，梦娜需要自己确认自己的犹太人身份，明了这种身份对她来说意味着什么；其次，这种信仰与身份所持的理念和文化价值能否被认可。梦娜可谓煞费心思。成为犹太人意味着什么？时刻记住自己信仰犹太教并不受用，因为总有人一再追问她的家在哪里，不接受她家在美国的说法，时刻提醒她不要忘了自己的华裔身份。这让梦娜沉思许久之后得出一个"在陌生地域的陌生人"的结论，令人啼笑皆非：这说明身份问题不是自己随意的转变，不是不经实践的、简单的自我认同问题。在拉比的追问下，梦娜开始了自我反思：

"你是说这是不是青少年反叛？可能吧。但我也很喜欢在这教会里。我喜欢你让每个人不断问问题，而不是不断遵循什么。我喜欢人们成为自己的拉比，与上帝直接交流。我喜欢他们对自己的宗教信仰负责……"①

---

① Gish Jen, *Mona in the Promised Land*, New York: Vintage Contemporaries, 1996, p.34.

　　可见，最初梦娜欣赏的是犹太教中表现的一种自由选择与自我承担的独立自主的精神。这可以说正好契合了梦娜追求自我和独立主体的愿望。但她还没真正明白犹太教的教义，正如拉比所说："你不学习怎么能问出问题呢？"对于犹太教的理解与认知，正是一个学习的开始，可以说恰恰标志着梦娜成长的伊始。于是，拉比给了梦娜一堆书去看，看得梦娜云里雾里。令人欣喜的是，她认识到犹太教是一个致力于改造与完善此世界的非常务实的宗教，而并非仅仅思考形而上、不注重实际的信仰。这坚定了她皈依犹太教的信心，更为梦娜日后践行自己的理想奠定了基础。并且，作为美国少数族裔成员的梦娜一家，在美国作为被压迫的群体，除了白人主流意识形态，就别无凭依与指导。犹太教各种组织、仪式、饮食习惯以及圣歌，使梦娜有了一种归属感和可遵循的准则。然而，拉比又提醒梦娜，"想成为犹太人可没那么容易"，"你不停地读书学习、学习读书，但是还得花上一辈子的时间"。这让梦娜思考是不是真的要用剩下的人生来转变，有点灰心的她甚至在跟芭芭拉一起洗礼前准备告诉拉比她要放弃了。好事多磨，梦娜还是成了鲁斯（Ruth），一个真正的天主教中国犹太人（Catholic Chinese Jew）。

　　梦娜的转变挑战了以她父母为代表的狭隘的文化身份观点，遭到了质疑，母亲海伦得知后大发雷霆，认为梦娜数典忘祖，扬言要把梦娜送回中国上海："你这么做给家里带来了耻辱，别人会怎么看我们？""你怎么可以成为犹太人？中国人是不做这种事情的。"可是梦娜的话立刻让海伦语塞："他们不这么做？那我猜我就不是中国人。"又如梦娜说"犹太人就是美国人"等。梦娜对父母未彻底的多元文化意识和狭窄的身份定义作了抨击。的确，梦娜家里吃的是土耳其风味的饼，过的是圣诞节，早就已经西化，连海伦也承认自己不是纯正的中国人了，"我们是信佛、信道教，也信天主教。我们想干什么就干什么"。生长在美国的梦娜更是与中国文化传统相去甚远，在美国绝不会遵循中国传统的思维方式长大。寻找和笃信一种可以在美国确立自我的信仰，犹太教就是这样的选择之一。

　　所以，我们看到，正是在与认同者和反对者之间不断的对话、争论过程中，她对世界和文化的理解从中得到了提升，自己的信仰逐渐得到了确认。

二、"身份表演"的实践

　　任碧莲为梦娜安排了一份新工作——犹太教会青年团体的热线电话的

接听者，从而为梦娜通过声音接触外部世界，辨认和理解个体提供了一个场域与机会。更重要的是，新的工作为梦娜思考与体验族裔和身份之间的关系、身份的表演性提供了一个契机。

　　一次，梦娜接到了一个日裔男孩的电话，以为是返回日本的日裔男友谢尔曼。五次通电话之后，芭芭拉插手导致电话中断。在电话中，梦娜无法看到对方，所以只能从言语中判断对方的族裔身份。第一次挂断了他的电话，梦娜是这样记录的：

　　日本人（？）男性，为了不可理解的但是却很深刻的原因打电话（这是不是歧视？）。谁知道，也许只是为了练习语言（英语）吧。除了中间有或长或短的沉默和短短的句子之外，通话的气氛还是好的。应该在吸毒教育上多注意些。鉴于通话人郁闷的心态，他有可能会有剖腹自杀的倾向，即使这只是个刻板印象。然而却谈论草坪护理问题（施肥）还有长着树（柳树）的鸭子池塘。通话者颇为如前所述的树的剪枝烦恼。认为那树本如季候风一样充满阳光，四肢招展，不可能再长回去。突然挂断。有隐含的信息在里面？文化考量当然只是一个方面，或大或小。存疑。①

　　梦娜对通话者的理解总是带有文化上的判断。由于梦娜无法见到对方的身体，所以只能通过对方的种族话语理解对方，通过族裔化了的身体而确定对方的身份，其中不乏刻板印象。梦娜把对方认定为亚洲人，所以一定"不可理解"，但"深刻"，就连挂断电话也可能会有"隐含的信息"；虽然英语已经"像教科书上那样清楚"，但是还是需要练习；虽然"只是个刻板印象"，但是因为郁闷，还是会有"剖腹自杀的倾向"……这里，对方的身份全部都是通过与梦娜的通话建构起来的，对方打电话的目的也是通过这种族裔化的身份得出的结论。

　　接下来的第二次通话，梦娜以美国多元文化主义者的身份，继续建构对方的种族化的身份。这次他们讨论的话题是美国前总统托马斯·杰斐逊把自己的一个黑人女奴当成自己的情妇。

　　"可能他爱她。"梦娜说。

---

① Gish Jen, *Mona in the Promised Land*, New York: Vintage Contemporaries, 1996, p.42.

　　"但是他是全美国的总统。"他说，"当然，那时候的美国只是我们现在见到的一半大。"

　　"爱情是不可预测的。"

　　"那样的话他会使每个人都不开心。"

　　"但是他爱她，那怎么办？"

　　"如果他爱她，他应该放开她。一个钉子翘起来，人们就会把它敲下去。"

　　"但是那么做对么？"

　　沉默。"那样会带来安宁和谐。"

　　"那对错问题呢？你不认为这也同样重要么？"

　　开始没有回答。然后，"那也没办法。"

　　"你知道，"梦娜说，"在美国，我们不太关心安宁和谐。"

　　"哦，真的？"

　　"是啊。"

　　"那为什么那么多人参加和平示威游行？"

　　"那不同。"

　　他开始唱："我们所唱的／是给和平一个机会。"

　　"你从哪里学来的？"

　　他挂断了电话。①

　　梦娜以一种美国代言人的口吻，与电话另一端的他者进行对话——"在美国，我们不太关心安宁和谐"，从而进一步把对待异族婚恋的两种观点拆分为美国多元文化与亚洲文化对立的文化观点。这样，梦娜就把对方身份通过观点的差异置换成文化的差异，建构对方"非我族类"的亚裔身份。然而对方唱起了英国摇滚歌手约翰·列侬的和平之歌，暗示着对方对西方文化的谙熟，这与梦娜为对方建构的日裔身份相矛盾。接着的两次对话，梦娜都是通过与对方讨论日本的人文与风景来建构对方的日裔身份。与他第五次通话的时候，梦娜和偷听者芭芭拉通过询问带有族裔符号的衣着来建构其身份。

　　问他日本的教授都穿什么衣服，芭芭拉写道。

　　"日本的教授都穿什么衣服？"

　　"什么？"

_____

① Gish Jen, *Mona in the Promised Land*, New York: Vintage Contemporaries, 1996, p.71.

问他他现在穿什么。

"你现在穿什么？"梦娜问。

"我？我现在穿什么？"

问他是不是穿蓝色牛仔裤。

"你是不是穿着蓝色牛仔裤？"

他怎么可能不知道自己穿什么？

"我是穿着蓝色牛仔裤。"他最后说。

······

"你不介意我问你一个问题吧。"梦娜说。

"当然不会。"他说。

"我以前认识一个叫谢尔曼·松本的人，"梦娜说，"多年前。你认识有人叫这个名字么？"

"当然。"他说。

问他！

"你是谢尔曼么？"

沉默。

或者是安迪·开普林？

"你是安迪·开普林？"

"安迪？"他说。

"安迪·开普林，"梦娜说，"K-A-P-L-A-N。"

"谁？"他说，"开普林？"

"你听到她了。"芭芭拉插话。"算了吧你。"

"这是谁？"他问。

"你的朋友芭芭拉，"芭芭拉说。

"芭芭拉？不是梦娜？"

"还有梦娜，"梦娜说。

"芭芭拉和梦娜？你们什么意思？"

"开普林······"芭芭拉开始说。

"哦，我的上帝。对不起，谢尔曼，"梦娜说，"我是梦娜。真对不起。只是——"

　　"你永远不会成为日本人。"他挂掉了电话。①

---

① Gish Jen，*Mona in the Promised Land*，New York：Vintage Contemporaries，1996，pp.80 - 82.

　　首先，梦娜与芭芭拉认为日裔一定知道日本教授的衣着，所以问他这些日本教授穿什么，然而对方却回答不上。这使梦娜不确定对方的日裔身份，建构这样的族裔化身份充满了矛盾。潜在文本中，她们已经把异于美国主流衣着的日本和服作为一个种族或族裔的标志。其次，蓝色牛仔裤是美国帝国经济影响下主流文化的象征。穿着蓝色牛仔裤就意味着对对方日裔身份的建构更加不确定。梦娜与芭芭拉并没有意识到美国文化的扩张和全球化的影响，从而滥用带有族裔与文化色彩的衣着去质询与确认对方身份。对方说出谢尔曼曾经对梦娜说的"你永远不会成为日本人"，暗示了对方实际上是其日裔男友谢尔曼。

　　以上五次通话，梦娜经由语言建构出对方的族裔与身份。身份能够通过语言或者语言呈现出来的文化与族裔特征来建构。所以，从这种意义上来说，这种身份是一种表演，与主体是否存在无关。通过对话与想象，梦娜所建构的对方的日裔身份可以说充满了表演性。正如赛斯对梦娜所说的，"那个家伙不是人，只是一个观点而已"。在这五次对话中，对方不断地强化与引用充满了种族色彩的意象，如柔道、富士山等，使梦娜建构了一个谢尔曼出来，并最后称呼其谢尔曼而对他进行阿尔都塞式的"询唤"[1]，赋予其日裔身份。出乎梦娜的意料，对方身份的表演又在后来的电话中美国化，如声称自己住在夏威夷，放弃柔道改玩棒球，成了"百分之百的美国人"，开始思考成为日本人是怎样一种情形，颠覆了梦娜之前对其身份的建构。当梦娜离家出走，"谢尔曼"来找她时，表演的戏剧性在此得到了升华：原来电话中的"谢尔曼"竟然是同学安迪，梦娜出走时那个寻找她的"谢尔曼"竟然是赛斯；就连学校走廊里遇见的"谢尔曼"亦是一个夏威夷交换生假扮的，与声音一点关联都没有。这也恰恰揭示了电话中的声音所代表的身份始终是一种表演的结果，与通电话的人的本体无关。同时，赛斯、安迪和谢尔曼的互换也意味着族裔、身份、种族具有可变换性和表演性。在学界，学者们对性别身份的表演性日渐关注，例如，关注酷儿的学者、美国后结构主义哲学家朱迪丝·巴特勒（Judith Butler）就从话语建构和身份表演入手对性别身份进行解构。她在著作《至关重要的身体》（*Bodies that Matter: On the Discursive Limits of "Sex"*，1993）中将

―――――――――――

　　[1] "询唤"（interpellation）是阿尔都塞意识形态理论中的核心概念，意指"一切意识形态都通过主体范畴的作用，把个人询唤成具体的主体"。

表演性（performativity）确定为性别的本质特征，认为"性别"只是一种话语效果，"一种幻象的幻象"。"性 / 性别"都不是人类固有的物质属性，而是人类在社会权力关系网络中对性别规范和性别理想的不断表演。文化规范持续不断的更新、修正和巩固行为使身体获得性别，因此身体的性别特征是历史过程中外在的文化符号沉积累加的结果。性别是一整套强加于身体和认同心理的符号，是符号叙事产生的效果。用朱迪丝·巴特勒的性别表演的观点来看，对方的日裔身份，实际上可以看作是一种表演（performance），是言语的结果而不是言语的原因。表演性使族裔身份成了表演行为驱动下由文化符号元素构成的符号集合体。表演行为的不断重复与变化，使族裔身份也不断变化。因此不断重复的表演行为构成身份认同的嬗变过程，离开表演行为也就无所谓身份可言。

实际上，梦娜也实践着这种表演性的身份。梦娜离家出走去姐姐所在的哈佛大学，换成姐姐凯莉的身份生活。不仅睡姐姐凯莉的床，穿她的睡衣，用她的肥皂、牙刷，更以姐姐的身份去上课，甚至当"谢尔曼 - 赛斯"和妈妈海伦打来电话时，她干脆把自己的身份换成姐姐凯莉。这种身份的游移引发了梦娜与读者的思考："现在，哪个女儿是好女儿？哪个是坏的？如果海伦知道梦娜没有失踪，那个不值得一提的正是被哈佛大学录取的学生？"对于成长中的梦娜，理解这个问题对于理解她身边的人在多元文化社会中身份的转变有着重大意义。她看到每个人的身份所属都不确定，更不是天生赋予的。

对于梦娜来说，她的终极关怀仍然是成长中对内心的自我认知、对自我身份的追寻，而恰恰是对此的追寻，给梦娜提供了发现种族、族裔、身份可以随意变化以及世界变幻的机会。如梦娜有一次去看中国肖像的展览，那些和尚只有脸部细致的特写。作者任碧莲留给梦娜和读者思考的空间：

社会成员依据他们的行为与服饰所代表的社会地位而被描述。因为衣服不是自我的表情，而只是类似于制服。这些恰恰是最重要的社会的地位，而不是人的内心的自我。至少对于艺术家来说是如此。那么对于主体来说呢？那天梦娜跟一个朋友来的，那个朋友认为如果画上的人来画自己的话，他们可能会把自己画得迥然不同。但梦娜不确定。她想人们可能喜欢画自己穿上最漂亮的衣服、高级丝绸的样子。因为她知道对于画中人最重要的是什么，正如她对于自己亦如此：不是世界认为他们是谁——他们从来没有妄想此事——而是他们知道自己的所属和所归。[①]

对自我的绘画、服饰与举止都是一种表演的结果。自然，从中建构的身份具有表演性，而非确定性。这种身份的游移与变换成了梦娜寻找自我的手段，而追寻普遍人性、人类本真的存在恐怕也是消弭文化、种族与族裔差异和矛盾的重要方法之一。又如扮演凯莉的梦娜在哈佛生物课上学习基因决定论时的思考："想要把自己变成自己所赋予的那个人的动力是从哪里来的呢？是不是也是遗传来的？在中国也有中国犹太人（Chinese Jew），会不会有一天她会发现跟他们是失散了的亲戚？利亚姑姑！欧文叔叔！……"无怪乎梦娜把这些课程称为"学习的探险"（adventure in learning），因为这些课程为梦娜提供了思考个体与身份的契机。

通过认识表演的身份，梦娜明了真正单一、本质的身份并不存在，而是看你"想成为什么，你就可以成为什么"。这契合了霍尔的身份观，即身份是一个立场，是一个正在形成的动态的过程。后来，梦娜发现身边的很多人都经历了多重的身份转变。犹太裔的芭芭拉信奉新教，后来转信犹太教；同是犹太裔的赛斯住在印第安人的帐篷里，学日本文化，最后饮食上却地道地中国化；非裔美国人内奥米非常中国化，中文比凯莉还好的她平时打太极、喝茶、做风筝，更能做出几道拿手的中国菜来；受内奥米影响的凯莉从厌倦华裔身份到后来对中国文化狂热起来，甚至还穿连妈妈爸爸都没穿过的布鞋、棉衣；就连信奉犹太教的拉比由于太新潮、太激进被教会开除了之后，竟然不当拉比，在哈佛干起了世俗的管理工作，娶了一个真正的拉比当老婆。梦娜对多元社会中个体表演出的身份从惊奇到接受，增加了自己对流动的、变动的身份表演的理解，并为梦娜在多元社会中定位自己、选择自己的立场做了准备。

三、理想与信念的体验

生长于 20 世纪 60 年代的梦娜，无时无刻不受到各种思想的影响，理想主义的实验氛围也为梦娜践行自己的自由、民主和平等的信念创造了条件。梦娜欣赏拉比新潮的犹太自由意识，深深佩服赛斯的继母碧（Bea）为黑人争取民权走上街头的勇气，也为赛斯这个正派的非纯正犹太人

[①] Gish Jen, *Mona in the Promised Land*, New York: Vintage Contemporaries, 1996, p.123.

（authentic inauthentic Jew）愤世嫉俗的激进观点所左右。同时，姐姐凯莉及其非裔室友内奥米（Naomi）的民权思想也鼓舞了梦娜追求民主、平等、自由的理想。梦娜还在她们俩在罗德岛的时候借课外实习的机会进行联合项目——秘密考察岛上不同人的族裔、种族以及阶级观等。梦娜甚至充当她们的探子打入上层白人主流埃勒维兹·英格尔（Eloise Ingle）同学的家庭，帮助姐姐进行试验和调查。另外，梦娜父母对黑人的歧视也促使了她对争取种族平等身体力行，进行实验。她看不惯父母不信任黑人厨师阿尔弗雷德（Alfred），宁愿聘请中国同乡也不肯继续提升他。这更促使梦娜、芭芭拉和赛斯等人想要为阿尔弗雷德争取平等，摆脱种族歧视，消弭国家与阶级、种族与族裔的差别作出尝试，"做出行动"（take action）。

行动的机会来了：阿尔弗雷德被妻子赶出家门，无家可归又身无分文。此时芭芭拉的父母正好旅游在外，于是她家成了此次实验基地。开始时只有阿尔弗雷德一个人住在芭芭拉家的地下室，后来梦娜他们发现，阿尔弗雷德把他的一群黑人朋友找来，又与芭芭拉的堂姐艾维同居，于是大家组成了一个各种种族、宗教与阶级混杂却平等和谐的实验团体——"古格尔斯坦营"（Camp Gugelstein）。在这个实验性的社群中，大家不仅一起做各种各样的户内户外活动，户内活动如打麻将、下中国象棋，甚至在堂姐艾维的带领下练瑜伽；户外活动如篮球、游泳、棒球等。大家又在这个社群中讨论各种各样的话题，大到各种社会话题如政治、吸毒或者战争，小到日常生活、休闲娱乐如运动、汽车、修车甚至头发，其中最敏感而富有意义的话题要数马丁·路德·金的救赎之爱（redemptive love），黑人权利（black power）以及"物质主义、人文主义、自由意志，以及化敌为友而并非冤冤相报"等。在集体祷告仪式的时候：

　　他们同时盘腿坐在地上，手挽着手……这些温暖的手掌、冰凉的手掌，握紧的手、松的手，连接的是充满了人性的这样奇迹的一群人，她时不时偷看几眼，记住这样的情景：因为这是赛斯，这是芭芭拉；这是艾维和阿尔弗雷德；这是不久前还像陌生人一样的一群人。显而易见的是现在却已经成了朋友。除了一帮梦娜熟知的朋友，他们还是谁？除了一群为了头发苦恼的家伙还可能是谁呢？①

---

① Gish Jen, *Mona in the Promised Land*, New York: Vintage Contemporaries, 1996, p.203.

可以看出，这个汇集了多种肤色、信念、阶级和价值观的乌托邦群体在此刻获得了实现，理想化的多元和谐的群体出现了。它由黑、白、黄三种肤色组成；由基督教徒，犹太教徒，笃信马丁·路德·金、黑人权利等各种教义与观点的人组成，自下而上地包含了以处于社会底层又无生活保障的阿尔弗雷德为代表的无产阶级、以梦娜为代表的处于白人与黑人之间的"新犹太人"、以赛斯与芭芭拉为代表的美国上层犹太裔白人等社会阶层的人。在这个实验性的共产主义家园中，"他们没有一样东西能够完全认同"，各人之间存在的分歧象征性地达成互解与互谅，在一次次的群体仪式中得到暂时的和谐。

然而，这个旨在消弭种族、族裔和阶级的差异，从而实现真正人人平等、和平共处的理想的"古格尔斯坦营"最后并未成功。在一次饮酒壶丢失事件中，这个理想之城不攻自破。其原因主要有三：一是长期以来在白人心中无法完全消除的种族偏见与歧视，二是经济基础导致的阶级原因，三是政治上权力分配的不均衡。

即使在梦娜生活的多元文化的时代，种族偏见与歧视依然阴魂不散。敏感的阿尔弗雷德早已意识到种族歧视导致自己阶级地位低下、生活水平极低、物质基础匮乏的实际状况；他在梦娜家的煎饼店的厨房中跟梦娜、赛斯和芭芭拉说：

我们永远不能拥有大房子和大车库。我们永远不能成为犹太人，即使我们像梦娜那样打算隆鼻子，我们还是混账的黑人。……没有人会叫我们盎格鲁—撒克逊裔白人新教徒（WASP），没人会忘记我们是少数，如果我们不在意我们自己的言行，我们就很可能会在混凝土的旅馆里坐一辈子牢。看，我们是黑人。我们是黑鬼（Negros）。①

正如阿尔弗雷德所言，歧视黑人的恶俗很难被完全摒弃掉。例如，芭芭拉就有明显歧视黑人的倾向。芭芭拉安排阿尔弗雷德住在她家地下室时，就规定他不能开灯，看电视不能超过时间，还要避免被同住楼上的白人堂姐知道。如此多的限制使他倍感拘束压抑。芭芭拉对他的帮助其实只是一种廉价的慈善行为，将之限定在不损害自己利益的底线上，而并非全心全

---

① Gish Jen, *Mona in the Promised Land*, New York：Vintage Contemporaries，1996，p.137.

意。发现他和堂姐艾维混在一起的时候，芭芭拉非常生气，她的态度和偏见被赛斯尖锐地点出来："如果他是白人，我们就会认为他就像詹姆·邦德。他有头脑有智慧，还能勾上女孩。相反，我们认为他是一个猥琐的黑鬼。这就像鲍德温所说，当白人反击的时候，他们就是英雄；换作黑人，就是野兽。"芭芭拉丢了东西，首先想到的就是阿尔弗雷德一伙人偷的而非梦娜、赛斯等人，认为他们处于社会阶级的底层，人穷志短，穷急生疯，偷窃恐怕也成为他们的习惯。

并且，需要注意的是，这个群体里面，真正的美国主流社会上层阶级的白人并未参与进来。其中之一的代表就是出身于精英家庭的埃勒维兹·英格尔，当梦娜等人邀请她加入时，埃勒维兹第一个反应就是拒绝："我才不住这种地方呢。"对上层阶级主流人士来说，习惯了自己优越的经济、政治地位的他们是无法屈就与接受这样的经济、政治环境下的生活条件，无法与处于底层、几近被社会遗弃的阶级相混淆的。这个团体并未集合全部美国阶级，掌控经济与政治的阶层仍然不愿融入与践行这样的理想团体，决定了这个团体实验的不彻底性，少了主流社会中拥有强大的社会控制与改造功能的上层阶级，注定会走向失败。

另外，这个实验团体也并不具备顽强的向心力，其内部的权力分配亦是不均衡的。这表现在当非裔成员讨论种族、权力的问题的时候，赛斯总是不失时机地打断他们的谈话，号召大家围坐开始仪式，"处于焦虑与恐怖"，正如路德对赛斯的批评，赛斯"具有家长式的作风，容不得黑人谈论自己，更不用说自卫了"[1]。社群内部的话语权并不是掌握在黑人手中，或者说，每个人并不都有平等相当的话语权。当受压迫的群体为自己辩护、伸张的时候，如果自视民主的压迫者不允许他们发出自己的声音，那么在这样的氛围下所建立起来的理想团体就并不理想，实际上早就存在着分崩离析的迹象，失败在所难免。

"古格尔斯坦营"失败后的梦娜成熟起来。看到赛斯伤心欲绝，梦娜安慰他的同时也暗示了自己的收获与成长：

梦娜试图告诉他践行犹太教教义并不是浪费时间，拉比·霍洛维茨会引以为傲的，而且这也是一种教育。现在阿尔弗雷德独立起来，赛斯也会下棋

---

① Gish Jen，*Mona in the Promised Land*，New York：Vintage Contemporaries，1996，p.202.

了，而且大家手挽着手，难道不是很棒么？她的下半辈子om（举行仪式时所唱的音节）将成为特殊的一节。当然，事情失败了，他们被称为种族主义杂种。但是就连她都有了社会行动的嗜好，谁知道有一天她就不会被抓起来呢？①

　　实验的失败对梦娜来说预示着天真的失落。她看到的是种族融合、平等，民权与自由的争取绝非一朝一夕，更非一厢情愿，而更需要社会大众和各个阶级、种族、族裔的长期共同努力。重要的是梦娜不仅看到了种族歧视、阶级差异所造成的不平等，看到了理想与现实的鸿沟，更坚定了她参与社会行动的决心和对犹太教的笃信。当"古格尔斯坦营"败露，阿尔弗雷德被梦娜父母解雇的时候，梦娜大声疾呼，为了阿尔弗雷德的权利与海伦据理力争。当她发现偷了饮酒壶的不是阿尔弗雷德而是被父母解雇了的厨师费尔南多后，她主动去跟阿尔弗雷德道歉；自主意识和反叛心理增强的梦娜离家出走，拒绝继续在父母生活中做没有自我的孝顺女儿。

　　总之，梦娜青少年时期一些啼笑皆非却又意义深刻的经历，如信仰转变的实验、身份表演的实践、对理想与信念的践行等，为她的成长灌注了丰厚的营养。成长故事的最后，梦娜与赛斯梦幻般、实验式的婚礼获得了成功。"每个人都能看见这个全色的杰作"：多种族、多族裔的结合齐聚婚礼——芭芭拉与安迪夫妇、阿尔弗雷德与艾维夫妇、作家内奥米与他的电影制作人丈夫、有了两对双胞胎的埃勒维兹、摇身一变成为雕塑家的蕾切尔·科恩等。更让梦娜惊喜与感动的是，妈妈海伦也来参加她的婚礼，母女尽弃前嫌，父母也接受了多元与平等的态度，分别任命非裔与西班牙裔人担任两个煎饼店的店长。至此，梦娜得到的不仅是对人生的深刻理解，更收获了爱、尊严与信任。梦娜与赛斯的孩子，一半犹太一半中国血统的女儿艾奥（Io）摇摇摆摆走出来，预示着多元文化的社会中更值得期待的未来。小说中的梦娜最后可以说收获颇丰，并以成功作结。但是梦娜的经历又展示出一个亚裔/华裔成长在多元社会中，身份的转变所带来的一系列阶级、身份与文化，甚至性别的因素的考量与调和。一个良性的社会就是要能够接受每个人不同的身份观、价值观，能够容纳不同背景的个体，但是正如书中梦娜的成长世界里诸多矛盾与失败所揭示的，美国社会并未达到这种足够宽容的程度。所以，在现实中，小说中梦娜的未来是一个正在进行时的理想。

―――――――――

　　① Gish Jen，*Mona in the Promised Land*，New York：Vintage Contemporaries，1996，p.297.

第四节　在语言与身份的困惑中成长
——《纸女儿》

华裔女性批评家林英敏曾在《两个世界之间：华裔女作家》中说："在美国的华人，无论是新来的移民还是在美国出生的，均发现自己夹在两个世界之间。他们的面部特征显示着一个事实——他们的亚裔族性，但是，通过教育、选择或出生的，他们是美国人。"[1] "新来的移民"在夹缝生活与成长，在《纸女儿》这部著作中得到突出而立体的展示。

《纸女儿》亦是以传统成长叙事模式建构的自传体小说。此书出版于1999年，当时作为新人新作而备受关注，被认为有趣、坦率地记录了一个6岁华裔移民女孩从香港的公寓到哈佛大学的成长历程。女孩马敏仪从哈佛大学毕业后，本打算写哈佛大学里的蓝领工人子弟这一个学生群体的故事，身为其中一员的她最后将自己的难忘成长经历付梓出版。与《华女阿五》相似的是，其中的华裔新移民[2]马敏仪（Elaine M. Mar）与黄玉雪一样亦是成长在社会底层，受贫困和种族主义问题的烦扰，在成长中不断认识自己，寻找和建构自我。如果说《华女阿五》的成长带有理想化、个体化的色彩，塑造的是模范少数族裔的成长个体形象，《梦娜在应许之地》是具有传奇色彩的成长童话，那么《纸女儿》则是以写实的笔法，深刻地展示了主人公马敏仪过早地失去了无忧无虑的童年生活和天真自然的本性，从小就强烈地感受到了身处两种文化之间的危机和困扰，以及性别、阶级的边缘化境遇给她带来的孤独感、隔绝感、挫败感等一系列的成长之痛。同时以自身生活经历的精彩描述，抨击和颠覆了对包括模范少数族裔、不可同化者、来自彼岸的陌生人，甚至陈查理、付满楚等诸多华人在内的刻板印象。

如果说《华女阿五》中黄玉雪的成长是由生命中诸多"第一次"事件的积累和叠加来发展和述说的，那么《纸女儿》中女主人公马敏仪的成长则是随着时间的延展和空间的转换进行的。敏仪生于1966年10月，5岁

---

[1] Amy Ling, *Between Worlds：Women Writers of Chinese Ansestry*, New York：Pergamum Press, 1990, p.20.

[2] 生于母国，12岁之前移民的儿童，被有些学者称为1.5代移民，马敏仪也属此种情况。见 Pyong Gap Min, ed., *The Second Generation：Ethnic Identity Among Asian Americans*, CA：AltaMira Press, 2002, p.3.

之前与父母生活在香港离机场不远的家中，1972年4月，与提前来到美国的父亲团聚，一家人生活在丹佛市姑姑贝基（Becky）家的地下室里。敏仪小学六年级时父亲与姑父交恶，被迫搬出来自谋生路，之后两次搬家，直至高中三年级时敏仪独自离家去纽约州北部的伊萨卡（Ithaca）参加了一次学术夏令营活动（Telluride Association Summer Program）。最后，以敏仪高中毕业后，成功申请进入哈佛大学读书为成长的结局。可以说，作为一个新移民，敏仪在美国多个成长空间中转换与成长，在每个时空当中都不断地与来自华族内外不同程度的种族和性别歧视、身份困惑和危机斗争，同时又要与噩梦一样的饥饿和贫困相抗衡，这深刻地刻画出处于边缘地带的华裔女性新移民在美国社会中成长的艰辛历程。

一、成长空间错位引发的身份危机

敏仪的父母来自广东台山的乡下，经历了蒋介石独裁、日本入侵中国、国内战争以及饥荒时代的他们想方设法逃到香港，之后又来到美国谋求生存，寻找发达之路。谁曾想到，贫困和饥饿会一直伴随着他们的流离生活。父亲在姑姑从一个饭店里承包下来的厨房中工作，一天工作13个小时，每月200块，周末无休。文化环境的改变使敏仪在成长中面临着强烈的自我危机与困惑，在成长途中深深感受到处在社会底层、寄人篱下的生活之无奈和辛酸。

巨大的危机始于名字的变化而导致的人格分裂。6岁的马敏仪要上学了，但她必须有个让美国人读来琅琅上口的英文名字，正如她的姑姑所说，"你需要有一个名字来融进（美国），否则不能在美国上学"。于是，家人找来了英语比较好的远房亲戚帮忙。然而这个小小的命名仪式对于大人来说无甚紧要，对于敏仪来说却诚惶诚恐："如果是美国名字的话我妈妈就没法叫我的名字，她不懂英语。我也不懂，我怎么知道我自己的名字呢？"她的中文名字中间便加进了Elaine。文中的敏仪这样定义名字给她带来的巨大冲击，"从此，我的生活被劈成了两半"。正如罗希奥·G. 戴维斯（Rocio G. Davis）曾指出的，"命名或者说被赐予名字，对于北美的亚裔主体来说，是他们在西方社会的首要再现模式。如果他们的名字太具异国味道，会使他们与伙伴们疏离。但是一个为了适应生存而进行的名字转换经常会给孩子自身不断形成的自我归属感产生巨大的冲击和潜在的后果"[①]。对于敏

---

① Rocio G. Davis, *Begin Here*: *Reading Asian North American Autobiography of Childhood*, Honolulu: University of Hawaii Press, 2007, p.19.

仪来说，最大的后果就是使她生活在完全不同的两种环境中。在两个相互隔绝的世界里，她必须同时应付这两个世界，在两个世界的夹缝中生活，不断地更换生活中的角色。

敏仪一半的生活围绕着家，而所谓的家其实只不过是姑姑家黑暗、简陋的地下室，对于敏仪来说，就像一个简易的暂时的集聚地，并不因为人多人少的感觉而增加家的味道，反而徒增出流亡与离散的味道。在家中，她像黄玉雪一样，必须是个听话的女儿，知书达礼，学会在说英文时给不懂英语的家人当翻译，时刻对提供他们住宿的姑姑存有感恩之心。弟弟出生以后，她要照看小弟弟，还要到姑姑承包的餐馆里帮助爸妈刷碗端盘子。

敏仪感受到了华人家庭中内部经济差异与移民经验导致的无处不在的歧视。这种歧视从姑姑身上得到了体现，详尽地收入在了敏仪细心的观察之中。姑姑是老资格的华裔移民，是发号施令的主人、家中权力的核心。因为家人的收入与开销都要依靠姑姑的经营，所以她毫无争议地成为一家之主，生活中的细节都要严格遵守姑姑的话。然而没有姑姑，没有任何在美国生存的经验的敏仪一家人可谓寸步难行、衣食住行不保。华人家族内部的女性歧视，也是从这个美国化了、但是仍抱有中国传统思维的姑姑对待敏仪的态度得到体现，成为传统中国父权的表征。姑姑以自己的儿子萨恩（Sun）为荣，并处处与敏仪比较，对妈妈看似褒扬的话就像她刺耳的嗓音一样，深深地刺痛了敏仪的心：

你女儿看起来挺乖……但是太瘦了。你看她，看到她爸爸多开心。我记得 San 和 Yee（仪）怎么生的时间那么近了。Shing（生，敏仪的父亲）有个女儿挺开心的。我可不。她们没什么好处。你不能在一个女孩身上投入太多。她们总要嫁人的，多浪费精力啊！很开心有个儿子，到我老时可以养我照顾我。这也挺配的：生和他女儿，我和我儿子。①

姑姑对女孩的偏见，使敏仪无法讨取她的欢心。所以，敏仪深深觉得"任何事物都改变不了我的地位。因为无可否认，我是个女孩"。在看到弟弟出生时家里的喜悦，尤其是父亲的欣喜时，敏仪心中的父亲对自己的爱此时也动摇了。于是，像敏仪妈妈一样，敏仪学会了在这个家中消声、消失，

---

① M.Elaine Mar，*Paper Daughter*，*A Memoir*，New York：HarperCollins Publishers Inc.，1999，p.43.

否则，就会有一顿"要懂事、乖，不能任性"之类的教育。她学会了在空荡黑暗的地下室里沉默着、枯萎着，学会了在压抑中成长着，无论成长中的她对这个世界如何充满好奇，对姑姑家这个中西结合的世界多么充满渴望，多想去看看姑姑房间的样子。

同样，除了性别歧视以外，敏仪作为移民，与土生华裔的差别也成为敏仪在华裔家庭内部被边缘化的一个原因。在与萨恩和自己新出生的弟弟杰弗瑞（Jeffery）比较时，敏仪又发现了自己的不同。因为她不是生在美国，所以成不了总统，不能与那些土生的男孩子相比。弟弟的诞生和命名让敏仪更加意识到自己的身份困境。弟弟因为在美国出生，只有一个名字Jeffery，所以，老师叫他的时候他能够明白是自己。他不会感到困惑，不会忘了在学校的他是哪个自己。他能够立刻学习英语，同学们也不会嘲笑他把 r 说成"ar-lu"。

敏仪出现了强烈的反成长倾向。此刻的她是饥饿的，不仅仅是因为贫困，更因为她需要家人的肯定与认可，需要亲情的赋予，而不是作为女儿所受到的歧视和贬低。她不禁想："在香港，每个人都喜欢我。现在每个人都不喜欢我。我却不明白这一切。""我不想再在美国生活了。在香港没有人大声吼我，妹妹（邻居女儿）喜欢我甚至把她自己的夜壶给我。在香港，我还赢得了'最整齐功课'奖呢。"敏仪对香港的怀念，恰如赛义德在《关于流亡的反思》（*Reflections on Exile*，2000）中所描述的，人类与故土、自我与真正家园之间无法修复的裂痕。每一次倾诉几乎都充满了失落与愤恨，充满了对现实生活的不解和幻灭。每到周末，妈妈去餐馆刷盘子，带上萨恩和敏仪在餐馆后院玩的时候，才是敏仪一家人得以团聚的时候。萨恩是敏仪刚刚来到这个陌生的城市时唯一的玩伴，唯一懂得她的语言的伙伴，虽然萨恩与敏仪有着巨大差别：萨恩是受宠爱的男孩，而敏仪则相反；这家里的一切都属于萨恩，而敏仪一无所有；惹了祸责任必然归咎于敏仪而非萨恩。当看到萨恩可以自由地与同学交流，而自己只能在边缘、角落里孤单一人，在这种错位、孤独的时刻，敏仪往往会回想在香港，虽然贫苦，但是有着婆婆、叔叔、伙伴的爱与欣赏，渴望回到香港的反成长情绪开始萌生。生活的窘迫和生存的艰难使父母无心更无时间关注敏仪成长中特别是在文化错位下的心理感受。正常孩子成长的天性无法得到满足，对成人世界的不解再次无法得到合理的疏导，他们更无暇理会敏仪的孤单、压抑，他们自身的性别偏见也无法让敏仪的个体得到伸张和发展。

但是，正是在这样的情境下，不肯屈服的敏仪决定为自己而努力："我要让他们都惊奇。我能比任何人想象的做得更好。"一种强烈的想要证明自己的存在和价值的欲望，一种努力突破被贬低和受压抑的处境的信心在此逐渐建立。

敏仪另一半的生活围绕着学校，在这个成长空间作为"Elaine"而生活。整整六年在马克米恩（McMeen Principal）的小学生活，敏仪从来没有解除过身受的种族歧视。敏仪对学校产生憎恨情绪，每次步入教室都举步维艰。白人同学不欢迎她，嘲笑她，没人理解她，认为她蠢，没人喜欢跟她一起玩。因为不会英文，敏仪连最简单的加减算式的答案都说不出来，上课时也不得不模仿他们的反应。他们朝她喊："中国佬的眼睛！吊眼！你真丑！你为什么不回到你来的地方去？"敏仪失落的一声"我回不去了"，包含了多少被抽空根基而在异质社会中又遭歧视的窘态和辛酸。供同学们玩和做运动的操场成为敏仪持续受到这些白人同学侮辱的地方，她每次经过都胆战心惊。敏仪不想因为自己的肤色等遗传性状的差异或者语言的隔阂而格格不入。敏仪内心一次次呼唤着："我想成为美国人，像萨恩一样。我想融入他们当中。"敏仪到美国来的第一天就弄丢了自己心爱的黄头发洋娃娃，她不断地希望自己能够拥有一个洋娃娃，正如她期待自己也成为一个金发碧眼白色皮肤的美国人一样，成为一个美国女孩，不再因为种族原因而受尽凌辱。

然而，她除了受到白人孩子的歧视，在黑人同学面前也遭遇到了类似的侮辱。三年级时的一次交际学生互换项目中，敏仪遇到了一个让她闻之胆寒的黑人问题女孩辛迪（Cindy），一个美国歧视与暴力的化身，敏仪被她和她的同伙拳脚相加，处处威胁。在没有父母、老师的庇护下，敏仪只能独自忍受这些侮辱和恐惧，独自承受成长中被边缘化的创伤。渐渐地，敏仪产生了强烈的自卑、自憎心理和殖民内化倾向，被压迫者敏仪将外在的压迫内化，从而把以这些白人孩子为代表的主流社会压迫者的标准变成自己的标准。被压迫者采纳了压迫者的标准之后，对自己会采用自律型的自我压迫，自我歧视，自轻自贱。"我恨我自己的程度就像他们恨我一样；""我最向往的，便是模糊这种外来性（foreignness），这种族裔与贫穷的结合。"她连做白日梦时都在幻想如果自己真正的妈妈是个美国女人，"她会找到我，揭露出我的真名，一个我未曾熟悉的名字。我将优雅美丽地长大成人，善待我自己的孩子"。

贫富状况、经济与住房条件等决定的社会阶层——阶级也是导致敏仪产生自卑与自憎心理的直接因素，也是她处在"Eliane"和"敏仪"两个世界之间互相影响的交点。敏仪一家因为没有钱而寄居在姑姑家，而并不像一般美国家庭一样一家住一栋房子，这使她在同学面前抬不起头，更羞于请同学到家里做客。敏仪更苦恼于自己稀奇古怪的衣着——用餐馆里的面粉袋缝制的棉纸衣服和裙子、廉价超市里买来的腈纶毛衣、餐馆里的女招待女儿剩下的衣服……穿着这些衣服去上学，与衣装崭新整齐的同学们一起，更引起她的自卑心理。敏仪买不起十美元的校庆纪念体恤，这对敏仪来说意味着她无法成为同学们中的一员和美国的一员。所幸姑姑替敏仪掏钱买了，才满足了敏仪一个心愿。

这两个世界都不是敏仪想要的世界，而她自己不可能也不愿意像局外人一样站在两个世界之间。小小的敏仪在成长的关头就已经心力交瘁，不知何去何从，既回不去中国，又无法融入美国，她不得不寻找第三个世界。在她有限的生存环境中，他们赖以生存的餐馆成为敏仪暂时得到慰藉的第三世界，确切地说是这个中国餐馆的厨房。这个世界虽然肮脏难闻，但是给敏仪带来了深刻的影响。用她的话讲："它的样子、味道、声音，它的精髓好像已经变成了我的一部分。"对于这个餐馆的认识，敏仪从一个旁观者发展到参与者。作为旁观者的她不需要帮忙干活，所以每次来参观都像是一种娱乐、一次观光，让小小的敏仪体验到了姑姑家以外的世界；然而作为参与者时，情况则大为不同。敏仪需要时刻为这个多次易主、逐渐衰败的餐馆担心，因为这是他们一家人在美国维系生活的唯一保障，敏仪又要面对餐馆永远做不完的工作，包括数不清的盘子、客人的剩菜剩饭等，这又使她想逃离这个无法让她真正获得自由的空间，"餐馆是我不听话时候的惩罚"。但是，这个餐馆成为她首选的"家园"，因为"这是我家人和美国和平共处的领地、它迫使我爸妈与非中国人建立联系。这里，我不再是那个两个世界之间孤独的中介，因为我的双重归属而备受孤立。我也不再束缚于对父母的责任，不再只观察而不能参与，只翻译而不能发表观点。这个餐馆是我能够表达自我的一个地方"。餐馆必需的后勤工作和协作的必要，使敏仪具有了参与感、和谐感，在这个爱恨交织的空间里，在想象中暂时缓解了她两面人的生活。除此之外，敏仪了解了在餐馆里头服务的形形色色的人物：从在战争中失去了丈夫、每次下班都要喝玛格丽塔鸡尾酒的女侍维（Vi），到身材高大、有着一堆女朋友的调酒师巴克特（Bucket）；以及有着一个黑人男友的同性恋者查克（Chuck）等。在这个混杂的空间里，敏仪深深地理解和尊敬这些底层的人和他们的生活。

然而，这并不是长久的解决方法。父亲与姑父交恶迫使敏仪一家搬离姑姑家，敏仪惧怕身份又一次消弭，就像早期来美国的移民那样，迫使她重回身份困惑的危机时分，这两个世界和暂时性的第三世界同时消失的后果，是敏仪非常担心的："我害怕一搬家我的身份就没了。姑姑的房子，凯西（Casey）的城堡，马克米恩小学。它们都是我的坐标，当我需要抬头寻找和确定我在哪里、我是谁的时候能够让我安稳着落。"这意味着敏仪失去的不仅仅是她所熟悉的周围环境，更是族裔、文化与阶级身份。刚刚与两个世界建立的联系一下子就被抽空，在新的世界中何以安身立命？她"害怕那种空白感又回来，害怕曾经为之努力的东西又会失去"。看着渐渐远离的这熟知的一切，对于敏仪来说，就像看着她认识的美国消逝一样。强烈的个人身份危机感又一次来袭，成长的路上征程复征程。

二、语言习得与身份建构

敏仪的成长及其身份的建构与她的英文水平的逐渐提高相伴。敏仪慢慢意识到语言所承载的力量和语言的局限。因为语言能力的增强，敏仪的身份得到了伸张和肯定。完全的语言能力是在美国成功的钥匙。但是同时，语言并不是万能的，正是在成长的途中，她又慢慢体会到语言的局限性及其所带来的身份建构的矛盾。

语言，从后现代主义角度来说，是社会结构、权力和个体意识的场地，一种象征性的资本。语言建构了语言习得者的社会身份，同时也为语言习得者的社会身份所建构。[1] 这种从社会认同理论角度出发的研究在西方语言学领域中得到了重视。学者们普遍认为学习语言的过程是一种社会化的过程，或是参与特定言语实践社团的准入过程，它包含着个人身份的协商，而不是一种简单的技能和知识的积累。同时，身份和主体定位是个人在生活中不同时候所拥有的被社会认可的成员分类。所以，在后现代主义的二语习得（SLA）理论中，语言是一种象征资本，也是身份建构的场所；语言习得是语言社会化的过程；二语使用者是语言的施动者，具有动态灵活的多重身份。敏仪的成长与语言有着紧密的联系，英语技能的成长象征着个体身份的确立与转变以及自我的声张。刚来美国的敏仪说的是台山话，在偌大的美国是一个无法与主流交流的边缘人。她虽然对这个"奇怪的新国家"充满好奇，但是迫于语言的障碍，她无法发声。在家中，由于中国传统对女孩的束缚、在美国姑姑家的无家之感以及姑姑的压迫和束缚，敏仪处于失声的地位。所以，敏仪必须寻找一条发声之路，以自我的存在和意义，为成长作出宣言。

---

① B.Norton，"Social Identity，Investment，and Language Learning"，*TESOL Quarterly*，1995，29（1）：pp.9 – 31.

开始时，敏仪认为英语是她交流与社会化的羁绊。她感觉语言是一个"物理障碍"，她有想法在脑袋中却无法表达出来，语言的隔阂也使她处于边缘化、旁观者的地位，只能观察和附和着同学们的反应，自己却无法发声。在美国，白人孩子们没有人能听懂敏仪的台山话，敏仪唯一的玩伴就是表哥萨恩。课堂上，敏仪虽然会解答简单的加法问题，却苦于无法用英文表达，想写到黑板上又被误认为去上厕所，引得同学哄堂大笑。语言的隔阂也造成了敏仪早期领路人的缺失。她的父母不会英语，无法在美国独立生存，买衣服都要跟着姑姑一起去。父亲无力对敏仪的生活提供帮助，在美国的生活又充满了诸多不如意，于是也开始抽烟、赌博、夜不归宿，无法启蒙和指导敏仪在新环境中如何成长。加之表哥因与她年龄相仿，并未完全懂事，也无法给她适当的启蒙与认同，敏仪只能以毫无生存经验的成长状态直面复杂且充满歧视的社会，靠在学校中不断学习获得对英语的驾驭能力来表达和确立自我。

慢慢地，敏仪发现了语言的力量。她掌握了英语之后，发生了她和父母身份的混乱和权力转变：

我对妈妈有一种惊人的控制权力，并且随着我每一个英语单词的掌握而增长。当我能够熟练用英语表达的时候，我承担了更多的家庭责任。这时候，父母与孩子的角色变得模糊了……我是这个家的美国之声，这个地下室与外界世界相联系的纽带。我接受了一个空无的名字，一个虚无的建构，然后用四年的时间用它建立了一个身份。"Elaine"颇得老师的赏识，因为她除了书法课以外全部课程都是 A，Elaine 每天放学都忠心耿耿地看 *The Brady Bunch*[1]。我并不是刻意寻找这些挑战，我只是接受了他们并胜出了。为何妈妈竟然告诉我以后我什么都不是？这让我没法尊敬她。我越来越任性，不断地僭越最神圣的文化信条：绝对服从家人和长辈。[2]

对英语的精通使敏仪在家中的责任与参与权更多。也是从这个家与社会两个世界之间，敏仪找到了相对具有自我意义的位置。在家中，很多事情都要依赖敏仪：她帮助不会英文，成了"文盲"、"哑巴"的父母购置

---

① "The Brady Bunch"译为《皆大欢笑》，是 20 世纪 70 年代在美国大受欢迎的家庭电视剧，以幽默风趣的手法反映当时家庭的生活及文化价值，在美国播映时创下了超高收视率。

② M.Elaine Mar, *Paper Daughter*, *A Memoir*, New York：HarperCollins Publishers Inc., 1999, p.160.

家用、翻译新闻，填写各种各样的表格。此时，敏仪俨然成为母亲、家长，而母亲则成为她眼下的弱者和孩子。自然而然地，敏仪觉得没有理由认可自己"女子无用"的宿命，她正用自己的努力推翻这个偏见。掌握了英文，敏仪可以在弟弟受到欺负的时候为他伸张正义：用英文骂这些欺负弟弟的孩子们，可以恐吓他们，甚至可以敲他们家的门找他们父母理论。在学校中，敏仪又以优异的学习成绩赢得了老师的青睐和赞许，同学们也纷纷找她帮忙学习。正如敏仪自己展示的，她的努力使"Elaine"这个特殊的个体身份具备了行动意义。可见，在她的成长过程中，语言的力量带给她巨大的身份转变。可以说，她通过精通英语，以自己的实际经验成功地抵制了中国传统对女性的压制和贬低，并重新定位了自己的女性身份。

对于敏仪来说，不同的语言代表着不同的生存世界：台山话与家庭这个私密空间相连，而英语与主流社会这个公共空间紧密相连。对英语的通晓不仅是生存必备的条件，更为她提供了信心与权威，更重要的是使她建立了在美国公共空间中作为个体而存在的身份。她运用英语重要的表现就是通过文字与语言，进行自我言说与再现，从而把握自己与世界。敏仪形成了写日记的习惯。她的日记中写满了在移民生活中对来自家与社会的压抑和局限、歧视与凌辱所产生的"恨、愤怒和郁闷"。但是她感到安全，因为每天当她写完日记的时候，便把她的笔记本关上，藏在枕头下面。敏仪这样形容自己写日记时的感受：

当我写作的时候我觉得我可以把握我的生活。我的情感是狂放不羁、居无定所的，但是词语是有边界的。他们是具体的、诉诸纸上，他们的边界形成于我的双手所到之处，他们的意义限定于词典的规定。我期望我自己有同样的边界，而写作便是这样的一个方法。在纸上，我的生活变得可以把握。①

敏仪试过通过其他方法来控制自己和世界，比如通过饿肚子来控制自己身体的基本需求，与白人男孩短暂的暧昧以获得欲望的释放和完整自我的体验，或者干脆以沉默代替言说，企图压抑成长中渴望实现的自我。但是，这些都因为与成长中的精神与身体需求相冲突或者与父母的意愿相左而宣告失败。高中二年级时，仪敏获得一个难得的机会，参加康奈尔大学的暑

---

① M.Elaine Mar，*Paper Daughter*，*A Memoir*，New York：HarperCollins Publishers Inc.，1999，p.212.

期班。这时，她已经开始用英文写诗，在课堂上他们热烈地讨论艺术和哲学。敏仪用习得的语言与同学探讨人生的意义、生存的价值问题，可以释放自我的情怀、享受精神的富足，进行知识与情感的全身心交流。这时，英文成为心灵与主流世界的纽带，在近似于理想的纯学术和精神状态下，为心灵在这个美国世界中的终极关怀提供了媒介。无疑，这对敏仪的成长具有举足轻重的作用。

敏仪不仅从事私密写作（private writing），也进行公共写作：出版和发表《纸女儿》这部自传体的回忆录。认识到语言承载着文化与历史的记忆，语言具有的权力与价值，她明确了她的写作目的："我写这本书，因为我厌烦了对'我是谁'的撒谎，因为我想为这个长期以来消声了的社群发出自己的声音，因为我想要告诉我的家人我没有忘记。"

敏仪以英文著书写作，是为其主体在主流英语世界中实现合法化的努力。正如美国多语言（Multilingualism）研究学者阿妮塔·帕瓦兰卡（Aneta Pavelenko）在跨文化自传体语料库中对语言和身份的关系的研究中所发现的：许多作家认为语言的拥有权是身份重新得到协商的一个重要方面，他们要求主体定位的合法化，希望成为合法使用二语的人。她认为这种语言的拥有权和使用权是一种重新想象（re-imagination），以书写的形式、回忆录的方式的确可以成为一种重新想象。敏仪更是通过这部重新想象的作品来颠覆华裔美国人这个少数族群的模范少数族裔刻板印象。她通过真实、坦率地描述了她作为移民女孩的成长过程，用英文书写下自己被边缘化的生活，并见证和亲身经历作为少数族裔却并非"模范"的华裔移民的艰辛生活。

同时，敏仪也看到面对语言的障碍，特别是她的小弟弟Jeff出生后学习英文之时，她父母逐渐式微的地位和身份：

　　英文成为Jeff不完美的第一语言；他困难地发音，但用中文词句就更困难了。英文慢慢地吞噬着妈妈最后的安慰。他的沾沾自喜剥夺了妈妈作为家长的身份。但是他以孩童般的话语表达，我们之间又用一种秘密的语言交流。英文把我们的父母，而并非我们的邻居排除在交流之外。在超市中路人可以听懂，妈妈却不明白。它是权力的象征，把我们推向主流文化，却进一步把我们的父母和我们过去的记忆边缘化。①

---

① M.Elaine Mar, *Paper Daughter*, *A Memoir*, New York: HarperCollins Publishers Inc., 1999, p.161.

　　敏仪发现这种无法挥泪的悲哀和复杂的情愫。语言的掌握犹如一种权力的赋予。正如有学者所说，"学习用英语写作的规则，从某种程度上来说，意味着学习美国主流社会的价值观念"①，亦即美国化的表现。英文，作为主流文化的话语，精通它决定了对这种文化及其代表的核心价值的理解与认知、靠拢与融合，从而决定了可以成功地被同化、美国化。由于语言的影响，这个象征着中国传统文化的，以台山话为核心的中式家庭慢慢解体了，分裂为两个无法沟通的世界——一个世界是敏仪和表哥，以及正在慢慢长大，以英语为母语的弟弟；另一个世界是这些大人们的世界。前者读的是《落基山新闻报》，从大英百科全书中搜索资料写学校留的报告作业；后者读的则是旧金山出版的中文报纸《星岛日报》，大人们与自己的孩子的隔阂慢慢加大却无力挽回。由于语言原因，家与外部世界的鲜明分界已经变得模糊，家的内部同样出现了类似家与外部世界的分界。在暑期班的敏仪想念丹佛的家人，她想告诉爸爸妈妈自己在暑期班上的思考和创作，却苦于中文无法表达这部分生活经历而无法找到表达的方法。同样，英文亦有表达的局限。一种语言所承载的记忆与情感，有时是无法用另一种语言去诠释的：

　　我并不是故意装作神秘，只是有些糊涂。我不知道怎样去描绘我的生活，以让我的朋友明白。用英语说，我有单词，但是却不拥有那种语境：英语中的家（family，home）并不具有我想表达的家的意义。与中文对应的词汇相比，英语是有局限性的。他们并不具备词句表达几代人在一个地方生根，共同拥有一个身份。用英文，我不能表达我的所失。我不能让我的朋友明白离开姑姑家我有多伤心，住在格兰岱尔市我们有多孤独。我不想让人觉得很傻，所以我宁愿对这一切保持沉默。②

　　语言的突破并不意味着敏仪完全摆脱边缘的地位。从小学到高中，敏仪从来没有摆脱作为一个少数族裔在美国主流中受歧视和侮辱的境地。即

---

① Fan Shen，The Classroom and the Wider Culture：Identity as a Key to Learning English Composition，*College Composition and Communication*，1989，40（4）：p.460.
② M.Elaine Mar，*Paper Daughter*，*A Memoir*，New York：HarperCollins Publishers Inc.，1999，p.215.

使英文顶呱呱，学习成绩全优，她在同学们的眼里仍然是奇怪的（weird）人物。甚至在暑期班时，无意中看到面试她的教授写给她的推荐信，上面简单记录了他们的谈话："生动地描述了肮脏的餐馆里的人，他父亲作为一个终端厨师在那里工作。"只字片语中充满了对她全家赖以生存的中国餐馆和辛勤劳作的父亲的不屑与冷漠。这使敏仪看后面红耳赤，并想到"我考虑是不是我真的应该回家"。即使在哈佛大学，敏仪仍然觉得身在异地，如坐针毡，众多同学的家长都是哈佛的子弟，有着富足的家资和锦绣前程，而敏仪每次被问到父母是做什么的、为何没来的时候，总是尴尬地说谎掩饰家境的窘迫和父母无法用英文交流的事实。在这个主流社会中，敏仪一家仍然是被遗忘的、处于边缘地带的少数群体，仍然是不被主流注视、理解和尊重的弱者，仍然是无法发声、表达自我存在的异类。

敏仪在追求自己的美国梦的同时，看到了同化的代价。她说："中文始终是我的母语。但是我只能用中文表达自己几种饥饿状态。"敏仪1988年于哈佛大学毕业后一直生活在主流社会中，中文的匮乏与流失对她来说却是一种无法避免的遗憾，因为这意味着中文所承载着的关于中国、父母的记忆与文化慢慢地流失，被遗忘。更重要的是，"我父母的语言不能够记录下来"。台山话、广东话作为方言都没有完整的文字系统得以记录保存。然而，敏仪仍意识到"有一些内在的，我生命里的东西是存于中文里面，英文的世界是无法到达的"。于是，在写作此书时，她采取了一种调和的方法，在书中使用一些惯用的中文方言而非普通话标音，亦非英文翻译。

另外，敏仪的名字与身份也是一种文化协商的结果。正如书名所示，她是"纸儿子"的后代，所以是"纸女儿"，因为敏仪的外祖父就是"纸儿子"，在母亲刚刚出世不久便远赴美国，从此亲情两端，只靠一纸信言联系，直到外祖父病死他乡。敏仪的姓"马"在中文里面唯一且确定，然而她对英文的翻译"Mar"却充满了疑惑，虽然有着诸种猜测，但还是不敢肯定"r"从何而来。即使名字"敏仪"的英译也不确定，是"Man Yee"，抑或是"Man Yi"，甚至是"Manyee"。名字的混乱暗示了身份的模糊，然而正是这样的敏仪，在非我之地建立了具有完整意义的自我与命名。正如她说，M.Elaine Mar，"毋庸置疑，意味着我所成为的人——一个用英文表达的自我，以一个无法书写下来的遗迹开头，以一个我永远不能忘却的秘密作结"。

在敏仪用英文创作的成长故事中，另一个事件也意味着敏仪并非完整地社会化，而是充满矛盾的主体生成，这就是敏仪对待自我身体维度的成长所持的矛盾态度。随着身体意识的渐渐萌发，敏仪与两个朋友时不时会在公共图书馆里看青少年性启蒙的书，幻想着与男孩亲吻的感受，构想着这种情景。敏仪喜欢逛商场时试衣服，照镜子，想象自己是将要赴舞会的灰姑娘，期待爱情的来临和欲望的满足。她总是自卑于自己瘦小的身材，期望拥有丰乳肥臀的性感身材。然而，敏仪总是不敢正视身体维度的生理需求——性欲的萌发。只有一次与白人男孩林赛（Lindsay）短暂的交往，才使她感到个体的完整与自足。很多时候，由于中式文化关于女子被动矜持的教育、生存环境的恶劣，整日面对的是温饱问题，她总是压抑这种感受，甚至视其为错误的、不洁的生理需求。这种生理渴求和感受以敏仪不可理解的一种方式使她感觉无法控制。这种私密的经历处在学校和家庭两个生活之外。每当有这种青春的冲动时，她总是找不到倾诉和排解的方法，只能幻想着成为花花公子的女伴、脱衣舞女或者色情影星等，"想象着尝试着那些与我截然不同的女人的身份使我感觉安全"。

　　我们可以看到，两种语言承载着不同的意识形态与文化记忆，其代表的分裂的主体也因此互相矛盾，互相碰撞。自我定位过程既与主流意识形态的语言和身份定位紧密相连，又与叙事当事人内化和抵制这些定位不可分割。敏仪因对英语的不断精通而不断美国化。同时，她又不失对中文与英文所承载的身份进行的反思，思考语言的建构力量和权力的赋予的同时，她发觉到各自语言及其代表的身份的局限，以及成长中不得不处理的这两种身份的矛盾与对立，从而挖掘出作为少数族裔的华人移民在成长与美国化的过程所付出的代价与充满矛盾的社会化结果。

第五节　小　结

　　此章主要研究华裔美国小说中沿用传统成长模式的文本，探讨这类作者笔下的华裔少年如何在多元美国社会中定位和建构自我身份，实现社会化的成长。每个主人公的成长道路是各具特色的，他们虽然传承了传统成长小说的基本模式，但又分别以自己特有的成长姿态，打破固有成长小说模式，赋予传统成长形式新的生命。

　　文中分析了几个不同作品的成长故事，我们发现，这种直线发展的社会化成长模式并非一条单一完整的直线，人物的成长反映了华裔主人公成长的一些共性。

　　其一，在主人公成长中，无不存在着中西文化取舍的矛盾。这种矛盾内化到家庭里，往往是日益尖锐的代际冲突，父与子、母与女，甚至父女或母子之间的鸿沟，冲突之下看到的又是难以割舍的感情。这些主人公无法以单纯认同的方式作出选择，决绝地离家而去，即使有意与中国文化疏远，殊不知它早已渗入自己的无意识中去，成为生命的一部分。

其二，在这种模式书写的成长故事中，主人公的成长领路人通常是由家庭与学校所扮演的，家庭的启蒙往往以父母为主要成长领路人，或者把以中国文化思维和生存方式为主的家庭文化作为承袭和模仿的目标来进行自我启蒙。然而，美国主流社会的巨大文化差异给移民家庭中的主人公成长造成巨大困惑，父母的生活与文化局限也给他们的领路人身份造成巨大威胁。一旦孩子发现美国社会与之相左，便会考虑背离早期家庭的启蒙，通过学校和社会重新寻找启蒙对象，或者自我启蒙。

其三，在这些小说中，最终主人公可能会因优异的成绩或者获得独立的生活技能而脱离中国式的家庭。这种通过升学以及就业对父母的逃离，其实也带着一些无奈，它既是为摆脱经济、社会卑劣地位的迫切之需，也是美国梦和主流文化推崇的个人主义的诱惑。然而完成投身美国主流社会的期许并非意味着前程就没有忧愁，未必就等于摆脱了文化和经济上的弱势地位。通过分析，我们看到，在种族歧视没有完全消失的美国社会，阶级、种族、性别因素依然对主人公生活与成长影响巨大，成长的征途上依然充满了艰辛，存在许多反成长倾向也不足为奇，这些都在主人公外在的生活经历与内在丰富的心路历程中纷纷表现出来。在叙述主人公通过不断学习认知，试图与世界达成一致，融入美国社会的过程中，种族主义问题、对差异的认识和迫切想要归属的欲望持续存在，这意味着自我危机并未随着主体社会化而得到解决。

总之，在美国文学批评史上，这些成长主题模式呈现为社会化成长的华裔美国小说作品，往往被批评者们按照一种近于刻板的定势来阅读。正如林玉玲等曾指出："除却一些相反的例子，很多评论家把阅读亚裔美国文学看作绘制一个身份的直线发展的模型，情节描叙从移民进来到成功融合，其中包含了冲突、颠倒、顿悟等一系列叙述线路。"在作品中，关于华裔年轻人的成长书写，一般都避不开传统的成长标志性事件，诸如学业、事业、婚姻等人生大事。然而，我们须看到，这些在华裔成长主人公的成长语境中往往被赋予了文化意义，这就在这个多元的成长环境中增加了社会和政治的色彩，这种成长叙事的独特价值和意义不容忽视。这些华裔美国作家在描写主人公线性发展成熟的过程中，着重体现出主人公在多元文化中取舍的困难局面，这本身就是对主流文化的一种质疑；其结局看似归化于主流意识形态，其实并不是简单的文化取舍问题，实则表现了华裔美国人成长中一种正反感情并存（ambivalence）的矛盾处境。直言之，作者们一方面表现主人公受美国主流的政治目标和文化价值观的驱使和诱惑，极力想摆脱被压迫、被歧视的局面，从而拥抱美国梦，为自我的西方式个人主义的自由寻找出路；另一方面又通过对少数族裔个体复杂、独特的成长旅程之生动展现，对种族、性别和阶级压迫进行控诉。这些作品在表达了作者通过自身差异努力在主流社会中寻找属于自己的位置的同时，也构建着华裔美国文学这个"想象的共同体"。

第三章　华裔美国小说成长主题的族裔化模式

　　华裔美国小说另一种成长主题模式是个体向当下成长时空之外挖掘，即主要通过对家史、华裔移民史的追溯，达成主人公对家族与国族历史的认知，从而促使其对之认同或理解，达到成长与成熟。

　　个人、家族与民族这三者作为自我追问，与认同的层面密切相关。了解自己的历史是了解自己的第一步。沿着"我是谁"的追问出发，回溯自身的起源必然牵扯到与自身息息相关的家族兴衰，也必会牵涉到华裔移民的历史变迁。反过来说，主人公对于这三种历史的回溯，必然存在对自我主体、家族与民族文化历史之考量。所以，这种叙事既容纳了华裔族群的历史记忆，又兼具个人与家族史的追溯，就一定程度地反映出主人公复杂的身世故事，同时将主人公置于自身、家族及华族等认同问题的思考氛围中。以成长角度切入，能够窥见历史与记忆、身世与根源对主人公世界观、价值观和文化观产生的微妙作用，洞察历史、记忆与认同、成长的幽微之处。

　　鉴于在个人成长维度下，家族与民族的历史往往相互交融，一个美国华裔家庭的变迁与兴衰，往往与家族的移民历史、美国移民政策、意识形态的变更紧密相连，这种关于小家族（家史）与大家族（国族历史与移民史）的写作可统称为"家族写作"。在此章中，诸多具有代表性的华裔美国作家，在书写个人成长的过程中，都有关于家族与时代的回顾与表述，如徐宗雄（Shawn Wong）的《天堂树》（*Homebase*，1979）、赵建秀（Frank Chin）的《唐老亚》（*Donald Duk*，1991）、汤亭亭（Maxine Hong Kingston）的《女勇士》（*The Woman Warrior*，1976）和《中国佬》（*China Men*，1980），以及谭恩美（Amy Tan）关于母系家史、母女关系的系列作品等，突出地展现了这种特征。这些作品以独特的现实与想象、真实与虚构的叙事方式追溯着早期华裔移民的历史和日渐消弭的家族移民史。个人与集体的记忆复活，个体生命的延续性被重新发掘，这也因此意味着承载这些记忆的个体，其成长和发展成为了可能。

　　本章对这些作品重在考察家国历史的回顾如何作为一种重要的成长事件，在主人公个人认同与社会认同中对其成长的启蒙与个体教育发挥的作用。本章将从三个层面分析成长维度下历史的钩沉与回溯对主人公的启示与认知作用：父系家族、母系家族，以及双重家族认同写作下主人公的成长。第一层面以徐宗雄的《天堂树》和赵建秀的《唐老亚》为代表，第二层面选取谭恩美《接骨师之女》为代表，第三层面选取汤亭亭的两部著作《女勇士》和《中国佬》为研究对象，探讨这些文本的主人公如何在向外部历史的延伸和回溯中，获得怎样深度的成长。

第一节　父系家族的认同写作
——《天堂树》和《唐老亚》

一、在找寻身份与归宿的苦旅中成长——《天堂树》

徐宗雄（Shawn Wong）的《天堂树》讲述的是第四代华裔少年陈雨津的成长故事，其实是根据作者自己的生活经历来写的，具有明显的自传成分。这部著作出版后先后获得了太平洋西北地区书店奖（The Pacific Northwest Booksellers Award）和华盛顿州长作家节奖（Washington State Governor's Writers Day Award）。徐宗雄是美国民权运动中较早关注亚裔文学与文化传统、关注亚裔族群的身份困惑和历史消声的作家之一，曾与赵建秀、陈耀光（Jeffery Paul Chan）和劳森·稻田（Lawson Fusao Inada）等人合作编著《哎咿！亚裔美国作家选集》和《大哎咿！华裔日裔美国文学选集》，一同建构属于亚裔自己的英雄传统，寻找亚裔美国人独有的族裔感性，并积极倡导创作反映族裔历史记忆和亚裔独特个体身份的文学作品，《天堂树》就是其代表之一。

《天堂树》被批评者普遍归类为成长小说，却与传统的成长小说差异较大。小说中的陈雨津与作者一样，同为第四代华裔，7岁丧父，15岁丧母，独自寻找心灵与身份的归宿。小说运用的是诗话语言、散文体式，充满了主人公的意识流色彩的回忆，浓浓的怀旧笔调夹杂着感伤与壮美。主人公在回忆与想象、梦境与现实中穿行与游走，呈现给读者四代华裔人的生存历史，把一个少年的成长故事演变成了一个华裔美国族群的成长隐喻。

（一）少年家变之痛

陈雨津的童年生活与美国的山川和河流分不开。他的成长是在父亲的伴随下驰骋在美国的大地上。父亲是一位出色的田径运动员和游泳健将，"他纵容儿子对飞机、骑车、牛仔、连环画里的英雄与火车的迷恋和幻想"。陈雨津早年生活在美国关岛和伯克利。他在关岛上与父亲看轰炸机的起飞和降落。"二战"留下来的报废的战机、热带气候的夏天丛林成了他和父亲惊险又刺激的迷宫,"在关岛,我的世界是一个男孩的天堂,我仍清晰地记得那时的一切"。在伯克利的时候,父亲则带上儿子不惜远道去水上公园看火车在桥上进站出站的情景。这些经历使雨津的童年充满乐趣。雨津从小就生活在充满男性特质的氛围中,身体在美国的土地上伸展的同时,身心也因象征性地征服自然而获取了英雄般的成长体悟。

然而,雨津亲生父母在他年幼时双双去世,留给他无根和漂泊的愤怒之感。父亲在他 7 岁时去世,使他变得早熟:

我爸爸死后我就成为我自己的父亲。当一个儿子或者女儿死去的时候,父母再生或养一个。当一个家庭失去了一只心爱的狗时,他们赶快会出去再买一只以解自怜。可当父亲死了,只有抓狂。我变得狂怒。我努力使自己去爱,说服自己爱是存在的,但是从未努力付诸实践。我的真实生活缺乏这种行动。这使我只能成为自己的父亲。①

母亲不让雨津参加父亲的葬礼,"她不想成为每个人可怜的对象,一个没有父亲的孩子的母亲,她不想我的童年充满了葬礼和仪式"。这时的雨津看到母亲的悲伤与绝望时反倒表现得坚强。母亲八年后亦离他而去,"她死后我不再是任何人的儿子"。失去双亲的雨津没有表现出常人伤心欲绝的悲伤,但他变得自闭。他具有很强的自控能力,"我遗传了一种夸张的力量,一个英雄的骄傲"。然而他对这种少年家变、父母双亡的悲伤仍旧无法释怀,他说:"当他们去世时,我需要不止 15 年来接受它。"他没有任何社会活动,没有约会、跳舞,只是靠不停地游泳、打水球来寄托悲伤,因为"我失去了自我,学生的角色,我所触及的东西没有一样东西不是与我的悲伤有关的,除了竞赛";"我从来都不想一个人",所以"我跟每个人竞争,除了自己以外"。所以,可以看出,雨津失去亲人、失去自我的心理困惑并没有通过与人竞争得到宣泄,自我身份的缺失之问题仍然没有解决。

逃避这些蓄积在心中的伤痛的另一种方式便是开车。"当我开始开车时,我通常在晚上开车,翻过山,穿过空旷的街,用开夜车的方式来逃避思考我自己生命的追求问题。避免自己回到关于父亲和母亲的梦中去。"

---

① Shawn Wong, *Homebase*, New York: Penguin Books USA Inc., 1991, p.7.

同时，也是"想证实自己。我意欲体验夜间在路上被追赶的滋味"，体验青春激情的律动和意志的考验。

冥冥中，雨津认识到"最终我的生命毫无意义，除非我能追随他们的生命，寻找我祖父、我曾祖父的生活"。"虽然陈雨津亲人的丧失是一种非典型的模式，但这种丧失使他体验到失去亲人的痛苦，为其认同横跨美洲大陆做苦力的先祖奠定了基础。"他将自己纳入祖辈的传承之系中，摆脱没有历史、没有未来的孤儿式生存状态，"我是我曾祖父的儿子，我知道孤儿的标签对我来说毫无意义。我的曾祖父在这个国家开创了无父无母的孤儿传统，现在我明白自己是那个无父无母的原始移民的嫡系子孙，从第一代到第四代一脉相承"。于是，寻找这个根基便成为他成长的始发地。

（二）族裔寻根之旅

雨津说："我有一个关于我的历史的故事要讲……"于是，他开始了他的家史的述说。父母、祖父与曾祖父的生活历史，是在雨津通过开车、坐火车、乘飞机与滑雪的孤旅中，重返他们曾生活、辛苦劳作的地方，通过不断的梦境与想象连缀和交融起来的。有时候，雨津变成了父亲、祖父、曾祖父，又有时候他们变成了雨津的寻根路程的灵魂伴侣，甚至这些已成孤魂的先辈们同时出现在雨津的身边，成为雨津的精神力量。雨津的寻根之旅有着深刻的文化意义："我要用我以前去的地方来命名我生命的重要时刻，加以分类，以便从记忆中挖出，找到我生命的稳定脉搏，然后把我的生命扎根于这些地名中。"

雨津变成了曾祖父，诉说着孤苦的生活。曾祖父在内华达山脉修筑铁路，华工们吃苦耐劳、风餐露宿，忍受严寒饥饿，有的甚至不抵严寒，冻死在铁路两边，只能等到春天雪化才能被回来的同伴收拾尸骨。曾祖父更没有亲人与儿女相陪伴和倾诉，过着寂寥孤苦的生活：

我单独住在城里的日子毫无甜蜜可言，除非能在那种孤独中找到甜蜜。我睡在厨房后面，靠近一扇肮脏的窗户，潮湿的街市的光线和噪音如严寒般碾入我的身体，又碾出我的身体。睡床很小，小得让我不断做梦。我随着蓝色的月光照射入房而醒过来，梦也跟着消失了。我醒来的那一刻，失去了梦，我的手臂和心扉想象她在我身边，靠得更近，我飘浮在她的一举一动与轻轻接触中。但蓝色的月光和吵声依然如故，我怀中也无伊人。①

————————————

① ［美］徐宗雄著，何文敬译：《天堂树》，台北：麦田出版社2001年版，第89～90页。

曾祖母来到美国与丈夫团聚。曾祖父本来期待六个月修完铁路就与曾祖母团聚。然而，曾祖母无法适应美国孤单的生活与无望的等待，不久病逝。曾祖父陷入极度悲伤，"他对这个国家失去了信心"，发誓不让儿子再受伤害。参与了铁路建设的拓荒之旅的曾祖父从内华达山脉开始，一路修到怀俄明州。当铁路修完了，华工们被遣散，上千华工流离失所，被迫流浪到西部。有的去了其他地方继续修铁路，有的成为农场工人。"曾接受曾祖父和他儿子的这个国家现在拒绝了他们。"排华法案和各种对华人的歧视让他再一次失业，被迫囚禁在唐人街里，又让他们与远在彼岸的家人天各一方，整日凝望的是日升月沉无家可归的忧伤。渴望落地生根的心愿在他的日记中得以展现：

> 我不想让四季压到我的背上，让日、夜、天气骑在我身上、摧毁我。我想找到一片土地，在上面干活并驻守在上面，看着四季在这上面更迭，扎根、滋润我的土地。①

成了孤儿的雨津又来到加州海边的奥克兰小镇上与姑姑和姑父同住，踏寻当年祖父发家的地方。祖父曾参加铁路建设，在农场上工作，经过自己努力，成为"华裔牛仔"；后来，与祖母相识、结婚、生子，作为家族第一个来到奥克兰的成员定居下来，不再漂泊流浪。所以，雨津"选择了这片土地，我祖父的美国，以给予我意义和空间，来建构一些东西，建立我的传统"。他确信留给自己的是怎样的遗产。他与姑父寻遍整个小镇，把它的气息深深刻在心上，并在英语课上写了一篇作文《遗产是一席孤单之地》，描述着这片祖先开辟的栖息之地。这片土地在徐忠雄的笔下栩栩如生，有冬日也有夏日的海，也有树木在四季变换时的颜色，也有浓浓雨水与露水的味道、海风与海浪的声音，这让雨津的"家"极富真实感，既沉甸甸又有着含蓄的温情。最后，他这样来宣布自己对这片象征着祖籍与土地的归属与认同：

> 我正是站在这里，讲述我这四代人的故事。正是在这样的时空里，我如

---

① Shawn Wong, *Homebase*, New York: Penguin Books USA Inc., 1991, p.23.

初生的太阳与我祖父的生命相遇，我感受到了他的心，听到了他的心跳。我在黎明时刻站起身，迎接脚下洁净的朝露。缘起于这样的责任，使得我建立我自己的美国生活，我们的美国生活。他们的死赋予我自己清晰的声音，使我的心能够说话，因为这不只是我的心。①

雨津又重游天使岛，变成祖父，想象当年祖父入境时所受的遭遇。曾祖父发誓不让儿子再在美国蒙受欺辱，把他送回中国养大。但是当祖父准备重回美国与父亲团聚的时候，却被关在天使岛，接受移民局官员的盘问与关押。雨津化身为成为契纸儿子的祖父在天使岛经历漫长的等待与审问：

我记下别人家的家世，顶替别人的名字，把自己的身世深深埋藏起来。问题由审问室里开始。那是个阻隔了所有光线的房屋，窗户都涂成黑色。一个移民官员有一长串问题在他手中，另一个的面前则放了一叠文件，里面是这个家族的亲戚多年以前提供的信息。
问：你村子多大？
答：有五十家。
问：有多少排房子？
答：十排。
问：村子朝哪个方向，村头在哪？
答：面东，头朝南。
……②

就这样，雨津在想象中追寻曾祖父曾经做劳工苦力修建美国铁路时待过的西部深山，也在梦境中来到祖父曾经来美国时滞留的天使岛。家族与族裔的历史交汇在这样的追忆中。同时，雨津又踏上父亲的足迹，不断地追忆与父亲在关岛、在伯克利时的童年生活，一边重新找寻父亲曾经涉猎的土地。父亲曾是一名出色的海军工程师，参加过"二战"，保卫美国。他继承父亲的遗志，游遍名川大山，并在海边骄傲地对父亲书写与诉说："亲爱的父亲，我回家了。在这山脊上，我们的地方。"
在这场寻根之旅中，父亲、祖父、曾祖父的灵魂总伴随着雨津的左右。

---

① Shawn Wong, *Homebase*, New York：Penguin Books USA Inc., 1991, p.49.
② Shawn Wong, *Homebase*, New York：Penguin Books USA Inc., 1991, p.90.

在夜行开车，穿越美洲捡拾华工孤魂的时候，父亲伴随着他；在攀登莎斯塔山的时候，祖父伴随着他；在峡谷中，雨津又听到了曾祖父的脚步声和父亲的声音。在雨津的追溯中，这个家族的成员获得了重生，并赋予他精神的指引与成长的力量。

最后，雨津在美国的土地山川上，不断行走，不断铭刻着自己族裔的名字，并终于与之成为一体："我们有资本像幽灵一样附在了这片土地上，就像印第安人躺下来休息，身体就变成了地平线的轮廓一样。这是我父亲的峡谷，看他的头倾斜着！那山峰是他的鼻子，那绝壁就是他的下巴，而交叠着的肩膀就是顶峰。"

雨津在身体旅行中，同时进行着的心灵之旅，谱写着自身的成长之诗篇。当体认到父亲、祖父与曾祖父和自己是同一个人、一颗心、一个声音的时候，充满历史感的自我与其渊源相联通，从而建立起来。本来给其曾祖父所在的镇所起的名字陈雨津（Rainsford Chan），在美国的地图上却找不到这个地方，正如华裔移民在美国的历史上也被抹杀了一样。自然，这个家的概念让人充满疑惑。如今，雨津可以宣称，"这就是我的家园，我的雨津，加利福尼亚"。今日的困惑和沦陷已被昨日拯救，昨日也在今天的追溯中复活，同时，赋予了明天的意义与希望。

雨津通过追忆父亲、祖父及曾祖父的生命轨迹，已经把个人的成长融入华裔美国人这个族群的成长中去。不难看出，雨津对于这些先辈们，是怀有深深的思念与敬仰之情的。通过回溯与想象，雨津想要说明的是：这片美国的土地上，华裔族群早已拥有了美国，犹如原产于中国南方却落地繁茂于美国加州的植物天堂树一样，在此生根发芽、开花结果。他们都在各自不同的年代用各自不同的方式，为美国付出汗水与血泪，作出了自己的贡献。他的父辈们所遭遇的政治和法律上的歧视与不公，反映的更是这几代人的集体遭遇。从这个意义上说，雨津挖掘和呈现出来的，是整个华裔族群悲壮的成长历史。

雨津、父亲与祖父和曾祖父在美国的生活都牵涉了迁徙与旅行。正如黄秀玲所认为，小说中充满了迁徙意象。"在思索祖先命运时，陈雨津对迁徙进行了独特而持久的关注：关于它的各种形式，它的承诺，它的难以捉摸、它的否定。"　①在这里，需要注意到的是，雨津、父亲与祖父和曾祖父在美国土地上的旅程是具有不同意义的。曾祖父的旅程是一种悲壮的文化拓荒、被迫的流浪，与此相似的祖父的旅程也是一种驱逐与禁锢的迁

---

① ［美］黄秀玲著，詹乔等译：《从必须到奢侈：解读亚裔美国文学》，北京：中国社会科学出版社 2006 年版，第 214 页。

徙，值得慰藉的是他在美国的伯克利终于凭借自己的奋斗扎根下来；父亲的旅程只是一种征服性质的游历与地理上的超越，并未赋予这个旅程更深层的文化含义。他带着儿子游遍美国，跨越美国平原，驶进城市如纽约、芝加哥。"一旦我们回到家，在我的成长岁月中再也不会提及这样的旅程，除了说'我们已经完成了'"；而雨津的旅程，则是带有文化认同与归属追认意义的寻根。虽然陈雨津也提到母亲对于他成长的重要作用，但他的寻根仍然是以父系传统为主要目标。他继承了祖辈们的孤儿传统，却因为寻找到他们在美国的足迹，寻找到与他们相连的血亲，寻找到他们的历史与苦痛，从而不再孤单，不再迷惘，在美国找到了世世代代萦绕在他们心头的"家园"。

虽然在攀登多诺山顶时，雨津强调"这里没有传奇，只有冬天和死亡。'我的痛苦，'曾祖父说，'不是神话或传奇'"。然而在雨津的路程中，已经把整个家族的经历，包括这些创伤性记忆都纳入家族传统与历史中来。这些集体创伤性的记忆亦是值得继承与铭记的，因其成就一个个体的性格与精神，对塑造一个民族的历史具有不可或缺的作用。雨津生活的当下，仍然有强加在他身上的"种族主义之爱"，把他排除在了主流之外。雨津因在一场水球比赛中表现优异而获得最有价值球员奖。可是美国教练称他是这所高中有史以来第一个获此殊荣的中国人；雨津的白人女友仍以自己哥哥与他比较，认为黄皮肤的他必定比自己哥哥差一筹。虽然此时已经没有排华法案，但是雨津仍然能够感受到主流社会的歧视。铭记先辈的屈辱与伤痛，使他对当下所遭遇的不公更加敏锐，更有意识为成为一个具有"亚裔感性"、有深厚历史又有着无限未来的华裔美国人而努力。

二、在英雄故事教育中成长——《唐老亚》

作为华裔文坛的"教父"和"匪徒"的赵建秀，他所著的小说《唐老亚》被认为是对英雄主义传统的书写，以寻找文化归属，确立华裔男性主体的身份。作为文化民族主义阵营的一员，赵建秀通过这本小说对嗜血的英雄形象和华裔英雄传统的塑造，的确在一定程度上[①]颠覆主流社会对华裔卑

---

①有学者质疑这种英雄形象的有效性，国外如 Catherine Gouge，"The 'Glorious National Problem'：Frontierism and Citizenship in Frank Chin's Donald Duk"，*The Journal of American Culture*，2008，31（3），pp.271 – 282. 国内如蒲若茜著作《文化想象与族裔经验：华裔美国小说典型母体研究》。前者指出赵建秀强化了美国国家身份象征结构中的疆域主义和大男子主义，后者指出其塑造的强悍好战的华裔男性陷入了西方文化"内部殖民"的话语体系。

微、懦弱、懒惰、龌龊等刻板印象的塑造。这本小说讲述的是 11 岁的华裔男孩在新年里的成长故事。本节从艺术构思上探讨其作为成长读本的独特性，以及作者如何利用成长主题表达自己的政治与文化关怀。

《唐老亚》与《天堂树》都试图建立和恢复父系被主流湮没的英雄历史，践行着赵建秀和徐宗雄两位文化民族主义战士所共同倡导的主张。但是，两个文本又有所不同。如果说《天堂树》中的陈雨津是以现实促梦的话，即从现实自身的孤苦无根状态出发，打破日常生活的规律，踏上漂泊的征程去主动寻梦，在现实与梦境、想象中寻根，从而获得一种自发性的顿悟，那么《唐老亚》中的唐老亚则是以梦促现实的成长，即通过梦境中的虚构生活与对抗回忆[①]，来钩沉华裔被白人歪曲和泯灭的历史，从而校正唐老亚对族裔身份的认识，利用梦境与现实的互证与互现来进行自我教育，以排除自身的身份困惑，确立自足的族裔身份主体，获得成长中具有颠覆意义和震撼性的顿悟。

（一）一架飞机引发的省思

小说《唐老亚》并没有为唐老亚的成长铺设一条长长的叙事之路，只是讲述了中国农历新年里的几天，由一个飞机模型引发成长的省思，来为唐老亚追溯族裔历史、实现一次人生中重大的顿悟提供了叙事空间。相比之下，唐老亚比《天堂树》中陈雨津的生活要幸福得多。生为华裔第五代的他父母双全，还有一对有趣的孪生姐姐。他有一个完整的家，而且家就在旧金山的唐人街上，父亲拥有一家中国餐馆，是唐人街的名厨。他上的是昂贵的白人私立学校。然而唐老亚却有着自己的成长烦恼，这主要源于他从小就置身于美国主流文化和华裔文化的强烈情感冲突中。首先，唐老亚因为名字和美国家喻户晓的卡通明星唐老鸭谐音而经常受到同学们的取笑，暗示华裔美国人在北美双重文化背景下的尴尬地位与无奈境地。其次，他从小崇拜美国著名的踢踏舞演员弗雷德·阿斯泰尔（Fred Astaire），模仿他的一举一动到了出神入化的境界，他梦想着天天深夜守在古旧黑白电

---

①台湾学者李有成对此记忆有着独到分析，他认为："赵健秀的整个计划大抵是以其记忆政治为基础，企图唤起华裔美国人的集体记忆，在找回、重述华裔美国人有意无意间被涂灭（抹杀）、消音的过去之余，同时揭露美国历史——支配阶级所认可的历史——的进程中随处可见的'缝隙、断裂与非延续性'。"见李有成：《〈唐老亚〉中的记忆政治》，单德兴、何文敬主编：《文化属性与华裔美国文学》，台北："中央研究院"欧美研究所 1994 年版，第 115～132 页。

视机旁边，变成这个地道的美国式人物。然而，他的家却全然笼罩在中国文化的气息中，浓厚的华裔文化使唐老亚时刻体味到自己无法摆脱的华裔血统和身份。渴望美国化的他却生活在几代华裔传承下来浓郁的华裔文化中，使他几近抓狂。尤其是快到中国新年了，整个唐人街甚至他的课堂上，都散发着中国式"恭喜发财"的味道。主流社会对华裔文化的东方化倾向造成唐老亚因殖民内化而产生民族自憎。用父辈们的话来说他，"你去的那个自大的私立学校把你掏空，变成中国文化的歧视者和憎恨者"，"一个小白鬼，一个种族主义者"。所以，唐老亚厌恶甚至憎恨他和父亲的名字、中国食物、中国话……

唐老亚迫切需要一个成长的仪式来结束童年生活中这些让他不愉快的事情。他盼望着新的一年的到来，他就满12岁。他相信，经历了12年的轮回，也意味着他不再是孩子，就能够摆脱这一切："唐老亚不喜欢总有人耻笑他的名字。应该到此终结吧，孩童时代小孩子的一切的终结，尿布时代的终结，儿歌和童话时代的终结……"奋身逃离自己的族裔文化是他的首要愿望，而一个飞机模型引发了这一次重大的成长事件，使他的族裔身份观发生了逆转。

唐老亚的父亲唐·金与家人在业余时间做了一百零八个飞机模型挂在家里餐厅和起居室的屋顶上。这些都是"一战"和"二战"时期的飞机模型。飞机上分别画有中国英雄故事《水浒传》中一百零八位水泊梁山好汉，栩栩如生。正如父亲告诉他和他的好朋友阿诺德的，父亲将把这些飞机模型于正月十五在天使岛上放飞、烧掉。不明就里的孩子们得知精心做好的航模又要被烧掉时惊诧不已。于是，趁着大家睡觉的时候，唐老亚偷偷地拿走一个 p-26A 战斗机模型，自己在屋顶放飞燃烧了它。不巧，被伯父发现。原来唐老亚偷走的飞机上画的是"黑旋风"李逵，而唐老亚一家本与李逵同姓，伯父于是跟唐老亚聊起梁山好汉的英雄故事，并牵扯出家族史：祖辈们很小就到北美建造中央太平洋铁路，创造出每日铺十英里铁轨的记录。

唐老亚在新年这些天里总是被偷飞机事件纠缠着，担惊受怕，生怕父亲知道会责骂他，每当夜晚这些思绪就伴着入梦，这段历史反复出现。的确这段历史与教科书上的出入甚大，经过唐老亚去图书馆用心查证，发现修建铁路的工程大部分确实是由像他祖先一样的华工完成的。梦境和现实教育了唐老亚，使他对中国文化有了新的理解，顿悟化为行动的隐喻。当唐老亚回到课堂上，老师又贬低华人为"被动"、"没有竞争意识"时，他终于鼓起勇气挺身而出，纠正了被白人主流歪曲的事实，用华人先辈在修建太平洋铁路时击败爱尔兰工人，创造了铺轨世界纪录的历史事实，当面揭穿了老师的刻板话语，为华人和其后裔也为自己争回了尊严与荣耀。

最后，唐老亚亲手补做了一个李逵飞机，与家人将之和其他飞机放飞在那个曾经囚禁无数入境华人的牢狱——天使岛上。成长故事以偷飞机作始，以还飞机作结，形成一个完整闭合的故事，主人公在故事中实现了自己族裔身份观点的转变，获得了心灵的顿悟，实现了成长。在这个故事中，纸飞机具有丰富的象征意义。首先，飞机象征着男性英雄气质，能够翱翔天空，征服穹宇，就像能够驰骋沙场和畅游瀚海是很多男孩童年就有的梦想一样。唐老亚偷走飞机，从这种意义上来说，意味着自己内心征服与成长的渴望。他只能盗取别人的成果，证明自己尚未成熟，未能够以自己的力量建立自己的男性特质。其次，飞机与天使岛华裔移民相联系，以华裔后代燃烧飞机模型作为对祖先们的祭奠，暗示着他们的精神与文化的释放与复活。同时，这样的祭奠又暗示着后人誓要继承其遗志，铭记其生存之艰苦，具有高度的仪式精神。偷飞机的唐老亚无意之中踏入华裔历史与文化领地，将自己的成长融入具有仪式性的祭奠之中，为顿悟性地认识族裔身份与历史提供了契机。再次，飞机载着梦想与记忆带领唐老亚穿梭于梦境和现实中，增加了成长故事的传奇性与魔幻性，将一个华裔男孩的故事注入童话的气质，浇铸成华裔民族的成长隐喻，与《天堂树》可谓殊途同归，异曲同工。

（二）梦境与现实的教育

一只纸飞机引来伯父的口述历史，促成唐老亚召唤祖先历史入梦。自此，唐老亚以现实与梦境两条线虚实相交与互证，一段真实历史展现出来。飞机模型带来的英雄故事，又渗入梦境与现实之中，将李逵等英雄形象与祖先和父辈重合，颠覆和消解了在白人中心权力话语下生产出的所谓白人创造了铁路史上丰功伟绩的历史，彰显了被隐没的华人建设美国的光荣业绩的同时，重建了华裔美国人的历史，建立了张扬着男性雄风的中华英雄主义传统。

唐老亚亦如《天堂树》的陈雨津一样，化身为修铁路的祖辈，变成了当年的童工，见证着以关姓汉子为头领的华工们的英雄业绩与华夏气概。书中，第四、十、十二、十三、十五章描述的梦中，华工们穿着斜纹粗布裤子和长筒工作皮靴，带着黑色毡帽在埋头修路。他们住的是冰冷的隧洞，吃的是随行餐车上的粥饭，可谓风餐露宿。当克罗克（Crocker）居功自傲的时候，关姓汉子给了他一个下马威：

"当我创造新的纪录的时候，我想让我的客人们舒服点。"

"你创造纪录？"关汉喊道。他把铁锤从燕（Yin，浪子燕青）的儿子手中拿来，扔给骑在马上的克罗克，"你应该用这玩意去破纪录，你不觉得么？"他转身对伙伴们便说："完工了，放下工具！"号令被领会和传达下去……

"这条铁路是我的，关，你不能命令我……"

"铁路是我修的，克罗克先生。你不能对我喝声戾气"……

"关，我一直对你，你们……存有深深敬意……"

"让我骑你的马。我想用你的枪。"关说。

"什么？"①

　　看出来这些人不是任人欺压、被动下气的孬种，飞扬跋扈的官员们不得不对关姓汉子和其他华工们尊敬有加。关云长似的血气方刚的本色在修筑铁路、创造世界纪录的过程中体现出来。华工们把每块枕木都刻上自己的名字。关姓汉子拿起最后一块枕木高声说：

　　"他们谁能仅用一根钢筋在一百英尺高的垂直岩面上一个两英寸深的洞里填满六英尺高的炸药，白鬼回答说他们做不到。中国佬说我们不是什么天才，但是我们见过这样的爆破。中国佬做到了。他们问谁能用手工工具挖山。我们做到了。他们问谁在大雪天里住在隧道里。他们问谁能一天铺十英里铁路。他们赌一万块钱说我们最多能铺七英里。我们铺了十英里，在十个小时内完成了一千两百英尺的铁轨。每个曾经修过铁路的中国佬，一人一英尺。你们的名字在这。这就是我们从萨克拉门托一铺下来的距离。"②

　　然而，华工的丰功伟绩并没有得到白人的认同。庆功会上，这些股东们不允许一个华工出现，在白人历史上，修筑这些铁路的是白人。在美国历史上，这段历史被歪曲了。那个自以为是的敏莱特老师（Mr. Meanright）和教科书都把这场爱尔兰工人与华工筑路速度的较量的胜利归于爱尔兰人，而华工被斥为专门培养懦弱懒惰性格的儒家文化教育下的产物。所以，中央太平洋铁路被改写为在白人双手中创造出来的铁路建造史上的奇迹。

---

① Frank Chin，*Donald Duk*，Minneapolis：Coffee House Press，1991，pp.75 - 77.
② Frank Chin，*Donald Duk*，Minneapolis：Coffee House Press，1991，p.126.

梦境催促着唐老亚对事实的印证。于是他和好朋友阿诺多（Arnold）去图书馆，找到了相一致的记录。书中的事实——铁路股东的名字，劳工中的八个爱尔兰人，还有一天铺十英里路的记录——与梦境如此吻合。另一个重要事实是："没有一个中国名字。我们破了纪录，却没有我们任何一个名字。没有任何一个字记录了我们铺就的最后一块枕木。"梦境与现实相连与互证，使唐老亚找到了被遮蔽许久的事实，他明白："我梦见的一切都是真的。或者说曾是真的。我梦见我们创造了世界纪录，这也是真事。我梦见我们铺了最后一块枕木，这也是真的。"真相大白的唐老亚感觉被白人欺骗了，愤慨不已。何去何从的转折序幕拉开。纸飞机上的李逵和他的梁山兄弟们又从唐老亚的梦中走来，及时雨宋江告诫唐老亚"如果这个世界对诚实和廉洁的人不公的话，在你也背叛之前来找我"。现实与梦境中的人与事促使唐老亚必须对自己的身份与归属作出选择，寻找到认同的方向，完成成长的重大抉择问题。现实中的关公化身——唐老亚的父亲也提醒唐老亚："你知道真相了。是真相到你梦里来找到你。你又在图书馆印证这个事实。你知道什么是真实的了。一旦你知道真相了，你的生活就变得困难了，孩子。你需要作出选择。"然而这种选择不应是放弃一个而拥抱另一个。正如父亲谈论华裔新移民的时候对唐老亚说："他们不断积累各种文化，而不放弃任何一种。他们把任何事物都掺进了美国文化。这让他们比任何一个土生华裔都强大。"

英雄形象又把梦境与现实两者联系在一起。唐老亚发现，梦中那个骁勇善战、气度不凡的关姓工头与父亲的眼睛如此相似，而这眼正是粤剧中关公那双杀人眼，与唐人街家家供奉的关公像的眼睛一模一样。现实中的父亲与梦境中的关姓工头合二为一，化身为英雄关公。写有华工铺路历史的书中那张照片里，有一个面对镜头微笑的中国童工，也许没人记得他的名字，但是"这脸是唐老亚的脸"。小说中梦里那个童工与现实中的唐老亚，又与定格的照片中的那个童工融为一体，不分你我，恰似唐老亚追寻和构建的那个与华裔祖先和历史不可分割的自我，一个充满历史感的自我。身份的缺失与历史感的缺乏不可分隔。只有寻回历史感，认可自己的族裔与根源，一个真正历史性的自我才能够建立。本应在书本、现实生活中找寻的真相只能在梦中寻到，唐老亚对自我和历史的认识也因有梦境的参与和营造才有意义。最后唐老亚也梦到了自己的偶像——踢踏舞演员弗雷德·阿斯泰尔。他告诉唐老亚他早已不记得自己确切的名字了，然而"对你来说重要的是你就是你一直梦想的那个你"。唐老亚获得的顿悟与心智，获得的自我，正是梦境与现实集合而升华的产物。所以，"如果你忘记在梦里你是谁了，也许这就是你的梦的目的所在"。

现实与梦境的自我教育抵达唐老亚的灵魂深处。一个中国古典小说中的英雄传奇与一个家族参与和见证的华裔血泪史，改变了一个人的文化身份观，促成了他的成长，引发了他在现实生活中的诸多变化：以前对中国文化的故事素不关心的唐老亚，现在缠在伯父、爸爸身边说："求你、求你，我这次真的在听。我真的想知道。我没说假话。"以前对舞龙舞狮极度厌恶的他，现在在新年游行的队伍里神采奕奕地表演着。以前对"恭喜发财"、中国饭菜唯恐躲之不及的他，现在发自内心地为其丰富的文化底蕴而自豪。以前偷了爸爸的飞机模型后躲躲闪闪担惊受怕的他，现在明白飞机模型的文化意义，大胆承认自己的错误了……最后，关公在唐老亚的课堂上手持青龙偃月刀出场，英雄永不退场："关公，红脸，黑胡子，浓密的眼眉，闪耀的绿袍和盔甲，一只脚站在门口。""唉——咿——!"大吼一声，这酷似父亲的关公，唱腔醍醐灌顶，唐老亚仿佛触摸到了英雄主义传统的力量，一段精神之旅在此告一段落。

当课堂上老师又继续开展种族主义教育、贬低华裔移民的时候，唐老亚义正词严地说："敏莱特先生，你说我们被动、没有竞争意识，这是不正确的。是我们炸通了萨米特（Summit）隧道。是我们抵着两个严寒在内华达高山上劳作着。我们为未付的酬金罢工，中国工头为他们的工人罢工，而且赢了。是我们创造出一天铺十英里铁路的世界纪录。是我们在普莱米特里（Promontory）铺上最后一块枕木。你们这是把我们排除在历史照片之外。"唐老亚此刻俨然是一位老师，对美国的孩子和成人进行着民族二次启蒙和再教育（nationalist re-education）；又犹如一位战士，继承父亲的箴言："如果我们不写我们的历史，为什么他们会写？""历史就是战争，不是体育运动"，为自我族裔的历史争夺话语权。在此，我们清晰地看到赵建秀战斗性的语言和文化政治观点。

值得一提的是，在唐老亚经历自我教育与成长的途中，他的同学、好朋友阿诺多一直忠实地陪伴着他。身为白人男孩的阿诺多对华裔文化钟爱有加，一直兴趣勃勃地围绕着唐老亚和他的父亲，对中国新年表现出极大的兴趣。开始时，唐老亚对此非常厌恶，并不理解。后来才发现，阿诺多有时与唐老亚做同样的梦，阿诺多对中国文化与华裔移民历史怀着一份敬重心理，并坚定地站在唐老亚一边，为他作证，摇旗呐喊。这使唐老亚的成长因有了这个亲密的精神伴侣而不再孤单。更重要的是，阿诺多在唐老亚接受启蒙的过程中，自己也得到了成长。他对华裔文化的好奇，对其丰富性的热切关怀，一开始时被唐老亚误解为一种猎奇和歧视；后来他与唐老亚一起做梦，去图书馆印证梦的事实，了解被湮没的华裔历史；最后与唐老亚一起反抗白人对华人的刻板印象、重申他们艰辛而辉煌的历史，并与唐老亚一起加入到新年游行中去，阿诺多也在唐老亚的成长过程中成长起来。从这个角度来讲，小说《唐老亚》的成长主人公是复数的，用学者伊丽莎白·阿贝尔（Elizabeth Abel）的话来说，是集体主人公（collective protagonists）。作为唐老亚的一个白人挚友，阿诺多接受启蒙代表着整个白人主流的理想化成长。

总之，唐老亚经历了一个中国英雄故事下现实与梦境交织的精神历程。他的成长展示了华裔个体通过对一种具有神话色彩的英雄传统的继承，获得了对族裔文化与身份的认同，达到了内心的自信和富足。这种成长内在的标准，正是看自己对自己的生命与身份是否有了一种清明的内省，对自己的历史、现在与未来是否有了自信与坚定，这与在社会上找到自己的坐标和位置同样具有意义。

第二节　母系维度下的爱与成长
——《接骨师之女》

华裔女性作家的女性写作之意义自不待言。女性作家在人数、作品质量和数量上均超过男性作家。她们抵抗来自华裔内部与外部的种族、性别的压迫，颠覆双重"异己"身份，打破长期以来的沉默局面，赋予女性权利与主体，对华裔美国文学作出了相当大的贡献。

在众多华裔女作家中，以回溯的方式，专注于母系书写的作家尤以谭恩美为著。她可以说是母女关系的专家、讲故事的好手，是华裔作家中的畅销作家。她的作品《喜福会》（The Joy Luck Club，1989）、《灶神之妻》（The Kitchen God's Wife，1991）、《百种神秘感》（The Hundred Secret Senses，1995）、《接骨师之女》（The Bonesetter's Daughter，2001），甚至最新作品《拯救溺水的鱼》（Saving Fish From Drowning，2005）都贯穿着母女写作母题，甚至是女儿、妈妈、外婆三个代系维度下，母系家族中母女关系的冲突与和解，为研究母系维度下女儿的成长提供了资源。

本文选取其代表作之一，第四部长篇小说《接骨师之女》来进行研究，挖掘其中的成长主题意蕴。这部小说从总体来讲，内容、情节、背景、结构、叙事方式较前几部作品都有创新，获得了高度评价[①]，代表了谭恩美的写作水平。谭恩美小说中，《接骨师之女》是一部母系认同的家族写作，被公认为是其对母女关系探究最深刻、自传性极强的一部小说。[②]此书扉页中写明送给母亲和祖母，更暗示出著作与作者母系家史的紧密关系。本文重点探讨这种母系家族维度下三代母女之间相异却又相似的母爱与成长。

一、三代母女的身份危机与矛盾纠葛

《接骨师之女》分为三部分，第一部分讲的是露丝·杨的生活；第二部分是其母亲茹灵的自述部分；第三部分又从露丝的视角出发，讲述露丝在得知自己的母系家史之后的种种变化与感思。纵观这一家三代母女的成长经历，她们各自都面临着身份危机。

首先，作为第三代华裔女儿，露丝生长于美国，有着一份收入颇丰、相对自由的写作职业，与人合作记录、书写、出版励志和自我完善方面的书。然而，露丝自己却无法用书中的"箴言"让自己"完善"。她虽然已经步入不惑之年，却总觉得生活危机四伏，觉得"不对劲——随即意识到自己也不知道哪里不对劲"。其实使她频感不安的是她找不到真正的自己。其一，她搞不清楚在爱人面前应该做怎样的自己，一味付出，却总觉得同居十年的男友亚特与自己越走越远，也无法与亚特的两个正值青春叛逆期的女儿和谐相处。其二，她自己的工作和才能也得不到大家的认可。每次出书，为他人作嫁衣的露丝总是坐在幕后，"她希望别人能自己发现她工作的价值，赞赏她妙笔生花、沙里淘金的本事。当然，这种事从来没发生过"。露丝也曾想过写一本虚构小说，塑造全新生活，然而，越是失却自己，露丝越害怕否定现在自我的存在："在虚构的世界里，她可以改变一切，她本人，她的母亲，她的过去。但是改变一切的念头又让她感到害怕，

---

① 如北京外国语大学华裔美国文学研究中心的王立礼教授，就认为《接骨师之女》证明了"谭恩美作为一位作家是成熟的，有能力超越自我"。见王立礼：《畅销华裔女作家谭恩美》，载吴冰主编：《华裔美国作家研究》，天津：南开大学出版社 2009 年版，第 278～286 页。

② 书中母女之间发生的故事，能够在作者的自传性散文集《命运的对立面——沉思集》（*The Opposite of Fate—A Book of Musings*，2003）中找到很多吻合之处，就连母女吵架、患了老年痴呆症的母亲跟女儿道歉都如此相似，见此书的中文译本：[美] 汤亭亭著，卢劲衫译：《我的缪斯》，上海：上海远东出版社 2007 年版，第 152～153 页。

仿佛她这么想象一番，就等于是在谴责和否定自己现在的生活。随心所欲地写作是一种非常危险的痴心妄想。"虽然此时的美国早已倡导多元文化，以尊重不同民族文化为导向，但是露丝仍然体会到处在主流之外、不受认可的他者境遇，"露丝深知那种被当成局外人的尴尬感受，她从小就经常遭人排挤。打小搬过八次家的经历使她非常清楚地体会到那种格格不入的感受"。其三，更令露丝焦虑的是，她觉得年过八十的母亲茹灵除了一如既往对所有事情都不满之外，健忘情况还越来越严重，已有老年痴呆症的病状，甚至把露丝送给她的礼物当作自己送给露丝的礼物再送给她。露丝无法与在她看来整天装神弄鬼、愤世嫉俗、令人感到不可思议的母亲茹灵建立起任何认同感。所以，露丝与母亲无法建立文化上的共鸣和理解，又与自己的美国生活无法和谐，心与身无处安放，身份游离于文化与生活之外，个体并未获得完全的社会化。

其次，母亲茹灵亦遭遇到身份危机。茹灵从小生活在"二战"前的中国，住在周口店附近的仙心村，其家族以制墨为生，家境相对富裕。然而，她不是家中的大小姐，更无缘享受"母亲"的宠爱，"不论我多么听话懂礼貌，打扮得多么干净整齐，都没有用。我怎么做她都不满意"，她的地位也得不到家中其他人的肯定。她在毁了容的保姆宝姨的悉心照料下成长。去城里相亲，也是家人为了把她早早打发出去，宝姨死后，茹灵又被踢出家门送去育婴堂。茹灵从小就不被家人善待、尊重，得不到家人的认同。并且，家族似乎笼罩在巨大的秘密之中，这秘密围绕着茹灵的身份，将她拒之于门外，也将家人与她的距离拉远。

"二战"打响，日军攻打周口店，茹灵的丈夫潘开京被日军杀害，育婴堂被迫转移到北京，茹灵又从北京辗转至香港，最后来到美国。在美国生活期间，茹灵成为自己真实年龄与身份的秘密的持有者，她扮成著名的访问学者，才得以入境。不料第二任丈夫早逝，只能自己照料在美国生的女儿露丝。但是，耄耋之年的她仍然过得不开心：茹灵一口蹩脚的英文和中式的思维将她挡在美国主流社会的门外，孤单的生活，记忆中那个战争纷乱的年代，那些阴森古旧的家族，刻骨铭心的悲惨家世，那些让人毛骨悚然的鬼魂仍然萦绕着她的生活和想象。然而女儿对这些却是嗤之以鼻，不屑理解母亲。茹灵渴望倾诉，但是她的声音始终没人倾听，她渴望被理解却得不到认同和接受。如此看来，茹灵在特殊的生活境遇中，在家族与社会维度下，都有着深深的身份危机感。

再次，宝姨是茹灵的亲生母亲，露丝的亲祖母。她一生处于没有身份的状态中。她结婚当日遭人陷害丧父丧夫，本打算吞火自尽，被救下后面部烧伤，永远失声。她虽然博学多才，书画雕刻样样精通，但在刘家仍然没有任何决定权和自主权，只是一个卑贱、晦气的保姆，实则是已故三叔未过门的妻子，茹灵是三叔的遗腹子。可悲的是，宝姨的亲生女儿茹灵从来都没有把她当成真正的母亲。因茹灵是宝姨未婚先孕的孩子，不能暴露真实身份。茹灵长大了，母亲却仍没有机会向女儿吐露心声，自己无微不至地照料和爱护女儿，女儿并不领情。她更是无法阻止自己女儿与自己渐行渐远，无法说服她不要嫁给自己仇家之子，身前的遭遇和对刘家的贡献始终没有得到家人的认可，最后含恨而终。

三代母女好似遗传一样，都存在着身份危机。这种危机的体现之一便是失声。露丝八年以来每年八月十五就失声一个礼拜，说不出话来；母亲茹灵英语不好，"她搞不清楚别人的意思，或者是别人搞不懂她什么意思"，也如失声了一般，作为华裔移民的她处于美国社会边缘的沉默地带；宝姨更是终身失声，只能以"手语、表情语言、笔谈"来交流。

重要的是，女儿们生活中困惑重重，这种危机感的最重要的来源便是三代母女之间未解的矛盾与纠葛。深陷身份危机的三代母女——露丝与茹灵、茹灵与宝姨，甚至未曾谋面的祖孙辈露丝与宝姨之间，都存在着隔阂与误解。她们的矛盾与纠葛演化成激烈的冲突和深深的伤害。

首先，露丝与茹灵这对母女就常常将矛盾激化，因互不理解而互相伤害。露丝看不惯母亲的中式思维，总把最好的东西藏起来，不舍得用却苦了自己，更不理解她对小事与人斤斤计较，动辄以鬼魂、宿命、毒咒看待世事。母亲看什么都不顺眼，不开心，这导致露丝从小就沉浸在母亲这种无以名状的绝望情绪中。母亲也因为露丝不理解她，不听她话而不平。茹灵与露丝的冲突是非常激烈的，一旦露丝不耐烦，茹灵就会大发雷霆，随即赌咒发誓要死要活，然后就是母女的沉默冷战，直到露丝撑不下去道歉为止。无怪乎茹灵说："我们母女都是龙年所生，但她属水龙，而我属火龙，属性相同，性格却截然相反。"

露丝与茹灵的冲突在几次自杀性事件上表现得更为明显。一次是小学一年级的露丝在校园里滑滑梯。她不顾妈妈高声劝阻，极具自杀性地头往下猛冲下滑梯，结果摔破了鼻、嘴，摔断了胳膊。茹灵也曾跟露丝吵架，两次负气要自杀。露丝十几岁的时候，跟母亲吵架，母亲跑出门去要跳海自尽。海水一直淹没到她的大腿。直到露丝苦苦哀求，大声尖叫，妈妈才回到岸边。妈妈另一次自杀也是源于一次激烈的争吵，露丝对妈妈干涉她的生活、窥探她的秘密而烦恼，妈妈却对此理直气壮。妈妈说："做女儿的不应该有秘密瞒着母亲。"而已经美国化、处于成长叛逆期的女儿则说：

"我是个美国人，我有隐私权，有权追求我自己的幸福，我活着不是为了满足你的要求！"正如书中所描述的："她们就像被困在沙尘暴中的两个人，顶着巨大的痛苦，不停地指责对方是造成灾难的罪魁祸首。"露丝甚至在日记本里写下恶毒可怕的话，希望妈妈死了算了。后来露丝得知母亲真的跳楼自杀，重伤住院时，又哭得死去活来。看到妈妈哀伤与挫败的神情，她满心愧疚："每一次，露丝好多次想对妈妈说抱歉，说自己是个坏女孩，一切都是自己的错。"每次的伤害都以悔恨告终，每次的争吵都以和解作结，不断循环，促成了这对母女特殊的相处方式。

透过母女激烈的冲突，我们又看到，在层层矛盾下维系她们互相羁绊又互相依赖的关系的就是母女之间深深的爱。露丝以为摔断胳膊，妈妈又会狠狠骂她，然而茹灵却心疼得掉下眼泪，一边抱起她，一边温柔地抚慰她。露丝看到妈妈忧心忡忡、满怀爱意的时候竟然忘却了疼痛。她看到了妈妈发自心底的爱和关怀。又如露丝得知茹灵"中奖"，为她赢了一千万时，"她（露丝）很想要拥抱妈妈，保护妈妈不受到任何伤害，可同时她又希望妈妈抱着她，向她保证说一切都好，她没有中风，也没有更糟的事情发生。妈妈历来如此，难缠、个性压抑、举止怪异。而妈妈就是用这种方式，一直爱着露丝。露丝知道，她能感受到，没有谁能像妈妈那样爱她这么深，也许别人爱的方式比妈妈好，但没人比妈妈爱她更深"。

其次，茹灵与宝姨之间也存在深刻的矛盾与冲突。宝姨作为寡妇，唯一生存的希望就是抚养和照顾自己未婚先孕生下来的女儿茹灵。宝姨把全部的爱和温暖奉献给了茹灵。茹灵从小到大一直认为宝姨只是她的保姆。所以与她的矛盾冲突也由对眼前生母的不自知而引发：

> 我小时候觉得这没什么，有宝姨陪伴我就很满足了。在我心目中，叫"宝姨"跟别人叫"妈"意思是一样的。哪怕让我跟保姆分开一时半刻我也不依。我非常崇拜她，每样花草树木的名字她都写得出来，连这些东西的医药用途她都知道，我觉得她很了不起。可我越是长大，宝姨在我心目中的地位越来越低，我逐渐明白过来，宝姨只是家里的佣人，在家里没什么地位，也没人喜欢她。要不是她傻，以为真有什么毒咒之类的，她早可以让我们家发大财了。①

宝姨对茹灵百般呵护，但是茹灵终究把她当作保姆来看待，并不理解

---

① ［美］谭恩美著，张坤译：《接骨师之女》，上海：上海译文出版社 2006 年版，第 150 页。

这份来之不易的母爱。当茹灵准备去北京相亲的时候，她苦苦哀求茹灵，让她告诉"母亲"（其实是茹灵的养母），自己也要去看看这门亲事，不放心茹灵一人去相亲。她甚至写了封信去请求茹灵的"母亲"。但是茹灵并不领情，反而抗议她发号施令，多管闲事，并称："你活下来是因为我们家人好心怜恤你，救了你的命。我们本来大可不必救你。小叔就是因为要跟你结婚才闹得厄运当头，被自己的马踢死的。人人都知道这么回事。"自己深爱的女儿竟然把自己当成一个可有可无的保姆，宝姨受到的伤害竟源自自己的女儿，这让她痛心不已，彻底失望。

　　茹灵和宝姨之间冲突的高潮虽然也以自杀为标志，但是以宝姨身心俱毁、永远离开茹灵为代价。茹灵并不知晓张家曾陷害宝姨，害她和自己家破人亡。茹灵并未看宝姨写给她的家史，横心不顾她的反对要嫁到张家，并说"哪怕张家人全部都是杀人犯、是贼，就为了摆脱你，我也要嫁过去"这样令宝姨伤心欲绝的话。当晚，宝姨送信给张家，诅咒如果茹灵嫁到张家，自己的鬼魂将永远纠缠他们，随后她在墨房里泼满墨，用一把切墨用的刀子了却了自己的性命。茹灵的婚约取消了，得知了宝姨就是自己的亲生母亲时，茹灵已无法认亲，无法乞求她原谅，无法叫她一声"妈妈"，悔恨终生。虽然茹灵看似是自己生母自杀的直接原因，但实际上是旧有的社会制度、家庭礼教和张家等社会黑恶势力的共同迫害导致宝姨自杀。宝姨带给茹灵的如梦魇一样的悔恨与折磨，却是她最深沉的爱的体现。她以自己的死和魂灵的诅咒相威胁，使茹灵逃离嫁入仇门的婚姻陷阱，为自己女儿的终身幸福争得了机会。

　　再次，露丝与未曾谋面的外婆宝姨也存在隔阂。露丝关于宝姨的一系列传闻和遭遇都是通过茹灵得知的。一次，茹灵拿出宝姨的照片给她看：

　　照片里的宝姨衣领竖得高高的，头上戴着件新奇的首饰，看起来好像是象牙做的。她相貌超凡脱俗，一双吊梢杏仁大眼，目光深邃，眼神仿佛无所畏惧。……露丝越是看那张照片，照片里那个女人的神情就越是显得叫人不安，仿佛她能看穿一切，知道未来是受诅咒的。就是这个疯女人，往茹灵的脑子里塞满了恐惧和各种迷信念头。……不管宝姨使用什么方法结束了自己的性命，她都让茹灵相信那是她的错。就是因为宝姨，茹灵才相信自己永远不可能幸福，总等着最坏的结果发生，一边等一边恼火，直到事情真的不出所料，糟糕透顶。①

---

　　①〔美〕谭恩美著，张坤译：《接骨师之女》，上海：上海译文出版社 2006 年版，第 76～77 页。

在她看来，宝姨是个阴魂不散的幽灵，带着不可破解的诅咒，时时侵扰着她和母亲的生活。露丝的生活也间接地受到宝姨的影响。茹灵让露丝在沙盘寻找宝姨的启示，甚至露丝也相信，"的确有个鬼魂在把着她的手臂，教她写出自己的意思"，似乎相信生活中的诸多不顺皆来自宝姨的诅咒。如果茹灵在露丝眼中是一个中式思维、迷信、惊恐不安地度日、在美国生活中格格不入的"他者"，宝姨在露丝的眼中更是"他者"，一个业已身逝却依然困扰她们生活的幽灵。

三代母女深深的隔阂与各自的身份危机需要通过追溯与回忆来纾解。待到女儿们读了母亲们传下来的手稿，追溯出母系的历史与遭遇，沥出沉重母系家史中的深刻的爱时，这种隔阂和身份危机才能得到消除。

二、母系追寻中的成长与爱的智慧

两对母女都有书法与手稿传世，宝姨将自己的家庭遭遇和茹灵的出身告诉茹灵，茹灵又把自己连同母亲的身世与家史以书信的方式告诉给露丝，从而让女儿们参透记忆的智慧、母系的历史，获得相互的理解和人生的顿悟。

无奈，茹灵与露丝分别都与自己的母亲积怨太深，误解太深，都在许久之后才看到字字心血的生命书写。茹灵在宝姨去世之后，用后半生追悔当初自己的过失；露丝则在 40 岁，找人翻译时才得以阅读母亲的信，而把大半生的时间浪费在与母亲明争暗斗上，只为理解关于爱的烦恼。露丝见到茹灵记忆日渐衰退，惶惶终日。她手捧茹灵的中文手稿，感到"妈妈的生命危在旦夕，而唯一的救星就是她手上这叠稿纸"。能够留住妈妈，知晓妈妈隐秘的家史和秘密的，便是手中这份关于两位家族女性的回忆录。直到此时，露丝终于有了守候在母亲身边和倾听母亲的冲动。

茹灵写给露丝："不过是些关于我家里人的旧事，是我打小时候的故事。我写给自己看的，不过也许你可以看看我是怎么成长起来的，又是怎么来到这个国家的。"茹灵家族落难，被打发去了育婴堂，接受美国传教士的教育。她非但没有自暴自弃，反而担任起了老师，得到一份珍贵的爱情，与地理学家潘开京结婚。潘开京后来被害，育婴堂转移至北京，她也辗转来到香港。茹灵始终带着宝姨留给她的甲骨，把它看成与亲人祖先维系的纽带，这种想法也赋予她生存的力量，使她像宝姨一样坚强地在逆境中活下去。后来茹灵不得已把甲骨卖掉，"换得自由之身"，最终踏上美国的土地。茹灵的第二任丈夫在露丝 4 岁之时因车祸丧生，她带着宝姨的爱，在异域坚强生活，又全心地把自己的爱贯注给了露丝。

宝姨写给茹灵的手稿，是茹灵在宝姨去世以后才读到的。宝姨死后，茹灵的身世遭到质疑，她从宝姨的手稿中寻找真相："我是你的母亲。"宝姨因不肯嫁给张老板为妾而激怒了他，在出嫁路上被他劫持，张老板杀害她的未婚夫和父亲。悲愤之下的宝姨吞火自尽未遂，后发现自己已经怀上茹灵，便活下来专心照顾茹灵。

混合着这些回忆的是深深的母爱。茹灵终于明白母亲宝姨因为深爱自己而生、而死，这也是她在日后的困苦生活中坚强活下来的理由。茹灵生命中诸多重要决定依赖宝姨，她的悔恨、恐惧也是自己年少无知时因失言而失去宝姨所产生的。她拿着宝姨留下的照片，越看越熟悉，意识到"她的脸，她的希望，她的知识，她的悲哀，这一切的一切，如今都是属于我的"。宝姨叮嘱她家族的诅咒，尽全力保护她、疼爱她，"她教会孩子要当心：观察天空，留心火的气味，倾听老虎的动静。母亲是一切的发端。一切都是从她开始的"。

在母系传承中，我们看到，祖辈中的独立品格、自我奋斗的精神被继承下来。宝姨刚烈坚忍、疾恶如仇的个性和以死抗争的反抗精神，甚至对激情的渴望和对真爱的渴求也被茹灵继承。这种独立的性格在美国化的露丝身上也有所体现。露丝在职业上是一个自由度较高的撰稿人和写作者，46 岁仍然未婚，可以看出她保护独立人格和自由个体的迹象。与男友一起生活时她也坚持付账单，并不依赖他。然而过度的付出而不求回报、否定自己，使她险些失掉了自我。露丝找到了生活中的症结，与亚特的烦恼，被妈妈一语中的：自己贬低自己，主动妥协，没有自尊。露丝终于想通，母亲与外婆在那么困顿险恶的日子中，仍然保持自己的人格和自尊。重获真爱的露丝发现母亲茹灵也获得了唐先生的深情，逐渐忘却恐惧，返回回忆中摄取美好与希望，投入新的生活。

感动人心的句子出现在了书本的结尾,母亲茹灵突然打电话来给露丝，声音惊恐又沮丧，她说："你小的时候妈妈好多事都对不住你，我好担心，怕我害你受了好大的委屈。可我记不起自己做了什么事……妈妈就是想对你说，希望你也能忘记那些委屈，就像妈妈，现在已经不记得了。希望你能原谅妈妈，妈妈很抱歉，曾经伤害过你。"

该原谅的到底是什么呢？不过是一些琐碎的往事，妈妈偷看了日记，妈妈阻止女儿吸烟，妈妈喋喋不休，妈妈纠缠和难以相处的个性，妈妈从头到尾地以自己的方式管束着女儿的生活方式。妈妈和女儿总是在彼此的生存空间里互相折磨着对方，可是永远都无法摆脱对对方的依赖。其实，知道了母亲的心思之后，女儿知道这些都恰恰是她爱的体现，她用自己的方式去爱。她们彼此都在不停地成长和磨合、误解和争斗。终有一天，她们了解对方到底是谁，终于懂得对方所有感情的源头和对方在自己的生存空间中的生命轨迹，终究会发现一个最佳的相处方式和沟通方式，学会妥协和接受。那是最难以形容又最弥足珍贵的感情认同与成长。所以，明了这些之后，露丝再听着妈妈的唠叨就饶有兴趣，即使恼火，也有"奇妙的满足感"。同时，露丝也想要"穿越时光，告诉那个女人，告诉她的外婆，说你的外孙女关心你，跟你的女儿一样，外孙女也想知道你尸骨何在"。露丝告诉自己：

　　就是这些女人造就了她今天的生活，她们就在她骨子里。正是因为她们，露丝才会不停地问，生活中的秩序和混乱都是怎么产生的？是命运或者运气的力量？是靠了自己的意志，还是受了别人行动的影响？是她们教会了露丝担忧。可她也渐渐明白，这些都是祖上传下来的警示，不是为了吓唬她，而是提醒她不要犯她们当年的错误，要追求更好的生活。她们为的是露丝能摆脱毒咒。①

　　爱就是通过记忆被铭刻下来，误解也是通过对家族记忆的找寻解开的，对母亲和外祖母，甚至对自己的了解也是通过记忆抵达。记忆"像一个巨大的水库，她可以从中找寻到许多东西，与人分享。细节上有些混乱并无大碍，那段历史，即使是经过了记忆的改变，仍然有着丰富的含义"。成长中重要的顿悟更是在揭开这些尘封的秘密、隐匿的历史之时完成的。这种意义上获得的成长是丰富的、多维度的，主人公获得的体悟和对根系的认同能够深刻地改变她的世界观与人生观、价值观。当然，这些记忆也不一定反映了历史的全貌。恰如此书是作者为纪念自己的母亲李冰之和外婆谷静梅而作的虚构小说一样，存在着虚构、改写、重组和夸张等成分。但是，它提供了人们面对历史的态度，就是试着倾听、观看、寻找和接纳，从而理解从历史中走来的人，摆脱自己对他们的无知和认识的局限，这才能使和解、原谅或包容成为可能，才能把维系家族与根系的真实情感挖掘出来。

---

　　① ［美］谭恩美著，张坤译：《接骨师之女》，上海：上海译文出版社 2006 年版，第 290 页。

　　仔细梳理来看，宝姨、茹灵都曾告诉过自己女儿家族的姓氏，教给她们书写的智慧与力量。

　　宝姨就曾练就一手好字，中国书法下笔行云流水，她不仅把书法艺术传给茹灵，亦把做人之道一同传授给她："你该想清楚自己的字形（个性，同为一个英语单词 character）。知道要在哪里该作转变，该作什么样的转变，作了什么样的转变后就再也无法更改了。"受教于宝姨的茹灵也写得一手好字，在育婴堂用来教育其他孩子，在美国生活时以写英汉书法补贴家用，这成为她一部分生存资本。同样，茹灵也教授露丝书法，同时也把宝姨教给她的思考方式传授给她，诸如"写字的时候，必须把心头思绪都收拢起来"，"每个笔画都各有节奏，各有位置，形成平衡。宝保姆说人生也是如此"。

　　虽然露丝的书法受教于母亲和外祖母，但她开始时并没有找到文字与书写的真意。例如，她少年时的自我书写是在日记里进行的，记录自己的秘密和烦恼。不料无论日记本藏在哪里都能被茹灵找到，日记本中对母亲的不满和诅咒险些酿成大祸。再如，露丝自杀性地滑滑梯受了伤，妈妈拿一个装满沙子的茶盘给她练字，不料无意间这个茶盘成了妈妈寻找宝姨的启示和谅解的工具，不会通灵的露丝实际上猜测着妈妈的心思，合着自己的主意应付妈妈，并不理解沙盘中的字对妈妈的意义。

　　冥冥中，露丝已经意识到文字的意义和力量。她漫步在妈妈家"天涯海角"的海边上，觉得"沙滩就好像一块巨大的写字板、一块干净的石板，仿佛邀请自己填满任何的愿望，一切皆有可能实现"。在海滩上，露丝写下"帮我"，然后看着海浪把她的请求带到另一个世界。这些希望在露丝的生活里，落实在宝姨和茹灵留下的手稿和家史记忆中。终于，露丝明白了自己家族的历史，她得知外婆的姓名——谷鎏信。外婆、母亲和自己家族的姓氏"谷"，意味着生存的力量，代系传承的"骨"和华裔身份的认同。书的结尾，出现了一个颇具象征性的艺术虚构：

　　在小书房里，露丝又回到了过去。桌上薄薄的笔记本电脑仿佛又变成了当年的沙盘。露丝又变成了 6 岁的小姑娘，还是当年的自己，摔断的胳膊已经好了，没受伤的手上拿着一根筷子，准备写下预言的字句。宝保姆来了，跟往常一样，在她身边坐了下来。她的脸很平滑，跟相片里一样美丽。她在一块端砚上磨着墨。

　　"想想你的本意，"宝保姆说，"省视自己的内心，你想告诉别人些什么。"露丝跟外婆肩并肩一起开始写，文思泉涌，她们合而为一，6 岁，16 岁，46 岁，

82 岁。她们记下发生的一切、发生的原因、带来的影响。她们把过去那些本不该发生的故事写了出来。她们把本该发生的故事，有可能发生的故事都写了出来。她们写上的过去可以改变。毕竟，宝保姆说，过去无非是那些我们选择记住的事情。她们可以选择不再躲避，翻检过去的伤口，感受那时的痛苦，知道一切都会好起来的。她们知道幸福躲藏的地方，幸福并不藏身在某个山洞或者某个国度，而在于爱情，在爱里自由地付出和给予，爱情始终都在。

露丝下笔写作的时候，想起了这些。[1]

露丝回到了童年，拿着沙盘假装与外婆通灵。但在此意象中，宝姨真的来了。与露丝并肩写作、合而为一的还有茹灵。三个人一同执笔，宝姨具有预见性地指导着她们的共同写作，写下她们自己的故事，记下她们自己的喜怒哀乐、痛苦与幸福。书写的力量在此体现出来。此时的书写，意味着在爱的庇护和指导下，露丝与母亲以及外婆高度的和解与统一，这更意味家族女性传统的确立和华裔移民的历史的追溯，为了找寻失落的根系，挖掘被湮没的女性家族史。对于露丝来说，则是她经历了家族历史追认、母系认同后的成长标志，对未来的肯定和生活新篇章的开始。

第三节　父系母系双重认同下的自我成长
——《女勇士》与《中国佬》中的成长主题

汤亭亭是 20 世纪四五十年代出生、六七十年代登上美国文坛的华裔作家中最成功的一位，其作品被纳入美国经典书目，打通了华裔文学通向主流文学的道路，在批评界颇受瞩目。她的作品《女勇士》与《中国佬》在美国学界以"回忆录"闻名，获得了"非小说"类大奖。这两部作品是现实与想象的集合、虚构与非虚构的杂糅，采用了后现代式的拼贴叙事，加之其融合了中国古典神话、中国历史故事、鬼故事、华裔家族史、华裔移民史、美国对华移民政策史料、美国大众文化等，远远超出了"自传"文类所限，可以看作是两部叙事技艺高超、含义深刻的小说文本，呈献给读者多元的解读性，其意义也是深远的。

---

① ［美］谭恩美著，张坤译：《接骨师之女》，上海：上海译文出版社 2006 年版，第 290 页。

在对两部小说的考察中，学者们大多认为《女勇士》中叙事者讲述自己如何打破沉默，而在和母亲的矛盾与纠葛、群鬼中成长的部分被认为是成长主题的体现。[①]其实，成长主题不仅表现在叙事者讲述自己的成长故事，也蕴含在讲述与反思父系和母系家史的过程中。《女勇士》与《中国佬》这两部作品的言说过程实际上是同一个叙事者"我"体认自我意识、建构主体身份的成长过程。《女勇士》专注于回忆叙事者家族母系诸人的成长与反成长的故事，《中国佬》则主要对叙事者家族父系诸人的生存经历进行追溯。两部作品倾注了叙事者对成长与族裔之根的反思，融合了对母系和父系历史的认同与批判，两部小说一并为叙事者完成对自我族裔属性的追溯和建构提供自我言说的场域。不同的是，《女勇士》中女性的成长史偏向内部心理的成长历程，不仅因为她们不像男性曾参与美国铁路的建筑，成为在天使岛移民局遭受迫害和囚禁的主体，更因她们在本民族内部受到性别歧视。女性在公众的历史事件中不是主角，即使在本民族内部也没有清晰的历史事件可以追溯她们的兴衰荣辱，只有靠叙事者从日常生活、心理活动中挖掘和建构母系成长的谱系，从而确立母系女性的主体地位。《女勇士》的叙事者把自己放置于其中，获得母系维度的成长滋养，确立自己的主体地位。《中国佬》的侧重点则放在较受关注的历史事件中，借以恢复被美国主流淹没的华人历史，在修正美国历史和提高亚裔族裔自豪感的同时，《中国佬》叙事者打破父辈沉默，也颠覆父辈对自己设置的沉默，以主动建构的姿态说出了一段自己的"对抗记忆"。

一、批判性认同——女性意识的自觉

如果说谭恩美小说中的女儿大多作为听者，那么《女勇士》的叙述者就不是被动的听者与转述者，等待着后知后觉的顿悟，而是作为一个说书人，在听与转述母亲所讲的家史的过程中糅合自我意识，对其进行批判式的认同，体现出在成长中不断自觉的女性意识。

《女勇士》共有五章，每个部分都围绕着一个母系女性形象来展开。第一章"无名女子"讲述的是几十年前"我"的姑姑的新婚丈夫远赴金山，

---

① 如早在 1977 年就有学者曾论述，见 Diane Johnson, "Ghosts", *The New York Review of Books*, 1977, （1）, pp.19 – 20, 29. 近如 Helena Grice 也在自己的论著 *Maxine Hong Kingston* 中认为其作品首先被看作是个人故事，即成长或成熟，家庭关系或者祖辈的传承。见 Helena Grice, *Maxine Hong Kingston*, New York：Manchester University Press, 2006, p.9.

她自己留守在家，后与人通奸怀孕，激怒村民，遭到群起围攻，姑姑抱着初生的婴儿投井自杀，从此全家不准再提起她的名字。第二章"白虎山学道"中，"我"想象自己成为花木兰式的女英雄，在白虎山上跟神仙师傅学艺15年，下山后代父从军，建功立业，结婚生子，最后荣归故里，供奉公婆。第三章"乡村医生"，叙事者则讲述了母亲勇兰在中国的生活经历。她学医归来，在广东老家成为十里闻名的女医生。第四章"西宫门外"，是关于勇兰帮助妹妹月兰从香港来美国寻找变心再婚的丈夫，但软弱的月兰无力使丈夫回心转意，也无法适应美国的生活，最终精神失常，客死他乡。小说的第五章"羌笛野曲"提到了蔡琰的故事：蔡琰在胡人中生活12年，终于打破沉默，在羌笛野曲的伴奏下唱出了自己的歌。

叙事者一开始就打破家中禁忌，讲述了姑姑自杀身亡的反成长故事。作为一种警告，母亲说："不要让你父亲知道，我把这件事告诉了你。他否认有她这么个人。既然你已经开始来月经了，在她身上发生的事情也有可能在你身上发生。不要让我们丢脸。你总不希望让人忘掉有你这么个人曾经来到过这个世界吧。"而叙事者"我"首先打破沉默，将无名女人的故事付诸叙述。无名姑姑因与刚生下的孩子同归于尽，所以没有活着的子嗣倾听与传承自己的故事，更因有夫之妇与人通奸被认为"是一种放肆的越轨行为"，所以这种事情恐怕就是姑姑自己也不愿说出口。叙事者为姑姑生前预设了多种可能：迫于男性的淫威和旧有的文化传统，姑姑被迫屈从于强暴者，并且不能揭露他的身份和作为；或者源于姑姑年轻时就做了"金山客"的妻子，为远在彼岸的丈夫守活寡，逐渐消逝的红颜伴着岁月溜走，姑姑对爱与性的渴望得不到应有的满足使她倒在情人怀中；抑或"她不过是个野女人，爱上野男人罢了"；或者"她也许是最受宠爱的人，名副其实的唯一的千金"，未经生活，被人诱惑所致。这几种可能导致了姑姑与人通奸怀孕，然而这些可能的背后有社会、政治与文化原因，要么是中国男权社会对女性的压迫，迫使女性被动接受与服从；要么是旧有的中国文化中禁欲思想泛滥，对女性欲望全盘否定；要么是美国对中国移民的限制和歧视，使女人被迫与丈夫长久分离，情感无法抒解所致。无法寻求真相的叙事者通过自己的想象把姑姑可能经历的境遇悉数一遍，同时把千千万万像姑姑这样的"金山客"之妻的类似经历通过假设与想象的方式说出来，为她们集体的宿命发起不平之声。

姑姑的行为在村中引起轩然大波，打破了每个家庭守护的法规，颠覆了以"圆"①为代表的父权制文化传统。村上的乡亲通过袭击他们家来惩罚姑姑。这些人被叙事者描述成一群乌合之众，带着白色面罩，披散着长发，狂怒着、咆哮着，然而他们除了砸锅摔碗之外，还抢走粮食和衣物，道德与素养并不高于犯了"通奸罪"的姑姑，实在是一大讽刺。她的叛逆行为所带来的影响正昭示了父权阶级的残忍与凶悍，又揭示了他们的脆弱与恐慌，"以致提及'姑姑'会莫名其妙地伤害我的父亲"。姑姑抱着孩子纵身跳井自杀，对于这些旧有文化的持有者来说也是一种反抗。虽然大家集体沉默，但是她对这个世界的绝望和反抗必然在他们头脑中久久挥之不去。

　　然而这种惩罚相比于全家人故意要忘掉她来说，并不算什么。引起大家的愤怒无论如何也说明了自己的存在，然而被永远遗忘却是一个人身份被抹杀的悲剧。有幸的是，叙事者将姑姑的存在付诸叙事中，讲给读者听的同时，向人们证明了她的存在，作为母系家族一员的存在。在叙事者的笔下，"她（姑姑）就是群星中的一颗，黑暗中的一个亮点。没有家，没有同伴，独自生活在永远的寒冷和寂寞中"。叙述者用女性主义者似的身份写作，以凄冷的笔调想象姑姑分娩时的情景和她对孩子的爱与保护，使人不禁同情、愤慨姑姑的遭遇。她无法保护自己的孩子在人世间不受屈辱，从而选择结束他的生命，用另一种方式呵护他。在叙事者笔下，姑姑抱起婴儿走向井口的一刻，正如一个勇士，在历尽羞辱与压迫的最后，仍保持充满母爱的姿态和反抗的决绝。

　　叙事者用自己的声音，勇敢地认同和同情走向反成长之路的姑姑。但是，为了认同与男权社会背道而驰的姑姑而打破沉默，叙事者是心有余悸的。她一方面担心伤害父亲的男权尊严，另一方面唯恐出言不慎而激怒乡亲，甚至总觉得姑姑的鬼魂缠着她，对她不怀好意，唯恐有一天把她拉下水做替死鬼。这说明了她深陷父权控制，担心打破沉默，发出自己的声音势必会引起统治阶层的反抗和不满，自己随时也有被消声和打压的危险，沦为像姑姑一样的牺牲品。

　　亦被叙事者放入母性谱系中加以批判式认同的家中另一位女性是其母亲勇兰。勇兰于 1927 年在广州哈克特女子医学专科学校毕业，也是"金山客"的妻子。她在两个孩子先后夭折之后，用丈夫从美国寄来的钱上学读书，成为一名医生。与中国传统妇女不同，勇兰的求学之举为自己开创

---

　　① 书中列举了符号式的圆形意象，如圆圆的月饼、圆圆的门廊、圆圆的餐桌、圆圆的窗户和饭碗等，代表传统文化中父权家族的完整性，使得家族能够传宗接代，老有所养，死有所奉。

了一条通向自我拯救的道路。勇兰因逃离了充满禁忌和压迫的家而倍感自由，住在充满个体空间感的宿舍里，更觉得解放了自己。女儿作为叙事者谈论起女人的自由，也认同勇兰自己创造的世界："许多女人做梦都想有一个属于自己的房间，或者房间的一角。""不仅是我，别的女人也一定梦想过一种无忧无虑的生活。"这不禁让人想起西方女性主义的先驱者弗吉尼亚·伍尔夫的随笔《自己的房间》（*A Room of One's Own*，1929）中充满女性意识的词句，表达了作者期待拥有自己的房间，即拥有自己的自由和言说空间的愿望。学成之后的勇兰衣锦还乡，做了一名出色的乡村医生，她也因此获得了独立的身份地位而没有使用夫姓。母亲的成长故事在美国阶段发生逆转。1939 年冬天，母亲来到美国得以与父亲团聚，以开洗衣店过活，整日不停地工作，在种族歧视的社会环境中、在低质量的生存条件下照料家人，在背负着无家之痛的同时，再一次遭遇自我的沦陷。时过境迁，中国的老家人口所剩无几，土地被政府接管，勇兰也落得无家可归。虽然女儿安慰妈妈说"我们属于整个地球了"，但失家的痛连女儿也感受得到。每次母亲憧憬子孙满堂、其乐融融的家时，"一阵痛楚像蜘蛛一样攫住了我的头颅。母亲似乎正在收紧嵌进冰冷的头骨里的蜘蛛腿。她敲开我的头骨，撬开我的拳头，将永恒时间和广袤空间的无尽责任硬塞进里面"。

叙事者将勇兰描绘成一名具有女性意识、自我奋斗精神和自主性的个体。叙事者转述母亲驱鬼斗鬼的故事时，亦让母亲勇兰用女性主义宣言式的话语，挑战鬼的威胁："我不会妥协的，你什么样的折磨我都能忍受。如果你以为我怕你，那你就错了。"但是，叙事者也批判了母亲并不彻底的性别主义观点。虽然勇兰获得独立，但在中国传统文化下长大的她，思考问题仍然使用中国的方式。勇兰并没有解救苦难女性的意念，认为乡下卖女孩如同卖羊、鸭、水产，司空见惯。反而遵照市场规则，视她们如可交易的货物，并通过仔细筛选买了一个健康懂事的女孩来做自己的副手。她虽然是个独立的女人，但也带有重男轻女的观点，竟也用钱来衡量自己的女儿："打仗的时候，也就是你出生的时候，不少人把大一些的女孩一分不要地送了人。而我在美国却为你花了 200 美元。"这样的观点势必给女儿造成压力，对女儿的成长和处于自我意识上升阶段的她造成困惑，引发母女矛盾。

叙事者对母亲勇兰总体上是认同的，写出了她的勇敢和自信，她的艰辛和困苦，同时也揭示了母亲成长的局限和悲哀。更重要的是，她通过讲述母亲的故事，将母亲对自己的影响也揭示出来。母亲在旧中国所遭遇和见到的悲惨景象在女儿心中作为梦魇出现，是女儿唯恐回到中国会遭受与其他女性相同的命运的直接原因，这也体现了母亲在故事中的负面影响。母亲的故事时常进入"我"的梦境，她经常会梦见不断变小的婴孩，试图保护他们，却总是力不从心，不是缺胳膊断腿就是被开水烫伤。梦中的婴孩也可以看作是她自己，缺乏自我保护又自我迷失的孩子，无法通过别人的庇护而获得成长，终究要自己寻找路。正如母亲深陷"中国鬼"和"外国鬼"①中，女儿也如作品副标题中所说的，生活在群鬼当中，为突破中国和美国文化、性别、阶级的囚牢，付出着自己的努力。

叙事者又接着讲述了母亲的妹妹月兰的反成长故事。勇兰与月兰虽是姐妹，但是她们的性格和命运如她们的中文名字一样：一个勇敢坚忍，"争强好胜"；另一个则像仅靠太阳反射光发光的月亮，未经岁月的锤炼，好似永远处于静止状态，不懂奋斗与争取，只会被动地接受命运的摆布。她的丈夫虽然给她寄钱，但是在感情上早抛弃了她，在美国又成家立业，视她为另一个时代的人。软弱无能的月兰，始终没有勇气和决心声讨丈夫，重新确立自己的身份与地位，受尽羞辱而归。月兰不适应美国生活，最终无法接受丈夫变心的事实，精神崩溃，死在美国的精神病院中。月兰的反成长故事告诉叙事者和读者：月兰是一个典型的百无一用的花瓶，没有自我意识、缺乏自主性和应变能力的女性必然会在残酷的现实中泯灭。为悲惨的月兰正名的同时，叙事者也以她的反成长来告诫自己，征途险恶漫长，必要心怀坚忍，勇往直前。

叙事者不仅着重书写了母亲艰辛的成长故事，同时也提及了当时其他妇女的悲惨命运和反成长之路。她们是一群群失去父母，被卖掉、送人甚至刚出生之时就被杀死的女孩，一群群因受各种打击、迫害而疯掉的女人。如其中一个女人因被村民认为是日本人的间谍而被村里人用石头砸死，血肉模糊，极其惨烈；也有女人因为父权制家庭的压榨而疯；亦有父母移民美国，而自己滞留乡下，因家庭畸形而疯癫等。如此比照下，可以看出同为女性的勇兰，她的勇士之路的艰辛和漫长，作为女儿的叙事者亦然。

《中国佬》延续了《女勇士》中沉默者的成长之歌，叙事者充满女性主义的声音，批判性的认同在《中国佬》中一致地贯穿下去。《中国佬》主要内容共六章，有"中国来的父亲"、"檀香山的曾祖父"、"内华达

---

①　"中国鬼"和"外国鬼"是一种比喻的说法："中国鬼"主要指父权压迫、男性祖先的象征，同时又指深受屈辱的不幸的人；"外国鬼"其实指母亲不接受美国文化，而把美国人想象成各种类型的鬼，以谴责他们不友好的目的，在女儿眼里，也指扼杀了她说话的权利的美国主流。除此消极意义之外，鬼也指叙事者可继承的中西文化遗产。

山脉中的祖父"、"其他几个美国人的故事"、"生在美国的父亲"和"在越南的弟弟",每章前后以颇具深意的小章节相连。叙事者仍然是《女勇士》中的土生华裔女儿。

在"中国来的父亲"中,叙事者时而使用第二人称对父亲深情告白,时而用第三人称记叙父亲在中国的成长经历。她表达了想要了解父亲、了解父系家史,从而了解自我族裔历史的愿望:"我希望能够依靠你,一个曾用墨汁将我们洗衣店的每一个角落都写上'中'字的人,来查找我们是如何来到这个我们被人视为怪人的国家的。""可我希望你能为我讲述你的生平故事,中国的故事。我想知道什么使你大喊大叫、谩骂诅咒,想知道你沉默不语时的思想活动,还想知道你讲话时,为什么与母亲不同。"他重男轻女的思想、动辄以沉默代替言语让"我"感到恐惧和不安,因为父亲的沉默意味着"没有故事,没有过去,没有中国",那便意味着女儿也没有过去可以依傍和回溯,现在与未来便变得单薄和空虚。

父亲作为四个兄弟中最小、最受宠爱的儿子,被认为会成大器当官。然而父亲却险些被阿公换走,换回一个女儿。阿公一直幻想自己有个女儿,晚上耕地回来时给她唱歌,所以对邻居家与父亲同龄的女儿爱怜不已。无奈偷换之后被阿婆发现,只好换回来。抑郁的阿公因没有女儿而疯掉,时常敲打自己的生殖器,骂它无用。女儿这样讲述父亲的成长故事,其实是有深意的。在旧社会的中国农村,重男轻女思想浓重,然而阿公冲破世俗、偏爱女儿之举反映了他向往自然的天伦之乐,对父女亲情的憧憬,而并未把女儿看作迟早嫁作他人妇的"外人"和不值钱的"奴才"。这展现出叙事者的女性主义意识,表达了中国对旧有传统遏制人们的自然心理诉求和对亲情的渴望的陋风陋习之控诉,同时也暗示了自己期待能被父系家人发现、垂爱与尊重的愿望。

另外,通过回顾父亲跨越中国和美国的辛酸成长历程,叙事者也重新认识了父亲的真实感受:"我以为男性是感觉不到疼痛的,或者男性根本没有感觉。""我"接着以庄重的口吻说:

无论是华人男孩、黑人男孩、白人男孩,还是墨西哥和菲律宾男孩,他们都是一样的。所有种族的女孩和女人都哭,都有感情。我们必须坚强起来。我们应该像男孩子那样刚毅,或者比他们更刚毅,因为我们只是假装感觉不到痛苦而已。[①]

---

① [美]汤亭亭著,肖锁章译:《中国佬》,南京:译林出版社 2002 年版,第 259 页。

在这里，她公开宣言，表明华人与其他种族一样，都是具有痛感而并非像主流描述那样无动于衷的麻木群体。同时，同为有血有肉的生命个体，女性也一样有着自己的感受与想法。她以"我们"直呼同类，号召在多重压迫中的华裔女性更要坚强勇敢面对生活的重重挑战，努力建构自己的身份。

叙事者又在父系认同过程中穿插着女性声音，始终持有女性意识和批判态度，反映出其对华裔移民历史的清醒认识。例如，在叙述父亲的中国生活时，叙事者未忘记对女性的书写。父亲与母亲结婚时，母亲照例要在出嫁前三晚哭唱。这种哭唱本具有形式意义，然而此时的哭唱带有打破恒久以来父权的压迫导致的女性的沉默之意，且表明父权只允许她们在这时表达自己。妇人姑娘们怂恿她哭唱那些被抓去参军的男孩和丈夫，转而又要她帮忙骂负心的"金山客"离家不归或者带另外的老婆回家。这种巴赫金狂欢式的呓语和喧哗，其实是女子们特有的表达方式，以舒展自己的心绪和愁苦，反抗社会制度和社会文化等带给她们的悲惨命运，"她就这样哭喊着，悲伤着，时而戏谑，时而赞扬，时而唱现成的老歌，时而唱自编的新歌"。此时，她不仅为被迫离家的父亲申诉，也为自己、为所有女人的人生而歌而泣。

叙事者也把自己纳入母系成长的认同范畴当中，在以沉默保护自己的同时，也打破各种禁忌和压迫为自己设置的沉默，突破成长的重围。在"白虎山学道"一章中，她把母亲所讲的花木兰之类的巾帼英雄、女剑客和岳飞的故事，杂糅西方童话和神话故事入梦里，绘制出一个理想自我来。"我"7岁时被神鸟引入山林，遇到神仙师傅，成长修炼为一个身经百战、箭无虚发的女英雄。这个理想的自我汇集了东西方神话的经验，集男性与女性的力量于一身，既作出了像男性一样带军征战、推翻暴政、保家卫国的贡献，又完成了婚嫁生子、奉养公婆的传统女性的责任。这个"阴阳共体"的理想自我具有高尚的人格和尊严，建设了纪律严明、体恤百姓的部队，又夺取了新的政权。

叙事者对这个理想自我非常向往，"如果我不吃不喝，也许能使自己成为一名武士，就像梦里常出现的那位"；"我一直在寻找能来召唤我的鸟"；"我也在寻找能做我师傅的老者"。然而"我"在美国的现实生活却并非像这个女英雄那样，"我"的真实自我被中国传统文化和美国的种族主义贬低。家中重男轻女的倾向使"我"出色的功课得不到认可、独立人格得不到确立；美国社会中对黄种人的歧视使"我"在工作上屡遭辞退，潜力得不到发挥。然而叙事者并没有全盘接受与内化这些轻视和批评，并没有造就出一个"应当"的暴政(tyranny of the should)^①，并没有让自我在群"鬼"中消声，把自己屈从于中国传统女性卑微低下的境地中，也没有把自己禁锢在主流刻板印象的轮回中。相反，她说：

> 我跟传说中的女勇士不无共同之处。但愿我的那帮人能早日明白，我也好回到他们身边。我和女勇士的相同之处就在于都把要说的话藏在背后。汉语里说"报仇"，意思是"告发"和"牵连五族"，而不是非得砍脑袋挖心肝不可，需要的只是说说而已。我可是有不少话要说，有好话也有坏话，但不适宜刻在我的皮肤上。^②

叙事者突出了自己想要说话的欲望。只有通过声张自我，才能从"受歧视的真实自我"中摆脱出来，让人看到自己的理想自我契合真实自我的一面。

叙事者从幼儿园到"现在"的成长之旅，毋宁说是一个打破沉默的过程。虽然小时候妈妈以她舌筋太紧，说不了外国语言为由，割了她的舌筋，然而她并未因此变得口齿伶俐。相反，她总是保持沉默，就连说话声音也是沙哑微弱的，最后，"讲话吃力终于把我的嘴也搞歪了，右嘴角是直的，左嘴角却向下弯了"。当叙事者回顾这段苦恼于对语言的焦虑并与沉默抗争的时期时，发现了这沉默源于多重的压力：除了由于华族内部本身很多的禁忌和秘密不准说出来，更与移民的秘密有关。"别出去说啊"，一旦说出来，就有身份造假、被遣送回国的风险；除此之外，族裔内部身为女性的她，得不到家长的尊重，无人肯倾听她的声音和想法，致使她没法表达；她又要作为传声筒，为英语水平低的本族人代言，在两种文化中周旋，从而无法发表自己的见解；同时，为保持自己的"美国女性气"，还要迎合华裔刻板印象。无论是自我保护性质的沉默还是被迫的沉默，都让她失去了自我表达的媒介和机会。需要注意的是，每年老师让她和妹妹去接受

---

① "应当"的暴政(tyranny of the should)是凯仁·霍妮(Karen Horney)提出的概念，指一个内在的批评声音，独断地要求自我应当如何如何。见 Karen Horney，*Neurosis and Human Growth：The Struggle Toward Self-realization*，London：Routledge and Kegan Paul Ltd.1999，pp.64 – 85.

② ［美］汤亭亭著，李剑波、陆承毅译：《女勇士》，桂林：漓江出版社 1998 年版，第 49 页。

语言障碍治疗时，她们一到医生面前就恢复正常，发音也好了，这说明这种沉默并非生理上的障碍，而是文化与社会的压迫造成的心理障碍。

叙事者设定了一个戏剧化的情节，使自己开口说话，打破沉默，找寻到自己的声音：18 个月里，她得了一种奇怪的病——左手掌心的纹线断成了两截。中国文化中常常有人依靠掌纹来判断一个人的命运。她的掌纹突然断裂象征着在劫难逃的宿命发生了质的改变，而错综复杂的掌纹又意味着记忆的散乱和纠结。蓄积在心中的无数话语混杂着各种记忆与想象，像充满威胁的活物一点点地撕咬她的喉咙。终于，一天晚上，叙事者把自己的想法和盘托出，把自己的不满和不解一条条地向母亲倾诉。此时，她的女性意识混杂着自我意识逐渐膨胀着，促使她成为完完全全的叛逆者。她"懂得了一切神秘的东西都有待于解释"，想要"让阳光像洪水一样涌进所有的角落——再也没有什么鬼怪"，弄懂一切在她看来神秘与诡异的事物，探个究竟，从而继承一切文化中的精华，为成长滋补并增加养料。这个充满反常行为的成长事件与诡异的故事气氛相互吻合，增加了故事的可读性、趣味性和戏剧性。

总之，汤亭亭的叙述与对家族历史的改变，融入了自己对其批判式的认同，体现出女性意识在成长中的不断自觉。这种自觉使得她能够以清醒的态度审视自己作为少数族裔女性所承受的来自族裔内部与主流的压迫，能够在主流压抑下，在沉默的家族历史中挖掘到发展自我的希望。

二、族裔历史重构中的自我建构

作品《中国佬》把父亲、祖父、曾祖父、弟弟以及其他亲戚纳入父系追溯的系统里来，打破他们的沉默，重塑华裔移民的历史。书中很多故事，大体与《天堂树》和《唐老亚》相吻合。与后两者的差异在于，《天堂树》和《唐老亚》出自男性作家之手，采取的是理想化手段，旨在建立华裔英雄传统；《中国佬》出自女性作家之手，作者善用中外典故、神话，增加了人物和情节的戏剧性和隐喻性，把这些人的故事加入中西神话、寓言故事，在肯定先辈们的同时，将女性主义的声音融进叙事，在重构族裔历史的过程中也进行着自我建构，把家史变成自己故事的一部分，续写着自己的成长故事。

《中国佬》的故事，较之《女勇士》充满鬼魅和疯癫、恐怖与压抑的气氛，更加具有人情味，更加荡气回肠。女儿的叙事打破了父系的沉默，用自己的话语翻开家族在中国的历史和在美国的移民史，挖掘和书写以自我家族为代表的成长史诗，同时在父系的故事中汲取力量，寻找自我，以真实和想象交互的方式，以对抗历史的解构策略，在叙述中体现出成长过程中对自我建构的诸多历史性问题的思考。

"关于发现"这一小章节中，叙事者创造性地借用了中国古代名著《镜花缘》中女儿国的故事，将女儿国搬到北美，时间搬到公元441年，将那个被缠足、穿耳、施粉，具有女人气质与形象并服侍女王用餐的林之洋换成了唐敖。叙事者采用暗喻的手法，把华人男子在美国遭屈辱、奴役、歧视、消声的遭遇与之相比，暗示华人被主流"阉割"、"女性化"。开篇颇具戏剧性的情节，实则暗示了全篇的基调：为屈辱者、沉默者而歌。

首先，叙事者关注的是父亲跨越中美两个大陆的成长故事。在讲父亲之前，她回忆起小时候等父亲下班时错认一个与父亲相似的过路人，暗示着拥有与父亲同等的经历和背景的人很多，也为父亲与孩子们虽然亲密却尚待深入了解的关系埋下伏笔。叙事者又故意混淆了父亲的出生时间，只说出生于兔年，却未定是1891年还是1903年或1915年，一方面表达自己作为讲述者并没有完全知晓父亲生平，另一方面则对官方意义上父亲的生辰提出质疑，又映射美国针对中国的移民法造成的"契纸儿子"现象，更是将父亲泛化，将与父亲经历相似的华裔男性纳入声援和述说的范围之内。

在叙事者笔下，父亲的成长与他参加的科举和美国梦密不可分，然而它们也是父亲痛苦的来源。科举是中国古代通往成功的阶梯，父亲一旦金榜题名就会升官发财，飞黄腾达，鸡犬升天。然而，父亲饱读诗书后参加科举考试并未取得好的名次，"他本来会过上更加舒适的生活，不必到金山来的"。在这里，科举考试与到美国金山来挖金发财的美国梦联系在一起。其实两者的性质大致相同，都是为了能够找到成功的方向，靠自身努力爬上社会上层，从而摆脱贫困低贱的生活状态。但是，事实证明，这两者对于父亲来说，皆为虚妄。父亲科举不利，只谋得一个乡村教师的职务。然而学生根本不懂得尊师重教，反为金山梦所迷，认为不用学习，去金山淘金便可以成就自己，本应充满学识气味的课堂变成了一场场戏耍先生的闹剧。父亲上课没有成就感，渐渐醉心于回乡的"金山客"们似是而非的发财故事，于是决定与回乡的男人一起远赴金山。成为"金山客"实为父亲在中国梦幻灭后作出的一个不得已的选择。众人在听"金山客"的发财故事时，有意地回避其中的苦痛经历，然而，无所依傍的父亲从此飘泊天涯，才真正体会到疾苦和屈辱常伴美国梦。

叙事者以"合法入境—经历天使岛移民官的关押与审查"和"非法—

经海运蛇头偷渡入境"两种版本的故事，将自己父亲的历史置于所有华裔男性的移民历史中，为千千万万的移民父亲而歌。两种版本的入境同样千辛万苦，合法之路面临着漫长的等待、困苦的牢狱生活、讯问官的羞辱和陷阱式的拷问，又要面临被驱逐出境的危险。很多人在监狱墙上写满思乡与悲愤的字句，忍受不了如此生活的人甚至自尽而亡。同样，非法之路要忍受一路海运的颠簸、沉船的危险以及在板条箱内坐牢般的生活。一旦被发现，就有可能会"被蒙上眼睛走跳板，溺水而死；在牢中度过一生；戴着手铐脚镣被扔在船板上，寻找藏在别处的其他人；被绞死，或是被遣送回中国"。

　　根据后一个版本，父亲来到美国后，与人入股，合伙开洗衣店以维持生计。他发现"金山真是个自由的地方：没有礼仪、没有传统、没有女人"，他们从事传统女人的职业，排华法案将女人限制在外，唐人街变成了单身汉社会，他们亦不懂得美国的文化传统，自然处于尴尬的边缘地位，聊以慰藉的就是周末去舞厅泡泡洋妞。父亲则以一边喝酒、一边抽烟、一边看书为孤苦生活的最大乐事。然而，他们努力以美国梦的实现者自居，买汽车、摩托车、租飞机，父亲也买来价值 200 美元的西装，与朋友们合影，寄回家里给母亲。母亲来美国与父亲团聚之后，"朋友之情胜过兄弟之情"的洗衣店同乡竟合伙骗走了父亲的股份，使父母不得不横穿美国，去加州另谋生路。顷刻间，美国梦灰飞烟灭，一切皆成泡影。这暗示出华裔内部本身的纷争和互相倾轧的情状，又反映出所谓美国梦的虚幻性。

　　父亲和母亲定居在旧金山之后的家史变为家族内部的叙事，一个由成长中的"我"参与和见证的故事。此时，"我"涉入父亲的"领地"——地窖、楼阁和赌场中，窥探他的秘密。在家里的地窖中藏着一口井，据父亲说是通往地球深处的一个入口，井水是毒水，必须烧二十分钟才能喝。然而井被叙事者想象成通向中国的入口，她担心不小心掉下去就到达中国。这口井可以看作是父亲心中通向中国的通道，虽然父亲不肯回顾历史，但是他的中国记忆和对故乡的多重情怀就如井水一样，被盖了起来，藏在地窖中，不被挖掘，就是喝也要过滤，一旦不经过小心的处理就会伤害自己，这就如家族中关涉移民的历史一样，不合法的、无法说出口的历史和禁忌，一旦在美国社会中外泄，就必将殃及自己和家人。井水的另一重解释，可以看成是中国的文化与记忆。自然，中国旧社会中的陋习禁忌颇多，在精粹中藏有糟粕，去其糟粕，取其精华，"毒水"才能为己用。父亲的另一块领地是家里的阁楼，厨房顶上的阁楼实际上是一大块空间，女儿需要为父亲把未曾填补的秘密填补上去，也为自己向父亲争取这么一块属于自己的生存与话语空间而努力。父亲的第三个重要的生活领地实际上是个华人聚集的赌场，是父亲的工作地点，这个空间因为违法无法得见天日，被安置在唐人街最不起眼的地方。父亲帮人经营和管理赌场，同时又要替老板背黑锅、承担被警察逮捕的风险，他每次都要改变名字以骗过警察。这个公共空间象征着父亲尴尬的生存境遇与无处不在的剥削和威胁。这里汇集了生活困窘并希望通过运气来改变生活的华人移民，他们的钱却总被白人赌客赢去。直到后来，美国警方取缔了这家赌场，父亲变成了无业游民。

叙事者通过翻检家史，明白了仅靠妻子辛苦赚钱养家的父亲为何在家里情绪时而低落时而暴躁。同时，本打算买房子的父亲屡遭业主暗算，做佣人的母亲也备受凌辱；华人也欺行霸市，半夜偷走她家门口的树；在中国老家的亲戚也写信要钱……这一切来自美国、中国、华裔社区各方的欺诈和压迫使生活几近崩溃的父亲每日做着噩梦。终于，父亲买下一个朋友的洗衣店，又买下了一栋房子，在美国拥有了他的住所和店铺，并且养鸡养鸟、种菜栽树，一步步实践自己的美国梦，在重重困难中建立自己的美国家园，实现自己的成长。

其次，叙事者亦将曾祖父和祖父等人的故事放在父系的历史中。在"檀香山的曾祖父"一章中，讲述了自己远行至夏威夷，作为倾听者和发现者，在甘蔗园中寻找和倾听曾在这里辛勤劳作的曾祖父的遗音。接着又在"内华达山脉中的祖父"一章中，想象祖父辈们修建美国铁路的壮举。

叙事者在檀香山听到曾祖父辈们以自己特殊的方式，反抗在主流压抑下的沉默。在中国天灾人祸泛滥、战争频仍的时代，曾祖父受代理人蛊惑，漂洋过海来到夏威夷的檀香山，作为华工来开垦农场，耕种收割甘蔗。日复一日的辛勤劳作并未换来丰硕的收入，他们的工作环境极其恶劣，还不准在工作时间说话，否则就要被扣工资和挨打。被剥夺了话语权的曾祖父同时感受到了被阉割的压迫，他说："假如我知道必须发誓沉默的话，我早就削发为僧了。很显然我们都已经发过誓要禁欲独身，反正大家都是男人。"曾祖父曾尝试用歌声评说世事，表达心愿，却被洋鬼子看穿，遭受了一次鞭打；继而，他又以咳嗽作为反抗和发言的方式，"深沉、悠长、响亮的咳嗽声似怒吼，如低吟，像大声喊出了心声一样令人舒坦"。曾祖父移用了猫耳王子的故事，国王令美国人都要保守王子长出猫耳朵的秘密，但是自己终究无法将之憋在心里，遂挖地开洞，大声吐露心中秘密。后来，春草破土发芽之时，秘密不胫而走。中国佬们也效法这个国王，在地上挖洞，述说自己的心事，缓解了自己的暗哑之苦和被禁锢的性欲。

接下来，叙事者所述的故事——祖父辈们修建美国东西铁路，大多数熟悉华裔历史和文学的人耳熟能详：架枕木，铺轨道，见山开山，遇河架桥，日夜兼程。其中的事件不断在文学文本中作为对抗历史而出现：中国佬与爱尔兰人竞赛，中国佬罢工要求提薪，中国佬修建完铁路就全部被遣散，历史上也拒绝记载他们的贡献。叙事者在讲述英雄历史时，着意刻画这些祖辈们的思乡之情和被阉割的感受，真实存在的历史混合了叙事者自己的想象，再一次为祖先争回对美国的拥有权。白人说："只有美国人才能够创造出这样的功绩。"叙事者并未作否认，因为"中国佬们在这片国土上，从南到北、从东到西铺设了纵横交错的钢轨。他们是这片土地上修建铁路的先驱者"，所以，"即使阿公没有花掉他的一半金子去买那份国籍文件，因为参加修建了这条铁路，他现在也应该是美国人了"。至此，叙事者并未将祖父的故事视为反成长故事，将他们的贡献与业绩经过叙事正名之后，把本是悲壮辛酸的耻辱洗刷，变成华裔族群的英雄传统与奋斗精神，融入华裔后代的成长精髓中，变为成长与传承的重要遗产。

　　与叙述父亲的身世时一样，叙事者为遭驱逐后四处逃难的阿公的归宿提供了不同说法：或者是成功回乡，钱花完了不得不重返美国，遇到旧金山地震和火灾而丧命；或者他在美国流浪街头，家人借钱借贷才把他带回中国；或者他的证书被烧或身份被《排华法案》取消，他变成了一个不被认可的人；或者他在旧金山地震和大火中救出自己的一个孩子。这些不同的归宿，都控诉了美国对华工的压迫与不公。在进一步的控诉中，叙事者在接下来的一章列举1868年的《柏林盖姆条约》至1978年的移民法中关于中国移民的种种歧视规定，这可以看作是阿公遭遇不幸的直接原因。同时，阿公不确定的说法，其实是叙述者将中国佬的各种结局悉数一遍，把中国移民的集体经验融入以阿公为代表的个体中，增加了阿公的经历的普世性和历史代表性，从而使之与父亲的故事一道成为华裔族群成长故事的具体化身。叙事者也通过对曾祖父在夏威夷甘蔗园开荒、安家的追忆，对阿公修建铁路的一系列悲壮行为进行重塑，从而完成了扮演听者和述者的任务，并通过倾听和述说完成了对曾祖父的认同，也完成了对自己的精神教育。

　　在这两章之后的"其他几个美国人的故事"中，叙事者又把家中的新移民和土生土长的人、年轻人和老人、男人和女人一起写进历史。这些故事中，有些是叙事者听来的，有些是经由自己参与见证的，叙述过程中贯穿着自己的感情与思考。其中，有客死他乡的四公，其灵魂仍游荡在美国；有在美国生活刚有起色的少傻，因忙于谋生而无暇顾及家中老母，最后母亲饿死在老家，灵魂找上门来，少傻被迫归乡妥葬、安抚母亲；有做过强盗杀过人的高公，文化与政治、距离和时间上的隔阂使他永远无法回家，更使他认定加利福尼亚就是自己的家；也有回到中国大陆成了共产党员的宾叔，满脑袋革命思想的他认为不仅白人洋鬼子是压迫者，上层阶级里的华人也从下层人身上榨取钱财，激进又疯癫的他想要回到中国实现自己的两大理想：麦芽和共产主义；还有经历多种苦难后来到旧金山唐人街定居下来的姨妈，她辛苦抚养的儿女在美国主流文化的影响下对这个大陆妈妈日渐疏远，代沟和文化差异日益加深，使他们无法沟通。思乡与回乡、记忆与遗忘、中国根与美国梦等的矛盾与冲突，在这些各有故事的人身上体现出来，给了叙事者反思的机会。

再次，叙事者又将历史时空拉近现实，将在越南的弟弟纳入叙事范围，把屈原改成力主和平而遭众人背离的流放者，与力主和平、反对战争的弟弟相类比，体现了叙事者对战争之血腥和残酷的认识、对和平的向往以及对弟弟"众人皆醉我独醒"的高尚境界的颂扬。

在讲述弟弟参军之前，叙事者将自己对战争的理解放置于叙事中，通过电影、画报、大人说故事和两个弟弟的出生，看到战争对人性的摧残及对生灵的涂炭。父亲被征兵后被开赌场的老板救回来，让他们一家都有了劫后余生的欣慰。"我"是这样表达和平愿望的：

当我留心着周围暗藏的专门绑架婴儿的坏人时，常常对着天空刚出现的星星许愿，愿它们能给人类带来和平。在许愿时我小心地限定了 peace "和平"一词的范围，以免好捉弄人的上帝会将世上的一切生物全都杀光来换取太平。我曾经用魔环、手镯、魔杖、穿着蒲公英裙子的仙女来祈求和平，还曾经把买来的活鱼放生，但战争让和平成了泡影。①

不仅是她个人，她的家人每次去堂会集合或看电影时，也都会许愿祈求和平、幸福，有个好收成。叙事者提及了"二战"时日裔移民被驱赶到安置营的不公平待遇，表明了她对和平的公正态度，她关心的不仅仅是自己的族裔安危。叙事者又将美国军部提供的《越南语常用短语手册》列出若干条目，其中一条是："你站在美国一边吗？人们会为自由而战吗？我们到这儿来时帮助那些为了以下方面而战的人：①自由世界；②美国；③盟军；

---

① ［美］汤亭亭著，肖锁章译：《中国佬》，南京：译林出版社 2002 年版，第 274～275 页。

④自由；⑤上帝。"这里显然暴露出美国为了美化战争、给暴力扩张寻求理由的虚伪和嚣张，让人不禁想起在美国种族歧视的压制下中国佬的生存手册。徐宗雄的小说《天堂树》中，扉页上列举的中国佬英语实用手册，写满了暴力与歧视下中国人的悲哀处境，而这个美国人手中的越南语手册适时反映了美国主流作为施暴者的张狂与虚伪。从这个意义上来说，叙事者不仅为中国移民发声，更以和平祈愿者的姿态，声讨美国主流的自大和偏激。

弟弟有着与父亲相似的经历，在等待上前线时任教于一所中学。父亲当年教书时面对的是一群不以学习为己任却热衷于金山发财的孩子；弟弟的学生们在战争年代则充满了极端的爱国主义热情，又存有盲目的反共、反日倾向，对这个主张和平的老师不屑一顾。所以，叙事者认为他如屈原一样，"是这里唯一一个有理智的、不自私的男人，唯一一个能正常思维、能保护他们安全的人，唯一一个会对人类间互相残杀提出质疑的人"。然而，弟弟因为美国是他唯一的家，他不得不选择入伍参军，所幸的是，"他没有被人杀死，而他也没有杀过任何人"。叙事者为弟弟辩护，认为在以战争经济为主导的国家中，做一个海军和一个平民并没有多大区别，因为平民消费任何物品，都同时支持着军队的建设，鼓励着战争。因此，叙事者在考量弟弟的窘境和思想情怀时，自己也达成了对战争的深刻认识和对力主和平的弟弟的深刻认同。

我们看到，女性叙事者在《中国佬》中，成功地颠覆了美国华裔无声的历史，追溯了父系诸辈诸人的悲壮经历，又力主和平，将眼光放置于美国甚至世界，完成了对父系历史和精神的体认，夯实了沉甸甸的关涉自我之历史，完成了自己的精神建构的成长旅程。

同样，在《女勇士》中，叙事者一路追溯与创造华裔母系历史，与此同时，又完善着自我的历史建构，一路成长。故事最后，叙事者特别指出："这里有一段故事，是母亲讲给我听的，不是小时候讲给我听的，而是最近。当时我对她说我也讲故事了。故事的前半部分是她讲的，后半部分是我加的。"至此，叙事本身亦真亦幻，历史的真实尚不可寻，但是心理感情的真实汇成了叙事的真实，虽然故事扑朔迷离、充满东方色彩，但是汇通了这样一个事实：在为母系诸人打破沉默并讲述了她们的成长/反成长故事的同时，在奠基了自我历史根基的同时，续写出了自己的故事，表达了自己的愿望。正如书中远赴匈奴的蔡琰，唱着汉族人与匈奴人共同的心愿和自己的悲喜，也在为自己而歌，同时歌唱着两个民族。

总之，《女勇士》与《中国佬》两部作品演绎了同一个叙事者不同的认同与理解维度——父系与母系，将个体成长融入讲述故事的过程中；将自我意识与身份认同的觉醒和建构，植根于母系与父系族裔历史的叙述过程中；又将审视个人历史与审视家族和国族的集体历史并置，突出了历史回溯对建构个体属性、恢复与维系个人和族群的关系的意义，从而呈现了叙事者充满历史感又不乏个体意义的成长之路。

第四节　小　结

华裔美国小说成长主题的族裔化成长模式，即主人公一路向外，通过对家族史、华裔移民史的回溯来获得成长的顿悟，是华裔美国文学中成长主题独具特色的部分。综合上述文本的探讨，这种成长主题模式具有以下特点：

首先，个人成长与家族史、华裔移民史紧密联系。纵观以上分析的几个文本，成长主角无不依靠一个或多个个体的追忆，把自己与关涉自我的历史联系起来，在族裔和家族体系的脉络中寻找自己的身份，完成成长中的个体连续性和历史性追认。所以，这种叙事带有一种寻根的色彩。这些主人公依靠发现和倾听，通过记忆与再记忆返回族裔的精神家园，踏上祖辈们悲壮的移民征程，促成对自我族裔文化的理解和认知，从而获取成长与生活的力量。它强调的是个体身份的历史感和渊源，体现了对自己特殊的族裔身份与历史的关注和认同。同时，个体的历史因置身于家族历史中，又在华裔历史中安营扎寨，从而被注入了强大的历史能量。族裔历史化身为个体的历史，使这些文本不仅从宏大历史叙事模式中摆脱出来，转向个人化的叙事立场，而且也改变了传统成长主题和成长小说的叙事模式。个体历史叙事在将家族作为一种故事枢纽和文化载体的同时，又将它深植到族裔以及人类精神的痛苦性本源上，并以此作为审视的切口，辐射出主人公对人生、族裔、社会的全面思考。个体在追溯的过程中，将家族与国族的历史同时呈现，这充分发挥了成长主题的隐喻功能，将家族、国族纳入成长史中，展示了华裔美国人整个族群的成长，从而为追溯被主流故意抹杀和湮没的华裔历史作出巨大贡献，扭转了被主流歪曲的华人形象，改变了华裔个人与集体被"他者化"的宿命。

其次，成长叙事采用了多重成长叙事交织的形式，在主人公成长过程中，融入另外一人或若干个人的成长史，要么是主人公自己在想象与追溯中直接变成祖父、曾祖父，以他们的口吻讲述他们的痛苦经历；要么对叙事视角进行多重转变，为这些人打破沉默的同时，也让他们走到台前讲述自己的故事；要么自己讲述他人故事，经过自己的创造、讲述，将之变为自己成长故事的一部分。这样的叙事会使读者看到主人公与他人的人生进行碰撞与交叠、对话与交流，通过他人透视主人公，使主人公的成长与发展呈现多个维度的立体状态，从而使读者对其有更加深刻的理解。主人公在成长中与他人有一种互动性关系，成长叙事的最后，是多个个体、集体性质的复杂的成长和认同，即集体成长（collaborative bildung）。罗希奥·G.戴维斯（Rocio G. Davis）在探讨亚裔北美文学中关涉童年的自传作品时，所作出的结论对本文讨论的成长主题的多重叙事具有相似的意义。她认为这种自传作品使用"关联性策略进行人生书写使自我再现呈现复杂化趋势，因其强调主体间性（intersubjectivity）而并非仅仅讨论个人"，这种强调在他人故事的影响或者与他人的张力关系下的成长，颠覆了传统意义上"独白式的自我呈现"（monologic representation），为华裔美国文学的成长主题提供了更多的叙事策略。

　　同时，需要特别指出的是，在对家族与族裔历史的挖掘中，我们看到叙事的差异，呈现在主人公眼前的是差异的历史。同为华裔美国文学的这些作品中，虽然重大历史事件如中国移民的天使岛经历、中国华工修建铁路、夏威夷甘蔗园开荒等是相同的，但是在每个人眼中这段历史则各具个体化色彩。这既与参与历史事件的人物各自成长环境有所不同、成长事件纷繁多样有关，又与口述的历史经由记忆重塑并加入个体想象成分密切相连，而如何回忆和重塑历史更与作家的创作意图和文化取向不无关系。

　　总之，族裔化成长模式的书写把成长的目光向自身以外拓展，成长者采取了回望动作，将家族、族裔历史纳入成长思考的范畴之内，这种成长模式的多重叙事和回溯性叙事策略改变了传统意义上以一人故事贯穿到底的线性成长叙事结构，使华裔作者更自由地选择和实验叙事形式，从而体现出一种有别于主流经典并具有族裔特色的成长叙事，为华裔美国文学的丰富和繁荣作出贡献。

第四章　华裔美国小说成长主题的个人化模式

如果说一个人的视力本有两种功能：一是向外去，无限宽广地拓展世界；另一个是向内来，无限深刻地去发现内心。那么华裔美国文学关涉成长主题的小说中，就有一部分主人公依靠回溯个体成长记忆中的深层记忆来获取成长的可能。他们重返内心，挖掘早年的回忆，打开那些被压抑多年的尘封往事，从而把心擦亮，重新获得对自我的认识，以及内心的豁然与自信，借此获得一种事后的成长。

关涉这种题材的作品，其作者笔下的记忆不只是单纯的故事，而是充满伤痛并充斥着对主人公自身的众多束缚——种族、性别、阶级的压迫，情感的重创与得失，其主题更具有普世意义，体现出对人生、生命、情感的深刻反思。华裔美国小说中，雷恩华（Andrea Louie）的《月饼》（*Moon Cakes*，1995）、刘爱美（Aimee Liu）的《脸》（*Face*，1994）、赵惠纯（Patricia Chao）的《猴王》（*Monkey King*，1997）、伍美琴（Mei Ng）的《裸体吃中餐》（*Eating Chinese Food Naked*，1998）、特蕾萨·勒杨·阮（Teresa LeYung Ryan）的《爱由心生》（*Love Made of Heart*，2002）等，都属于此类小说。这些作品是 20 世纪 90 年代以后大量涌现的新生代女作家的作品。因作者年龄和阅历的限制，她们大多将自身成长经历纳入叙事范围，拉出主人公成长故事的线索，使文本带有很强的自传性。

总体来讲，这种模式叙述的"史"是影响主人公成长的早年压抑回忆。这些被压抑的记忆通常表现为长期或者短期的创伤性记忆。创伤（trauma）一词源于希腊语，原指身体所受到的迫害，后来在 19 世纪末期被精神分析学者引入精神层面，心理学者皮埃尔·雅内（Pierre Janet）、弗洛伊德（Sigmund Freud）、凯西·卡鲁斯（Cathy Caruth）等都有阐述过关于创伤的理论。直言之，创伤性记忆指个体在成长期间因心理受挫而形成的创伤，这在心理上会形成一种顽固性的症结，而这种心理症结并不能随着伤害事件的完结而消失；相反，它会以压抑的状态一直隐伏在个体的潜意识深处，并在个体的整个成长历程中以一种隐蔽而有力的方式影响并制约着成长个体的行为意志，使其持续感到不安和苦闷。因此，一定要回溯记忆中的创伤性体验，释放被压抑的记忆，被阻滞的个体成长才能持续进行。

　　创伤性记忆可以属于个人，也可以作用于一个群体。如果说美国主流社会所淹没的华裔历史和父系传承之延续的悲壮移民史是华裔族群的集体记忆（或称集体创伤性记忆），对家族在中国时的历史记忆是父／母辈家族的小集体记忆，那么自我早年压抑回忆便是个体记忆。虽然个体记忆永远无法脱离集体记忆，然而相对集体记忆，个体记忆更具个人色彩。每个人生存境遇的不同决定了个体记忆的不同，即使拥有相同的集体记忆，个体的差异依然造就了不同的人生经历和成长历程。成长的讲述者在不同时间一次一次开始，每一次讲述都是面对伤痛以及不堪回首之往事的一种姿态。

　　这类模式叙述往往表现主人公对自我生活的疏离，由于个体精神桎梏与创伤性、压抑性的事件，制约着生活与成长，迫使其偏离正常的生存轨道，在这个维度下，主人公的成长往往表现为挖掘线性成长过程中被掩埋了的创伤性记忆，展开对被压抑的记忆的无限内省，以释放阻隔和压抑成长的负面能量。本章选取两组作品进行比较研究——《月饼》和《裸体吃中餐》、《脸》与《猴王》。前两部作品中的女主人公与父母亲有着过分纠结的各自的心灵阻滞和创伤以及记忆，使女主人公踯躅在分离与回归的途中；后两部同为混血女作家的作品，具有艺术家气质的主人公挣扎于早年梦魇式记忆的桎梏中。这四部小说展现了华裔女性个体成长的独特境遇，诠释着拥有着相似经历的人不同的成长趋向。

第一节　迷失与折返：女性成长悖论
——《月饼》和《裸体吃中餐》

一、无处遁逃的失落

　　雷恩华是现任美国密歇根州大学人类学副教授，她于 1995 年出版的小说《月饼》是她在文学上的第一次尝试。《月饼》中的第一人称（成长主人公）玛雅（Maya）与作者一样，是出生于美国的第一代华裔，"一个农民儿子的中国女儿"。小说出版至今并未引起批评界的普遍关注，它本身的价值没有得到应有的评价，读者也对其评价不一。也有人认为她的散文体风格颇具特色，故事动人，也有人认为小说的叙事技巧尚需磨炼。①倒是她根据自己的中国寻根项目所著的论文集《跨界的中国属性——中美文化中的华裔身份再磋商》（*Chineseness across Borders：Renegotiating Chinese Identities in China and the United States*，2004）引起了族裔学者的兴趣。②然而，这本小说书写了成年玛雅在中国旅行时对自己在美国中西部经历的童年、青少年和成年成长过程的回忆，描述了一个华裔女性充满迷惘与失落的成长历程，展示了与谭恩美和汤亭亭等作家笔下的女主人公不同的生长经历和认同趋向，其成长主题具有丰富的学术价值，是值得严肃关注的。

　　1. 缺失的童年与迷惘的自我

　　《月饼》讲述了成年玛雅在美国失业与爱情总是不如意，生活若有所失，遂到中国旅游，一边游览一边回忆自己的成长经历。小说一开始便将读者引入一个"没有开始没有终结"的怪圈中，暗示玛雅的迷失之感和反成长倾向。开篇序幕拉开，便看到失却了现实感、时间感的成年玛雅站在深圳面向南中国海的一个山顶上，"就像在世界的尽头"，心怀跳海的冲动，幻想着跳进海里如若归入母体、自身生成柔软透明的水母，变成"另一种生命体，可爱而沉静"。小说的最后，玛雅中国行的最后一站是深圳，她亦是站在这个面向南海的山顶上，想象着投身大海、复归尘土。

　　玛雅的童年与其说是由极度的快乐和极度的悲伤构成，不如说是由父亲的存在与父亲的逝世组成的异度空间。在 11 岁之前，玛雅感觉自己生活在童话中的天堂。她和姐姐远离旧中国女儿的悲剧命运，并生活在父母创造的移民神话中，成长在美国这片应许之地。这个世界因有父亲和与父亲共同生活在空旷辽阔的美国中西部而变得如此温馨惬意。"我停留在亲爱的爸爸的记忆中，在中西部的风景中，那里树木坚挺，容易攀爬，那里雏菊、野胡萝卜花和蓝色的菊苣长满了乡村路边。"玛雅对严肃冷漠的母亲不甚亲近，过度关怀自我的母亲"像对待植物一样对待我们，浇了水就放在一

---

　　① 如有出版商评论为：Louie's emotionally resonant first novel， about a Chinese American woman's journey to the land of her ancestors and into her own past， is told in haunting prose but lacks a fully developed narrative. 见 http://www.amazon.com/Moon-Cakes-Andrea-Louie/dp/0345385543.

　　② 如 Shawn Wong（徐宗雄）， Martin E.Manalansan IV， Kamala Visweswaran 等作家和学者都对其有高度评价。见 Andrea Louie， *Chineseness across Borders：Renegotiating Chinese Identities in China and the United States*， Durham：Duke University Press， 2004.

边"，反而是父亲给予了她爱与关怀，更赋予了她家的感觉。父亲填补了母亲的角色，无怪乎她说："我特别爱爸爸，因为他不是妈妈。他是我逃避漠不关心的母亲的避难所。"

对父亲的过度依恋毋宁说是一种极端的恋父情结。对玛雅来说，父亲是她"梦想的男人"，一个对母亲温文尔雅的"骑士"；"他是我第一个爱上的男人，一个只属于我童年的男人，一个在我记忆中完美的男人"。并且，玛雅"爱爸爸胜过爱任何人"。父亲也偏爱玛雅多些，把她当成"眼睛里的苹果，他的小李子、小心肝"。玛雅的生活以父亲为中心，观察并铭刻父亲的每一个喜好、每一个动作，如吃冰激凌、种菜、炒菜、熨衣服等。父亲教会孩子们如何向生活微笑、爱生物，教会她和姐姐耐心、坚忍。对于玛雅来说，拥有父亲的生活就像"一支快乐的旋律、让人舒服的曲式"，拥有父亲的童年就像"一个可爱的睡前故事，一遍一遍地重复也永远不会感觉乏味"。沉迷在父亲营造的童话世界的玛雅不想成长："我不想长大，还要学开车，因为我长大了，也没什么地方要去。我不想出去约会，因为那些男孩看起来总有点令人生疑、讨厌，尤其是学校雨天提早放学时他们会拿着虫子在后面追着吓你。"对许多青少年来说，长大成人就意味着放弃纯洁和幻想。极端的恋父倾向、对父亲过度的依赖必然会对玛雅形成自我造成困扰，阻碍她结束与父母的共生状态以获得自我这一分离过程，这与女性主义学家波伏娃的观点是一致的，弗洛伊德的所谓恋父情结并非像他猜想的那样是一种性的欲望，而是对主体的彻底放弃，在顺从和崇拜中心甘情愿地变成客体。

玛雅静止的内心和反成长欲望与不断变换的外部生活世界形成了极大的反差。这种冲撞及由此产生的迷失与幻灭感，在她11岁那年父亲突然辞世之时突出地表现出来。身为全科医生的父亲病倒在职位上，永远离开了玛雅。童年烂漫的岁月转瞬间黯淡下来，家的归属感、安全感随着父亲的离去而消逝。玛雅的心理时间就此停滞，她甚至怀疑起自己的存在。经历了想念、愤怒、伤心、怀疑与自我责备的她始终无法释怀，将父亲的缺失永远刻在心上，以噩梦入怀，为其日后停滞的成长与无望的追寻埋下伏笔。

玛雅的童年并未因为岁月的流逝而终结，她迟迟未能成熟，无法融入成人生活。玛雅在高中时，被看作是个举止、性格奇怪的孩子，一个"一群白色脸孔中错了位的中国孩子"。姐姐长大了，而玛雅却仍旧是那个缺少安全感的小孩。看到姐姐早已摆脱父亲去世的阴影，变得成熟、圆滑、势利，一天天远离玛雅，为自己而生活的时候，玛雅失落至极却仍不肯接受现实社会生活的复杂、矛盾与残缺。成年之后，上了大学的她虽然经历了多元化的转变，在大学里选修了诸如超验主义、立体主义、女性主义之类的课程，成为舍友眼中的"新、嬉皮、华裔、拉丁、美国、时髦的朋友"，但是她仍然与现实格格不入。她渴望爱与友谊，却因无法与人正常沟通而屡屡受挫；她依然没有时间感、没有存在的归属感；她长期生活于一种自我否定的状态下，对任何事情，包括自己正常的女性生理现象都会敏感不安，妄想逃避和隐藏自己，多次强调"我的感觉非常奇怪，不得其所"；"真的。我的青春期之后任何事情都是每况愈下的。"玛雅始终无法完成个体的社会化，无法融入成人生活中去。大学毕业也没有找到正式工作，仍然游离于社会之外。究其根源，主要是因为她虽然身体随着现实时间的流逝而得到成长，但心灵成长仍停留在童年父亲去世的重创中。

2．自我献祭式的寻父之旅

小说在叙事结构上采用了两条线索并行书写的范式。玛雅因事业和生活总是若有所失，充满了惆怅，无意中收到亚裔美国研究中心的邀请，便报名应邀了中国游，参加了这个"一生一次的文化体验"。在旅途中的玛雅一边游览着中国各地，一边不断地回忆着过去，反思着生命中的多重主题和与她曾相识相交的生命过客。玛雅的旅程一路向外，在身体延伸和体验中国风景与文化的同时，又踏上向内的回忆历程，回溯自己的成长岁月。小说中在描述一章中国行程之后，另一章自然引入玛雅对她生命之旅中重要人物的回忆，如此交替进行，诠释了玛雅自我献祭式的寻父之旅。临行之前，玛雅总会梦见一个黑头发、黑眼睛的小姑娘，为完成寻找月饼的使命，背起背包，穿梭于7–11便利店、蛋糕店甚至加油站。这个小女孩正是玛雅潜意识下的自我，敦促玛雅上路，赋予她两条路以寻找目的。于是，两条线索交织进行，笼罩在主人公浓烈的感伤与怅然心绪中。

在个人回忆的线索中，玛雅主要追溯了对三个人的回忆：父亲，恋人兰斯（Lance）和阿里克斯（Alex）。玛雅与兰斯和阿历克斯的交往都充满了浪漫的情节和英雄救美似的传奇，然而结局都以失败而告终。

一直以来，玛雅都持有一种被拯救的心态，期待着有人能够发现她的存在，从而自愿放弃自我，精神与肉体全部依附他人。"非常强烈的，我希望被发现。我希望有人能冲破忧郁的重围，带我逃走———个机智的侦探，一个戏院的主人，一个高大、黝黑、帅气的陌生人——任何一个穿着盔甲的骑士都行。我期待被拯救；我希望从我的迟疑和惨淡的性格中被拯救出来。如果我能够被发现，我的生命将会变化。就像蜕变的丑小鸭，我会转变成一个令人刮目的生命，有着修长的脖子，优雅的举止。"直到遇见兰斯，玛雅认为："这就是可以拯救我的男人。"英俊逼人的白人男孩兰斯出现在玛雅的西方文明课上，"就像电影里面，当摄像头停止时，远远的人群中你看见主角走过来一样"。在教授家里的聚会中，兰斯动听的吉他声和歌声更使玛雅钟情于他。

在文学作品中，像玛雅这样以被动、等待为成长态度的女主人公并不少见，例如哥特小说中就有大量被囚禁在古堡中等待拯救的公主和少女。女性主义学者波伏娃在《第二性》对传统文学中的女性作过特别考察："女人就如睡美人、灰姑娘、白雪公主，只是接受和服从。在诗歌和故事中的男人却扮演着寻找女人的探险者形象；他杀死巨龙、打倒巨人；她则被囚禁在塔里、宫殿里、花园里、洞穴里，被拴在石头上，一个囚徒，半睡半醒着。她等待着。"[1]女性在传统文学中的角色大体上是沉睡的、等待着的，故而是被动和局限的。她的成长必须有男性来推动，靠男性来拯救、唤醒和发现。小说《月饼》中，在成长过程中，玛雅对爱情的诠释和看法正落入了这样的窠臼。她没有主动地寻找爱情的意义与启发，而是希望通过爱人的赐予来复苏并获得新生。玛雅关于兰斯的记忆几乎都是兰斯为她做了些什么，玛雅只是在被动地接受：兰斯带她去科技大楼楼顶上看星座；兰斯带她去生物温室里为她摘兰花；兰斯带她回自己房间给她读字典、和她吃热狗；兰斯让她坐在他自行车后面，带她漫天遍野地周游。玛雅的情绪和思绪全部由兰斯牵着走："我觉得我就好像一只小狗，在他脚后闪躲，试图测试主人的耐心。"即使意识到这点，玛雅仍旧如此。

然而，无论与兰斯如何亲近，兰斯仍旧不肯与她牵手；无论同床滞留多久，仍没有激情产生。玛雅非但没有通过恋爱认识自我、获得成长，反而开始对自己产生怀疑：

我们从来没有一起睡过，兰斯和我。他觉得最好不要，好像那样会败坏我们的友谊。我困扰不已，考量着是不是我有什么问题。他认为我胖？或者因为我是华裔？有时，我室友不在房间，我就在梳妆台前的小镜子里不停地照，嘴吸起来看看颊骨出来会是什么样子。我摆弄着眼线膏，试图给眼睛一点深度。[2]

由此可见，玛雅怀疑自我的一个向度便是华裔后代的血统。文化身份的自我怀疑使其难以正常成长。西化的她仍然对自己一张东方脸耿耿于怀。

---

① Simone de Beauvoir，*The Second Sex*，New York：Bantam Books，1970，pp.271 - 272.

② Andrea Louie，*Moon Cakes*. New York：Ballantine Books，1995，p.180.

在小时候，她就曾被误认为是越南人而遭反越人士的侮辱。对自己的文化身份的怀疑也是她无法成长和自我确认的一个因素。

怀着被拯救心理的玛雅看着兰斯一点点自闭并退回到自己的心理世界，直至最后骑着单车转身而去、身死何方亦不知，根本无法拯救与兰斯的感情。与兰斯在一起的时光其实正是玛雅进一步沦陷并迷失在自己的围城之中的时候。"我相信他的陪伴使我变得比真正的我更加有趣。我是一个被错置在美国中西部，一个西班牙语要比粤语更好的中国孩子，除此之外我到底是谁呢？"书中第一人称有限视角并未交代兰斯到底因何沉寂、泯灭，除了提到有一次他带玛雅去自己长大的地方，怪异地谈起"成人对待小孩就像对待屎一样"之外，并未透露任何缘由。在情感中等待拯救的玛雅无法施行自我拯救。英雄败走，自我沉沦，无法自救，被英雄拯救的梦自然落空。

就像爸爸一样，兰斯不留一丝痕迹地走了，也许这样使事情变得更糟。我想，我不能忍受。开始时，兰斯成为我心中的一个谜，在记忆中要比在现实中更加高大。……当我需要被铁甲骑士拯救时，他进入了我的生活。兰斯是一个英雄的名字，我本想他就是能够把我自己从我的世界中拯救出来。他有英雄的精神，却没有英雄的坚忍不拔，或者他没有勇气。[①]

于是，对于玛雅来说，兰斯就像他送给她的那个空白日记本一样，空有回忆，却没有给玛雅的成长带来任何积极的改变，使她心口上不断回响与震荡着父亲离去带来的悲痛。失魂落魄的玛雅更加沮丧，经历了父亲去世之后的又一次心碎。

阿历克斯亦是玛雅刻骨铭心的爱人。他们无疾而终的爱情说明了两个缺失了母爱的人走在一起，同样不能互相拯救。阿历克斯生于香港，留学美国，主攻系统管理，与玛雅相会在亚洲留学生中秋聚会上。玛雅对帅气友善、与父亲一样会做中国菜的阿历克斯不禁心仪，不久便与他热恋、同居。然而，玛雅慢慢发现阿历克斯努力把每天日程排满，总喜欢与人交往，而且做事都有自己的计划，实则这是他孤独的表现。"虽然他有着一系列的社会交际，但是他的心上总有遥远的一处，一片暗地。"他有重重心事，却并不与人坦诚吐露，而是深埋心底。原来阿历克斯的童年有着挥之不去

---

① Andrea Louie，*Moon Cakes*. New York：Ballantine Books，1995，p.198.

的阴霾：他心爱的弟弟在他 4 岁时不幸夭折。母亲痛失爱子，决定不再为家庭付出，而是自谋经济，成为了香港成功的商业女性。与玛雅一样，他们的童年缺少母亲的爱，所以说，"他和我开玩笑说我们相互吸引是因为以某种形式缺少了一方父母，成了孤儿，所以我们的性格上有些共同点"。然而，两个同样童年缺失母爱的人，无法互相促进对方的成长。阿历克斯始终无法忘怀童年的家乡，正如他喜欢画中国山水画一样。阿历克斯年迈体弱的父亲来美拜访他们时，玛雅才明了他更放不下的是自己的父亲。父亲与母亲常年不合，父亲无力支持他来美国读书，又身染重疾，时日不多，而母亲给予他经济支持是希望他拿到绿卡，扩展自己的生意。毕业时分，在去留关头上，玛雅得知阿历克斯准备回到中国，回到父亲身边，回到童年栖身之地，所以无法给予她幸福与家庭，便黯然离去。

　　玛雅与阿历克斯的情感历程如同与兰斯在一起时那样，玛雅亦是采取一种被动的态度，等待幸福的降临。阿历克斯终究折返与父亲共生的童年时代，陪同父亲走完生命历程，抛下等待拯救的玛雅。他所考虑的除了一种照顾父亲的责任，更是基于依恋、对童年所失的忧伤，从而折返于内心、归位于成长之前的混沌与初开状态。所以阿历克斯并没有选择在美国成长，没有选择与父亲和自我根基分离，选择了一种逆向的方式成长。虽然他不会像兰斯一样，最后以死终结自己，但是，在玛雅心中，阿历克斯已与父亲、兰斯无异，终将消逝在玛雅的生活中，无法解救玛雅；玛雅依靠他人来解救自己，终将身心俱泯，失落自我。

　　从玛雅对兰斯、阿历克斯的钟情与依恋，我们可以清晰地看出玛雅寻父的努力。玛雅告诉读者："我一直努力在其他男人身上寻找爸爸去世之时所丢失的爱。"父亲本可以拯救玛雅，让她逃出缺失母爱的童年，然而父亲过早离开她；兰斯也许可以拯救玛雅，填补父亲的缺失，却枯萎在自己的世界里，"他站在我爸爸的身边，也成为一个匆匆离开世界的人"；与父亲一样黄色脸孔、会烧中国菜的阿历克斯本可以拯救玛雅，却退回到成长之初，回到中国的根。他们曾赋予的点滴温暖，都会使玛雅想起父亲所给予的温暖。这些温暖，却无法持久，因为玛雅没有学会发光发热的本领，父亲的恒星陨落的时候，她没有找到温暖自己的方法，在成长途中只会等待别人的余热，一旦余热殆尽，她自己就又变回一颗冰冷的行星。所以，与兰斯、阿里克斯的爱恋旅程也就是她寻找父亲、填补父亲缺失的旅程。这看似诗话的悲剧浪漫，实则体现了女性主体性生成的成长惰性与困境；这看似拯救自我的努力，其实否定、出卖了自己。实际上，这个旅程已经变成了自我献祭，玛雅仍然躺在父亲冰冷的祭台上，绝望地等待着。

3．家与根的悖论

玛雅感慨地说："男人们像回头浪一样涌过我的生活，或漫步轻流或奔流不息，偶尔不安全，却总是存在……我靠男人们来把持自己的时间；正是他们打断时间，赋予我年月以节奏和向前的运动。也许这是因为他们带来了干扰，走时留下了更多的混乱。"她的内心生活主要依赖于一个主要的情感诉求——对男人（或者说父亲）的强烈依恋，对弥补童年缺失、重获父爱的渴望。然而，这并未通过成长过程尤其是与男人的纠葛获得满足。反之，玛雅更加迷惑。无处寻觅自己、无法获得生命完整感的玛雅转向父亲与阿历克斯共同生长的中国，企图获得些许顿悟。寻找祖籍之地、重游文化之本被认为是寻根寻家的行为。自然，玛雅的第二个旅程——现实中的中国之旅——是玛雅的疗伤之旅，也是她的寻根之旅。然而，第二条叙事线索揭示了玛雅面对族裔之根时选择的是断绝它而不是认同它，开启了她自己归属美国之"悟"，阐释了玛雅成长突围的特殊方式。

首先，玛雅心中的家的概念与根的概念是非常不同的。父亲去世后，仅靠父亲维系的家支离破碎，成为充满禁忌记忆的"鬼屋"。"我渴望回家"，玛雅说。然而，玛雅的家是不是中国的根？玛雅这样描述家的影像：

> 我心中充满了多年积累下来的不同种家的影像，它们全部与男人有关：我回想起爸爸在熨衣板前，一边哼着粤剧女人的唱腔一边熨着衬衫的褶皱；我回忆起兰斯看着热狗锅里面水开时，我黏在他身边闻到他毛衣的丰富味道；更多时候我想起阿历克斯，我们一起很多时候都会生活得有声有色，然后像孩子一样再把它搞乱。[1]

玛雅心中的家充满了家庭生活的气息，一定要有男性驻扎其中。然而这个家与中国的家（根）却没有必然联系。当阿历克斯决意回中国时，玛雅的思量便暗示出她对中国的家并没有认同和归属感，玛雅生于斯长于斯的美国才是她认同的家。她说：

> 我不想去那里（中国），我跟他们长得一样却感觉像个异乡人。我对中国也没有亲切感，并不向往地球另一边的那片大陆。但是美国，这片曾经的梦想之疆却不一样。这是家，我骨子里是这样感觉的。我不能想象离开她的情景。[2]

---

① Andrea Louie, *Moon Cakes*. New York：Ballantine Books, 1995, p.267.
② Andrea Louie, *Moon Cakes*. New York：Ballantine Books, 1995, p.282.

所以，被玛雅称作"杂碎之地"（land of chop suey）的中国并不被玛雅认同。出于爱情的挫败与绝望，玛雅才开始了她的中国之行。

其次，玛雅并没有在中国之行找到认同自己族裔身份的顿悟。他们旅行团一行人从北京开始，途径内蒙古、银川、兰州、西安、成都、重庆、武汉、广州、深圳，一路从北到南，从西到东。然而，玛雅"观察着、等待着，却不知道期待着什么"。玛雅是以第一世界的人的眼光和东方主义的刻板印象俯视当时的中国。那时的中国正值20世纪七八十年代，贫穷落后、禁锢的思想并没有完全改观。任何事物好似都唤不起她的共鸣：这是一个第三世界国家，景观、环境都仿佛处于静止、颓废状态，如灰蒙蒙的北京，自行车如流，人们默然相视，缺乏活力；紫禁城是"庞大、压抑、不自然的"，长城，"巨大的石头建筑，对我始终沉默着"；北京烤鸭是"不人道的"；京剧是震耳欲聋，不可理解的……玛雅不停地提醒自己，是不是有了顿悟，感受到了什么，然而触动心灵的却是使玛雅回想起自己的爱人的情景：内蒙古空旷的草原使父亲的身影浮现在玛雅的眼前，蒙古民歌唤醒了她对兰斯的思念，重庆画家村的笔墨纸砚使她想起了爱画中国山水的阿历克斯。

所以，与其说玛雅踏上寻根之路，不如说她是跟过去自己的告别，与族裔根系的断绝。她多次把记忆比作流水，"水保存了所有的秘密"。参观武则天墓之时，玛雅在沉思中，斩断了自己的中国之根：

当我的记忆随着这些记得我的人的辞世而泯灭的时候，我也一样从人世间消逝了。我很清楚，因为我对祖父祖母、曾祖父曾祖母一无所知。他们的骨已化作尘土，一丝无存。他们的灵魂——如果真的存在的话——以一种我无法企及的方式存在着。

我死的时候，试想一下：关于爸爸和兰斯的记忆也会消失了。甚至我的罪恶也会跟着我进入坟墓……①

由此看出，难怪玛雅无法寻觅到认同式的顿悟。在她看来，根早已随着人、随着存有关于他们的记忆的人的逝去而消失。根，早已不存在。那么，玛雅在中国之行到底寻找到了什么呢？正如玛雅梦境中的那个找月饼的小女孩最终没有找到月饼一样，玛雅也没有找到"什么是中国人"的答案："什

① Andrea Louie, *Moon Cakes*. New York：Ballantine Books, 1995, pp.218 – 219.

么都没有，我什么也没听到，也没感觉到。只是一种空虚，而我本该越来越充满确信的。"

旅途中的玛雅意识到，自己到中国来的目的其实是为了寻找阿历克斯与父亲所认同的根与家：

我在寻找生为中国人的含义，因为正是阿历克斯的中国式的忠孝把他带回了地球的这一边。我寻找那种家的吸引，那种他所迷恋的召唤力量。现在我明白那是与父亲夜夜聆听的呼唤一样，隐藏在他粤剧磁带后面哀伤的吟唱。那是他迫不及待、近似残忍地挥别的家。①

如果说能够从寻根之路得到顿悟的话，那么玛雅正是通过理解、踏寻她一直深爱的男人们的文化之源才得以理解他们。顿悟了的玛雅在长江之上：

我注视水中，思绪飞扬，却并不觉得有威胁。我温情地回忆着父亲，他给我的嘴角带来了微笑。我回想着阿历克斯，也笑了起来，却没有一丝悔恨。他们两个是我生命中的至爱，他们的记忆又与这块奇妙的土地纠缠着。兰斯也在其中，因为他连接着这两个人，从一个到另一个的过渡。我不知道对于其他团友来说中国意味着什么，可能是一片异域、丝绸与辣椒的国度，抑或象牙和窈窕淑女之城。对于我来说，这就是一切开始的地方：这是塑造我爱的人的灵魂与肉体的初始之地。对此，我永存敬意。②

虽然，对于玛雅来说中国仍是熟悉的陌生之地，但是，这里是他深爱的男人的发源之地。到了旅行的尽头，玛雅似乎感受到了一种无法割舍却又非常陌生的情怀："这个国家一直非常奇特……当我奢侈地像疗伤般沉浸在她的风景里的时候，我不知道我什么时候开始爱她了。我只知道当我坐在这里，在临行一刻，我是多么无法忍受与她分离啊。"

所以，中国之旅给玛雅的成长带来突破的可能，给她的生活带来了希望，使她放下沉重的思念与感伤，为她开启新生活提供了契机。江水冲刷走她的悲伤，山顶埋葬了她旧时苦痛的灵魂，中国底层民生又使玛雅体会

① Andrea Louie，*Moon Cakes*. New York：Ballantine Books，1995，p.103.
② Andrea Louie，*Moon Cakes*. New York：Ballantine Books，1995，p.300.

到了生命的不易。她明白了父亲如何将自己在中国的饥饿与不幸遗忘，"创造出另一种生活，赋之以新的幸福的回忆"。如此生活的加减法，她也可以做到。小说的结尾，站在深圳海边的玛雅发现："这片土地是我的希望诞生之处。眼前的海是我的希望放逐之乡。"疗伤与顿悟之后的玛雅，仍旧属于美国，但新的生活已经开启。

总之，玛雅经历了从依靠男人维系自我、填补童年所失、被动绝望地寻找父亲，几近崩溃的反向成长，到在中国之行中，主动向身体之外寻求文化顿悟的过程。虽然这是以切断族裔根基为代价，而华裔女性主体建构被认为与族裔、文化身份的认同息息相关，由此会遭到诟病，但这不能不说也是一种成长突围的方式。美国化的玛雅对中国的理解其实仅限于东方主义式的再现，对她而言，中国仅仅是一个遥不可及又落后、陈腐的异邦，走马观花似的游览并不能使她深刻理解中国。所以，放弃对中国的认同并未给玛雅带来严重后果。其实，在美国生活中，玛雅更重要的成长途径是摆脱一种被动、等待的情绪，靠自身努力建构自我，寻找生存意义。如此看来，曾经自怜自哀、自我迷失和自我献祭的玛雅，在放下身前的羁绊与误途之后，仍有一片希望在前方。

二、沦陷与突围

《裸体吃中餐》是土生华裔女作家伍美琴于 1998 年出版的处女作，华裔女性主人公罗碧（Ruby Lee）的文化属性一直是批评界所关注的问题，贯穿于其中的主线，是女主人公的成长困惑。书中深刻复杂的华裔母女关系，女主人公的性取向和食物的隐喻——裸体与中餐是学者们持续关注的焦点。①《裸体吃中餐》中主人公的成长模式与《月饼》中的玛雅颇为相似：故事开始时罗碧已大学毕业，步入成年，却没有完全实现社会化，依然游离于主流社会之外，不停地打零工做兼职文秘，没有固定工作也没有积蓄与收入以很好地养活自己；玛雅处于绝望与悲伤中而踏上去中国的征途，而窘迫的罗碧折返回美国的家，重回成长之镇，回到身为中国移民的父母身边；玛雅在中国行中触景生情，伴着回忆一路行走，罗碧亦是如此，家

---

① 如最近的论著 Wenying Xu，*Eating Identities：Reading Food in Asian American Literature*，2008；*Martha Manning，The Common Thread：Mothers and Daughters：The Bond We Never Outgrow*，2003；Bella Adams，*Asian American Literature*，2008."裸体"和"中餐"分别以隐喻的形式代表着美国与中国、现代与传统、同化与族裔化。

中点滴，促生出一系列片段式的回忆，组成了一部家族移民传奇（immigrant saga）；故事最后，她们又要返回自己的生活，面对另一次独立自我的生成，又一个成长的起点。如果说玛雅的成长故事是一个关于寻找父亲、遗忘父亲的寻觅之途，那么罗碧的成长故事则是一个沦陷与突围母体，即回归母体与分离母体的挣扎之旅。

（一）母体的折返与重拾

年轻人作为自由个体，大学毕业之后做的第一件事莫过于寻找自己的新生活，开启生活的崭新一页，然而罗碧却相反。毕业之后她的第一个愿望便是离开四年的家，返回母亲存在的世界。虽然因经济困难而回家小住看似为一个合理的解释，然而罗碧返家的原因并不如此简单。当罗碧看到妈妈贝尔的时候，她"意识到她把母亲遗忘了，如今折返回来找回她"。可见，罗碧成长起点的一边，站的正是自己的母亲。卸下行囊的罗碧重回家中，重新爬梳、捡拾与母亲无法割舍，又阻碍着自我成长的情感联系。小说第三人称叙述视角中混杂了罗碧的第一人称叙事和母亲贝尔的回忆与思想动态，将建构这份感情的过程与这一家华裔移民在美国艰辛的成长史联系起来。

首先，罗碧自小就建立起强烈的拯救与保护母亲的爱欲。贝尔 17 岁时被富兰克林通过一纸照片认定，娶到美国来开始了他们的家庭生活。然而嫁给了"金山客"的母亲并未获得期待的幸福，她生活在富兰克林的大沙文式的父权生活中，"她的丈夫对她很苛刻，她竭尽全力去爱他。她做他最喜欢吃的菜，守着他的家，晚上又把身体献给他，但是他还是很苛刻"。贝尔不会英语，没有工作，只能被囚禁在家中，孤独寂寞。罗碧把这一切归咎于富兰克林，于是承担起照顾母亲的责任，从小到大，处处维护她，给她温暖。

逐渐建立的母女感情充满着浓烈的爱与欲望。6 岁的罗碧就已爱上自己的妈妈。她心怀着一种拯救情结，梦想着带着妈妈离开苛刻无情的丈夫，离开毫无温暖的家，幻想着跟妈妈一起住在森林的小屋里，过一种田园式的自由生活。罗碧童年的梦想到长大时一直存在。变得现实一些的她不再期望拥有一个森林小屋，而期待与母亲同住一间公寓。但是，罗碧想到自己都没法养活自己，没有房子，又要辗转回家来住，更别说让妈妈出来与她同住了。她又设想着与妈妈去佛罗里达短期旅行。由此看出，与妈妈同住一室 18 年的罗碧仍对妈妈存有强烈的爱和拯救欲望。罗碧一直期待维系与母亲共生的状态。然而，这种共生状态却阻碍了女儿的成长。

对此，精神分析女性主义者南希·乔多罗（Nancy J.Chodorow）关于母女关系的理论可以帮助我们理解罗碧与贝尔矛盾的母女情怀。她认为，母亲对子女的早期关怀，会深刻地影响他／她对自我的观感和日后的客体关系。但其中男孩对母亲的依恋（attachment）在某种程度上来说与女孩是不同的。母亲趋向于与自己的孩子保持一体的联系，但母亲把儿子视为性别的他者（sexual other），而母亲和女儿的原初认同与共生状态较之更加强烈，母女关系要比母子关系更加强烈和持久，母亲视女儿为自己的分身或延伸。延长的共生状态与过度的认同多发生在早期的母女关系中，并直接影响女儿日后的分离与个体化过程。在青春期甚至成年，这种前俄狄浦斯不分彼此的母女关系问题会持续浮现和重演，表现为诸如焦虑、紧张、完全的依恋、口头表达与食物联系，母亲对女儿身体的控制，以及原初认同等。①她同时主张女性研究不应局限于西方中产阶级妇女，而应关注不同文化、种族的母女关系模式，这对《裸体吃中餐》中这对华裔母女的感情提供了理解的依据。罗碧离开母亲的焦虑不安情绪、想要返回家寻找母亲的愿望以及对母亲与自己一起生活的想象，正是长久持续的母女依恋的表现。这种酷儿（queer）倾向过久地影响了她的生活和个体的形成。这种近似于畸形的母女关系，与美国主流种族主义对华裔移民家庭造成的亲情扭曲不无关系。接受西化教育，从事女性研究的女儿以"第一世界"的女性立场凝视"第三世界"的母亲，以自己的生活为参照，观察、审视、研究她，并希望拯救她。

其次，罗碧经历了与母亲分离的强烈的痛苦和回归母体的欲望。她视母亲为共生体，回归母体的欲望使她不能享受自己的生活，再多感情也无法投入，对重返母体念念不忘。四年住校期间，"第一次在她生命中她可以享受生活，所以她尽力忘却那种感觉，希望慢慢自己淡化"。她买新衣服，写诗，跟朋友聊天，有时还会喝酒。但是，这种重返的欲望仍然没有退却。"她总被一种不安搞得心神不宁，好像她忘记了什么重要的事情"，"她把自己投入新生活中，但这种不安的感觉始终无法消除。她每次把它推远，却又回来，感觉又更加强烈，四年之后，她终于屈服了，整理行李再一次回家"。这种不安使罗碧不得不回到成长的原点。"没人能够长久地让她不再魂不守舍。当她停止游荡的时候，正是此刻，回到起点。"她生活中很多习惯

① Nancy J.Chodorow，*The Reproduction of Mothering*：*Psychoanalysis and the Sociology of Gender*，Berkley：University of California Press，1987，pp.57 - 164.

都与母亲有关：床头放着母亲的相片；像母亲一样喜欢收藏；喜欢吃母亲做的中餐，并决意学做中餐。同时，贝尔所受的苦难和伤害，罗碧感同身受，母亲一双长满老茧的手、扣错的纽扣都会引发罗碧的心痛。成人了，毕业回家时罗碧看到贝尔头发稀松，开始谢顶，"只要一想到太阳可能会晒伤她妈妈的头顶她就义愤填膺，充满爱与保护的欲望"。离家的四年她也在不停地尝试遗忘，不停地体验独立自由的女性生活，然而她无时无刻不在回归母体的路上挣扎。她必须回到母亲身边，纾解开这种情感的纠结和羁绊，才能建立独立的主体，获得成长的可能。

再次，罗碧归家时又经历了折返后的矛盾挣扎。她回家时百般滋味在心头。她急迫地想要回家，却又对家充满抵制。想到又要住在破旧的皇后区（Queens）那个令人压抑的洗衣店，回到这个父母分房睡的家（其实这个家只是洗衣店后面的四个房间而已），罗碧十分不情愿。深受这三者之苦的罗碧不得不回来，因为"回家是她最不情愿的，可是她没有钱，也没有地方去"。母女之间细腻的交流，尤其是罗碧的心思，反映出她们内心的爱与苦的矛盾，凸显了两者面对彼此时的复杂心情。

罗碧与母亲都无法容忍彼此的分离。所以，当罗碧上大学离家的时候，第一次看见内敛的母亲落泪，之后她已无法面对与母亲再次分离，无法想象分离给母亲造成的伤害，所以总会说谎不回来。每次回来她却不想走，"罗碧总觉得妈妈会让她在她旧床上住一晚，但是，她妈妈总是极力赶她出门，最后罗碧还是走掉了"。贝尔想要女儿留下，但是她知道女儿又会离她而去，所以干脆在被遗弃之前自己赶女儿离开，避免了更多的伤痛和思念。母亲贝尔对罗碧的感情和对她回家的看法也是内敛而复杂的。贝尔看到罗碧提着行李回到了家，问："你在这待一阵？"她眼中充满了恐惧和希望。离开她四年的女儿回家了，这当然会给她寂寞的生活带来希望。恐惧意味着贝尔设想以同样的依恋之情面对已经成人、成为自由个体的女儿，却不知如何面对，期待她回来却又担心她又一次离开，母亲对这些并没有什么心理准备。所以，"有时候贝尔会觉得罗碧在家要比她不在更糟糕"。

贝尔与罗碧这对母女的心灵充满默契，极其敏感，母亲的点滴竟能触痛女儿的心，女儿的言语举止也会让母亲思绪万千。例如，回了家的罗碧跟妈妈聊天，当听着贝尔讲到罗碧小时候受到哥哥骚扰时，罗碧忍不住哭了，而两个人却极力装着不在意罗碧的眼泪；妈妈拿给罗碧一件过时的衣服，罗碧明知道自己不想穿，但仍答应她自己会穿的；一个晚上，罗碧亲了妈妈，然而两个人都觉得尴尬而赶快装作睡觉；罗碧给妈妈修椅子，想着妈妈孤单的身影不禁啜泣；甚至罗碧和妈妈聊起去佛罗里达度假时，妈妈一直不肯给她正面回答。"如果她说好，那要是罗碧改变主意了呢？再一次失望会要了她的命。如果她说不去，罗碧会觉得被拒绝了，会哭的。"母亲给予的过度关怀引起罗碧不安。她对男友尼克抱怨说："你知道我妈今天干了什么？她洗了我所有的短裤和袜子，是手洗的。她每天早上给我做一大堆早餐。我早上起来就看见放在炉灶上了。让我觉得快疯掉了。"由此可见，母女的两颗心好似被一根线连接了起来，彼此相通，如同一体，双方都小心翼翼，揣度着彼此的心思。

罗碧对母亲的感情投射到其他女性身上，并使她对女性也产生了欲望。总之，母女共生状态持续越久，越不利于女儿的成长。乔多罗在总结这一类母女症结之时曾说道："妈妈没有认可或者否认女儿作为一个分离的人存在，女儿自己也随之不能认可或者存在困难认可自己是个分离的人。"[1]在母亲营造的同体氛围中，女儿寻求主体的确立，个体的建构受到了挑战。母体的重返与重拾对于此时的罗碧来说是人生成长成熟的关隘。

（二）双重顿悟与双重分离

正如罗碧的男友、朋友都期望她能够有一天长大并安顿下来，"私底下罗碧也期待如此"。于是，罗碧再次回家，实际上意味着一次成长之前的了结，期待为之做一次性的了断。解铃还需系铃人。这个纠结了罗碧所有烦忧与不安、爱恨与情仇的家，只有她回来，重新回忆、重新审视、重新面对，才能解脱以获得成长的机会。于是，虽然依然带着拯救母亲的心态，参与家中活动的罗碧开始做着分离的尝试。

罗碧第一个实验便是搬到地下室去住，"她不想再跟她妈妈挤在那间小屋里了。一个成年女人应该有自己的房间"。然而，地下室里积满了多年来母亲对罗碧的回忆、母亲寂寞空虚时的怀念，使她仍未就此轻易割舍母亲。真正的契机实际上是母亲与罗碧二人为拥有彼此所进行的争夺。母亲与尼克争夺罗碧，罗碧与父亲争夺母亲。在这场争夺中，罗碧与母亲对她们的感情，甚至罗碧对尼克、罗碧对父亲都获得了更深的领悟和理解。

罗碧回家一个月后，男友尼克来皇后街造访。尼克的来访给贝尔造成不小的内心波动，罗碧与母亲的亲密感情带给尼克很大的心灵触动。贝尔、尼克和罗碧三者微妙的关系在这里精彩地演绎出来：贝尔在尼克面前努力

---

[1] Nancy J.Chodorow， *The Reproduction of Mothering*：*Psychoanalysis and the Sociology of Gender*， Berkley：University of California Press， 1987， p.103.

表现出一家之主的姿态，在厨房为招待他而忙来忙去，使尼克"不相信这就是罗碧自己觉得需要拯救的人"。贝尔又拿起罗碧给她买的遮阳帽给尼克看，炫耀罗碧与自己的感情，这使尼克妒忌不已，"也决心要赢回罗碧"。贝尔同时也嫉妒尼克与女儿的亲密关系，看着尼克和罗碧一起并肩洗碗，感觉很落魄、尴尬。贝尔与尼克相互嫉妒对方与罗碧的感情，两者互相炫耀自己对罗碧的感情，为争夺罗碧而各出招数。罗碧也为归属于何者进行着内心的挣扎，在挣扎的时刻作了这样的考量：

> 如果她和尼克不住在纽约，如果他们住在远离她的地方，那么她可以说"好的，宝贝，你和我。"如果她已经五十岁，疲于此事。如果他不这么白，不会弄湿她的枕头。如果她是女人。或者如果他不仅仅是男人……①

所有的如果皆是一个如果的两个方面：或者与母亲保持足够距离，或者与母亲没有距离。挣扎在十字路口的罗碧，倚在门前看着过往的车辆，倍感寂寥和迷失。

在母亲与尼克争夺罗碧的斗争中，母亲最后获得顿悟，决定退出罗碧的生活。尼克又一次来到罗碧家帮忙粉刷厨房。晚上与妈妈同房睡的罗碧悄悄下去地下室与尼克相会。妈妈禁不住下楼，当听到罗碧和男友做爱后，她顿悟了：她始终无法挽留罗碧在自己身边，已经长大并成为独立个体的女儿不可能也不必要留在自己身边。所以，贝尔决意拒绝罗碧，同时拒绝了与她去佛罗里达的旅行。尼克走后，她对罗碧说："你现在是个大人了。跟妈妈一起住不好。有人说现在佛罗里达有很多飓风。这时去并不好。你把这钱省下来给自己找个公寓吧。"虽然罗碧极不情愿，但是妈妈主意已定。因为无法也不能拥有女儿，贝尔遂将她推远，帮助罗碧突围，寻找自己的生活。

小说中的罗碧与父亲也进行着对贝尔的争夺。自小她对妈妈的过度依恋和保护就引起了父亲的嫉妒："他看见了她是多么爱慕她的母亲，这使他比以前任何时候更想贬低自己的妻子。但他对贝尔越是恶劣，罗碧就越爱贝尔。"罗碧回家后与父亲富兰克林的公开交锋源于一次对话。罗碧再次维护母亲，并告知父亲要带母亲旅行甚至远走高飞："你为什么对她这么苛刻？""你知道你可能会失去她。我搬走后她可能会过来跟我住。"

---

① Mei Ng, *Eating Chinese Food Naked*, New York: Washington Square Press, 1998, p.160.

富兰克林以一种防御性的回答否认妻子离开的可能："你妈妈属于这里，属于这个房子。你妈妈哪儿也不去。"富兰克林早在知道她们要去佛罗里达时，对贝尔和儿女的态度就开始慢慢地转变，并为真正融入贝尔的生活付出努力。他们一起应邀参加儿子凡（Van）的聚会，虽然最后不欢而散；父亲与新婚的女儿莉莉（Lily）及其丈夫吃饭并主动买单；与妻子贝尔也慢慢有话题聊天了；贝尔决定要粉刷厨房的时候，富兰克林非但没有如往常一样对小事横加指责或批评这是浪费，反而认同地回答："这样的地方是应该配个油漆工来干。"故事的最后，贝尔60岁生日那天，富兰克林拿出一张写有"致我亲爱的妻子"的贺卡，里面装着两张去佛罗里达的机票，为挽留妻子再努力一次。

贝尔没有接受机票，反而要富兰克林想办法退掉机票。这标志着在这场争夺中父亲象征性地获胜。母亲还是选择留在了父亲身边，选择留在了自己的世界里。但是，作出这样选择的母亲也是以自己的改变方式赢回了富兰克林的尊重。母亲开始为自己的权益辩护。当她收到佛罗里达的朋友给她的信时，父亲自恃一家之主已先看过，母亲反驳道"这是我的信"。父亲让她买捕鸟夹子来抓偷吃菜园果子的松鼠，母亲一口回绝，莉莉买回来的夹子最后又被贝尔扔掉了。这恰好暗示着母亲不愿意像那被夹住的松鼠一样，被残忍地束缚，孤独地忍受着束缚。建立了自尊的母亲最后穿着罗碧买给她的一双旅游鞋，每天在街上游历好久，仿佛弥补早年被禁锢的、自己错失了的了解世界、自由生活的机会。

在小说不断的回溯中，富兰克林作为第一代华裔移民，其艰难的生存历史被展现出来，慢慢回忆的时候，罗碧理解了父亲的艰辛和父亲无言的爱，也获得了文化认同性的体悟。从18岁富兰克林踏上美国土地开始，就没有过上这片应许之地应许的生活。反之，他经过了美国埃利斯岛移民局的审问，在单身汉唐人街艰难生活，又辗转回乡娶来母亲，经营一家洗衣店在皇后街维持生计，年过七十的他仍然为他人作嫁衣裳，洗衣熨衣，穿顾客留下的衣服。他整日跟热浆水打交道，手已经试不出温度来了。美国移民受歧视的历史造成窘迫的家境，父亲以家主身份、父权式的统治对儿女们的生活、工作造成负面影响。"每天为他人洗衣已使他自己筋疲力尽，唯一使他自己感觉强大的方法就是让他的妻子变小，所以他挑剔她腌鱼方法不对，发式不好，甚至问候早安的方式也不行。"罗碧开始学会原谅，"她可以忘记这就是那个苛刻的父亲，她们必须等父亲离开了屋子才敢呼吸、说话、活动。现在，当她把他的杯子放在熨斗架上，看着他熨衣服时，她仍可以再一次忘记"。当父亲爬上高高的衣服垛子给罗碧找合适的衣服穿时，当罗碧拿着父亲给的衣服时，罗碧不敢直视父亲，却想要哭泣。这标志着罗碧早已理解了父亲在美国种族歧视下性格的扭曲和艰辛生存的不易，原谅了他，并明了了父爱式的严肃和无言。这种爱的表达就如小时候父亲批评女儿九十八分的成绩，问她那两分跑哪里去了，但是背后逢人便夸她，又认为罗碧聪明，鼓励她接受西式教育，去远方上大学一样；又如长大回家了的罗碧做蛋糕失败时，父亲、母亲所做的一样，他们一起为罗碧开脱，告诉她蛋糕一半是好的，可以吃，告诉她不是她的原因，而是酵母过期了。

正是通过又一次站在父亲面前，罗碧再一次将这段家族记忆重新翻找出来，并赋予一番新的理解，然后才可以像粉刷了的厨房一样，掩埋起来，重新生活、行走。罗碧所成长的这个家，看似支离破碎，子女之间、子女与父母之间、父母之间都存在着这样或者那样的隔阂和矛盾。然而，他们都深深爱着彼此，却疏于对彼此的理解、沟通和表达。

罗碧与妈妈临行前互相理发，这象征着分离的仪式。这时候爸爸并没有责怪她们弄得厨房到处是头发，相反，却拿起扫把帮忙收拾起来，并逗笑说："这像个理发沙龙了。可能我也需要理发呢。"父母女儿三人一起笑了起来，所有前嫌都在此刻冰释。母女之间的双重顿悟，使二人都得以解脱。罗碧的顿悟源自理解父亲的辛酸，明白母亲终将守候在父亲身边，不会进入她的成人生活中。母亲贝尔的顿悟在于明晰女儿不可能永远留在自己身边，分离是女儿成长的一个必然过程，而母亲最后赢得父亲的尊重和自我体认使自己获得富足，不再孤单，又使罗碧安心离开、独立成长。

离家后的罗碧终觉解脱，在自己的公寓里看着对面房子里的人们跳舞，"她突然感激起来，她以后不用站在街角，等着找辆的士回皇后街"。但是，离开母体和家并不意味着与之隔绝。相反，这种血脉相连的亲情是永远无法隔断的。正如乔多罗所认为的，俄狄浦斯时期到来之时，虽然女孩转向父亲，但是并不意味着就此放弃或替代了对母亲的依恋，相反，它将持续一生。罗碧搬走后，依然保持对母亲的维系之情。她一直想要去学当厨师，对中国餐的依恋就如对母亲的感情一样，永远难以割舍。

除了与母亲的分离之外，罗碧又经历了一次分离：与男友分手。罗碧原以为尼克非常喜爱和珍惜她，然而有一次做爱之后，与尼克吃中餐时罗碧发现了破绽：

他（尼克）不停地把鸭子塞进嘴里。她一直在说，却没吃东西。他吃光了所有肉多的部分，把骨头多的留给了她。这让她沉默下来，突然觉得悲伤：

她喜欢一个把好的部分留给她自己吃的男人。她从小就被教育要把好的留给他人，这样他人也把好的留给她，他们这样可以互相照顾。她看着鸭子消失在他口中，拒绝伸手拿那几块好的肉。①

其实，罗碧的母亲正是以这样的方式爱着父亲，把最好吃的留给爱人。虽然两者看似陌生人，从来没有在孩子面前表现肌肤之亲，但是，母亲永远为父亲的肚子着想，了解他的饮食习惯，留下他中意的饭菜给他。母亲对子女亦是如此，甚至彼此的关心都围绕在对吃饭的关心上。罗碧发现，尼克爱她的程度是通过这样的细节被观察衡量出来的。这虽然是中国式的方法，却非常有效，身为白人的尼克是永远无法理解的。另外，罗碧曾告诉过他自己对女人的痴迷，但尼克毫不关心，认为只要她不是痴迷其他男人就好。尼克关心的是男性对女性独一无二的占有欲，却忽略了罗碧的心理需求。看似可惜的第二次分离其实已属必然。母亲与尼克之争中，母亲始终是胜者：罗碧知道母亲深沉内敛长久的爱是永远伴随着她的，而尼克则只是她生命中的过客而已。

总之，罗碧的成长经历一个迷失的折返，返回纠缠不清的母体，再一次与之分离，获得成长。如上所述，在这个过程中，罗碧经历了和母亲贝尔的双重顿悟与双重分离，终于罗碧的双重分离使她找到自我突围的方向，找到再一次出发的路。

第二节　压抑与反驳：女性的自我拯救
——《脸》和《猴王》

一、多元文化下混血儿的压抑与成长

小说《脸》（*Face*，1994）的作者刘爱美（Aimee E.Liu）有四分之一华裔血统，出生于美国的康涅狄格州，1975 年于耶鲁大学毕业，主修绘画，毕业后先后从事时装模特和空姐工作，直到伏案写作，开始了自己心仪已久的创作生涯，迄今为止亦有四部著作问世。她早在 1979 年就已出版自传《孤独》（*Solitaire*，1979），讲述自己患上厌食症的经历。到了 20 世纪 90 年代，她的另外两部小说——《脸》和《雾山》（*Cloud Mountain*，

---

① Mei Ng, *Eating Chinese Food Naked*, New York：Washington Square Press, 1998, p.234.

1998）才陆续出版，《雾山》以作者的祖母在中国的历史为蓝本，讲述动荡年代中跨国的婚恋。刘爱美于 2004 年出版的《鬼屋》（*Flash House*，2004），将爱情与侦探在跨文化的背景中呈现给读者，此书登上了《洛杉矶时报》畅销书榜，反映出作品的影响力越来越大和读者群不断扩展。

刘爱美的小说《脸》是其一部力作，从主题上来说是一部混血儿的成长故事，讲述混血儿钟美碧（Meibelle Chong）如何返回记忆和家，挖掘压抑成长的家族秘密和自我秘密。与很多华裔女作家的作品一样，其中充满了作者自己的生命线索。作者根据自己的艺术经历，将《脸》中的主人公美碧的成长设定为摄影艺术家的蜕变与成熟，让主人公以影像来摄取成长中的创伤性经验。迄今为止，《脸》的出版并未引起批评界足够的重视，但是读者和书评都对其进行了热评，如芭芭拉·霍佛特（Barbara Hoffert）在《图书馆杂志》（*Library Journal*）上评价此书说这部小说讲述生动，为美国多元文化遗产提供了另一个侧面。亚裔学者黄桂友曾预测到，刘爱美的作品在个人、家庭和社会层面认真展示和探讨了多元文化的问题，为未来学者们在社会和人类诸学科角度的研究提供了研究土壤。本节将追寻主人公的成长线索，探讨作品如何展示跨族婚姻产生的复杂身份认同，以及错综的家族秘密与压抑的个体记忆对主人公的成长等所带来的多重困惑。

（一）秘密中压抑的象征

美碧的故事是在一种充满悬念的、哥特式的氛围中展开叙述的。美碧经常被一个与自己童年生活有关的噩梦缠扰，以致她晚上经常尖叫而醒。选择美国西岸的空姐为职业多半是为了逃脱噩梦，但这种自我放纵与逃离仍多年未果，主人公美碧仍然被家族各种秘密掩埋，被童年噩梦阻截在成长的轨道上，无法释放。她在 28 岁的时候，在朋友的邀请和自我困顿难以解脱的情状下，重返离别许久的唐人街，探寻梦魇的根源，实现成长的突围。美碧可谓身处在秘密的迷宫之中，无论是亲密的家人如父母亲，还是唐人街的邻居汤米、古董店的老李，都有着封存起来、深埋在记忆里、不可以触摸的秘密。这些各色的秘密关涉到美碧的历史、血统、身份等重要成长议题。她多年来选择逃避和远离，仍然难以驱走这些噩梦，使自己成为"不可知的"或者"不可说的"压抑之象征。

美碧的秘密大体可以分为两种：一种秘密是她所不知晓的秘密，另一种是她已经知晓内幕但是必须将之压抑在心里的秘密。这两种秘密对于美碧来说影响是巨大的，严重地影响着美碧与家人的关系，遏制和压抑着美碧的成长。正如临床医学家伊雯·殷伯 – 布雷克博士（Even Imber-Black）曾经说过：

> 生活在家庭的核心秘密之外，可以形塑认同与行为，造成缺乏自信、疏离、猜疑的感受，并且会在咨询不足的情况下作出重大决定，然而生活在秘密之内，则可能会因责任、权利、焦虑、保护、羞愧、负担、恐惧，而创生出奇特的混合物，主要基于你是如何生活在某个秘密之内。①

秘密在《脸》中一直扮演重要角色，伴随着小说铺陈开来，一直到故事终结，隐藏的秘密一个一个被揭开，主人公的身世与家世慢慢呈现。秘密具有不足为外人道的性质，决定了它在知情者与不知情者之间划了一道无形的界限。如伊雯·殷伯 – 布雷克所说，它们对周旋于秘密之内与之外的人产生了诸多影响。想要获得逾越的可能，需要知情者的首肯和不知情者对秘密的持续探究。美碧就生活在秘密内外的特殊位置，隐匿的秘密以噩梦的形式侵袭着她，使她无法脱身、蜕变。梦中的美碧，无处可逃、无家可归，却渴望逃离危机四伏的漂浮状态。秘密缠身的她正如梦中穿浮在白色的云层中一样，看不见家的方向，也找不到未来成长的方向。反而，血腥、死亡与绝望时时缠绕着她。

这个家也因为潜藏的家史和各自不可告人的秘密而产生了诸多改变和隔阂。三个儿女均选择离家多年，通过不同的方式放逐和麻痹自己，父母分居，充满隔阂。思考着家人各自奇怪的生活状态，美碧说："现在，看着狂热的姐姐、颓废的哥哥、过分能干的妈妈和沉默的爸爸，我第一次怀疑是不是跟我的疯狂有关，而与我的噩梦无关。一些基因的共性。一些家族病毒使我们都或大或小地扭曲了。"可以说，每个人对待秘密的态度不仅决定了他们多年来的相处模式，也影响了他们之间的关系，甚至扭曲了他们的性格与人生。

强烈的不安、归属的动荡和阴魂不散的梦魇，造成美碧游荡多年，成

---

① 伊雯·殷伯 – 布雷克著，侯为之译：《秘密，说还是不说》，台北：张老师文化有限公司 2001 年版，第 23 页。参考 Evan Imber-Black, *The Secret Life of Families*: *Making Decisions about Secrets*: *When Keeping Secrets Can Harm You*, *When Keeping Secrets Can Heal You–and How to Know the Difference*, London: Random House Publishing Group, 1999.

长停滞，因此这是美碧执意探究自己和家族历史的直接原因。她坚信重返记忆、挖掘秘密对拯救自我的重要性，因为这是她多年自我放逐未果而又无法成长的核心。她心中的各种迷惑急需得到解答，能够给予她答案的正是保藏了历史秘密的记忆："记忆保存了我们的秘密。他们能回答我们的问题。他们告诉我们自己是谁，有时候我们需要什么。"

父亲的秘密是美碧的最大疑惑。父亲是中美混血儿，在"二战"期间成为一名优秀的摄影记者，为美国《生活》杂志到中国拍摄太平洋战区的战事。父亲突然从中国回来，放弃如日中天的拍摄事业。美碧发现："除了那一箱子袍子和刷子，他过去的历史在我要进入的时候却被岁月埋藏起来。"他心中可能隐藏着从未宣泄的秘密与无法言说的痛苦和忧伤。父亲在中国到底发生了什么，美碧从小一直猜到大。然而，父亲的缄默将她排斥在秘密之外，从而关闭了了解美碧过去的自我与家族的历史的入口，使她虽然在家却成了无家的流浪者。直到最后，当父亲得了肺癌而卧床不起时，美碧才得到了真正答案。父亲把无法回答的秘密写在给美碧的信上。家庭中的纷争正源于家族的伤痛历史。他在"二战"时在中国找到了正在北大教授历史的祖父，却目睹组织学生游行的祖父被杀。父亲惊恐地发现自己拍摄的照片不翼而飞，而后更发现照片中的人被国民党折磨害死，于是认为是自己的到来间接造成了祖父的死，继而憎恨自己，所以选择放弃摄影，将这段事实埋在心里，等待它慢慢褪色、消失。父亲决意不告诉美碧和妻子，唯恐自己无法面对，妻子也会因失望而离开他。他把这段沉重的记忆藏在心里，保持缄默，却发现它总是萦绕于心间，害死祖父的羞愧感仍然纠结于心头，遂成为他一生的噩梦。

父亲对家族历史的沉默，使美碧的身世也一同被埋没。她自己和姐姐的名字源于自己的两个姑姑，她却不认识这两个姑姑；她自己只有四分之一中国血统，不解的是父亲一家却搬来唐人街住，使她一个红发碧眼的孩子成为唐人街的歧视对象。原来，父亲的真名叫周（Chou），因为拥有中国血统而被白人男孩歧视，差点溺死在学校游泳池中。母亲怀孕后，父亲在商店里买婴儿枕时被当成日本人而遭抵制，一家人被迫搬到唐人街。然而搬到唐人街后，又受到华人的歧视，拥有白人母亲，身上有一半白人的血统的父亲被认为是白女巫（white witch）的后代，家族也因此会受到诅咒。心有余悸的父亲也将家中的不幸归因于自己的罪过和白女巫的诅咒。

美碧曾经看到父亲在"二战"时拍摄的照片：残缺的尸体、惊恐的脸庞、废墟般的街道，正是每夜她梦到的情景。母亲告诉美碧，这些照片在她的血液当中，父亲的才华也是她的宝贵遗产。这意味着这份遗产并非流光溢彩，也有日夜困扰着她的晦暗一面。看到这些照片的美碧，认为父亲在战争中看到了惨不忍睹的景象，透过镜头看到了太多的人间悲剧，"这些景象可以让人变成石头"，"这些情景一定在他的头脑中不断重放，醒着抑或睡着。使他无法逃脱"。的确，充满良知的父亲为了赚钱养家才接受任务，到中国拍摄悲惨的战争世界。他曾对美碧说："我已经跑遍了全世界，看见了值得看的，还有很多不值得看的。我看够了。"

随着美碧不断以片段式回忆拉近过去，又不断以摄影向唐人街摄取自己曾经的生活印记，不断寻找历史见证人来追回当初，尘封的秘密慢慢打开。唐人街的古董店老板老李背负着关于父亲和家族的更大的秘密。这个神秘的老人暗示着唐人街和中国的过去。老李店铺里面的中国古董，每一件都有着自己的历史。美碧对父亲和中国的理解，是通过老李讲述中国的故事进行联想和认同的。"老李教我去害怕或者喜爱的是一个魔幻与真实生活没有预兆的前提下相互交织的世界"。

老李给小时候的美碧讲过一个关于珍珠衫的故事：一个漂亮女人为经营珠宝生意的丈夫织了一件珍珠缝制的背心，却被另一个珠宝商看到，遂与之相恋，临行前将珍珠衫相赠。不料两个男人相遇，丈夫发现妻子移情别恋，将她卖给人做妾，她的情人则最后郁郁而终。失魂落魄的老李竟也拿出一件珍珠衫，黯然神伤，似乎自己是当事人。经汤米之口，美碧最终得知，此人被美碧父亲称为骗子、小偷，却是父亲的生父，自己的真正祖父。这个秘密的真相解释了父亲对老李的诡异态度，以及老李对美碧格外宠爱的原因。

涉入他人的秘密，挖掘与追寻"我是谁"的历史维度的同时，美碧也一步步逼近自己的秘密。美碧因看到过父亲在"二战"时拍摄的照片而被日夜困扰。同时，她发现噩梦并不完全来自父亲的照片。于是，进一步探究自己的历史成为她迫切的问题，核心地点便是唐人街的下东城。这段历史是美碧埋藏最深的、生命中最沉痛的秘密。她在14岁那年遭到唐人街帮派的轮奸，之后怀孕、堕胎。然而，这个帮派的领导者却是自己深爱的爷爷。这段沉痛的记忆解释了为何她无法接受汤米的爱。

与此同时，美碧的哥哥亨利、姐姐安娜、邻居汤米、童年的情人强尼也都有着自己的秘密。例如：亨利早年在外祖父母的农场上练习射击时误伤强尼，在心中留有阴影。所以，朋友汤米以枪相对时他惊恐不已，从此与汤米断交，一段亲密的兄弟情就此了结。然而这并非汤米的本意。这通过美碧最后的斡旋和追溯才真相大白；汤米回归唐人街，是要捡拾其当年家遭突袭、父母暴死的记忆；安娜的秘密并未正面叙述出来，只通过美碧内心独白式的叙述，才道出安娜亦做噩梦，有着解不开的心结；另外，强尼有自己的飞翔之梦，秘密不足与外人道，只有美碧知道。当强尼真的飞了起来，摔断了脖子而丧生，理解他的只有美碧一人，而她却悔于没有将这个秘密说出来，从而害死了强尼。

由此看出，美碧的家是一个秘密的迷城。这个迷城因为异国婚恋、婚外之恋而更加扑朔迷离。跨越中国与美国疆土的家族史又使这个家族的历史秘密倍加神秘。围绕着父亲的秘密，关涉这个家的人都有自己不被知晓的秘密。这些秘密关涉着个体对人性、道德、族裔身份、种族主义的思考与认知，是对过去历史与记忆的态度。这些秘密由唐人街的家庭内部扩展到唐人街以外的美国社会，继而到美国中部的农场，到远在彼岸的中国，最后又返回唐人街的家，形成美碧即使远离它亦无法突破的心灵围城……正如美碧父亲所说，历史就像植物一样，"它（繁殖），扩张着。过些时日，这些根、茎、叶还有花朵都呈现出这样的周期循环。历史不会自己复制。它不断扩展、不断累积，一直到很多再生阶段后，这种形式已不可能被铲除或者逃离"。

在这样重重叠叠的秘密建构的历史中，美碧不但要保守已知的秘密，又迷惑于未知的秘密，最终几近崩溃的她终于打破他人的沉默和自己被迫的沉默，大步跨出阴影的象征，探寻秘密背后的文化、历史，连缀家史和自我历史来建立完整的自我。

（二）女性艺术家的成长

《脸》的主人公美碧从放弃拍摄、远离家乡到重拾相机，为朋友汤米的历史回忆录做插图，同时摄取自己生命中的重要记忆，为一个女性艺术家的成长开启了可能，所以，这部作品可以被认为是一部艺术家的成长小说。这与成长小说中文本相契合。在成长小说内部细致的分化与变形中，艺术家（成长）小说（Kunstlerroman）脱颖而出。对应而言，指专注于艺术家从小到大的成长故事，挖掘艺术家的成长经历，有艺术家特殊的早熟敏感，来阅读僵化、荒谬、庸俗的成人社会环境，[①]即如何成为艺术家的故事。西方经典中，狄更斯的《大卫·科波菲尔》、乔伊斯的《一个青年艺术家的画像》等，可以归于此类。不同的是，作为成长艺术家的美碧是混血儿，

---

① 杨照：《启蒙的惊扰与伤痕：当代台湾成长小说中的悲剧倾向》，《幼狮文艺》1996 年第 7 期，第 89 页。

背负着沉重隐秘的家史。她手中的相机颇具象征意味，它保护着美碧，同时也阻碍着她的成长，如何利用这种艺术工具决定了美碧如何突破自己的困惑，寻找到围城的突破口，汲取到生命的力量以获得成长。

首先，摄影这个特殊的艺术形式决定了艺术家观察者的角度。美碧从小就是一个观察者。中美混血、金发碧眼的她只有"模糊的东方形象"，被认为是白女巫的孩子，是充满诅咒的后代，在唐人街上成了边缘化的一员。具有讽刺意味的是，从小她就尾随在唐人街华人女孩的身后，或者站在父亲房间的窗户里观察她们，羡慕她们"黄蝴蝶"、"搪瓷娃娃"的东方形象，希望拥有与她们一样的"突出的颊骨"、"小巧的鼻子"、"像玻璃纸一样齐腰的黑发"和"经典的凤眼"。站在白种人与黄种人两个世界之间的美碧其实被关在两个世界之外，她只能以观察者的身份认识充满排外倾向的唐人街和白种人世界。更具讽刺意味的是，这些"黄蝴蝶"们并不以自己的东方形象为荣，反而纷纷去做整容，垫高鼻梁，割双眼皮，努力使自己变成白人。她成为唐人街的看客，"阳台就像剧院的包厢，上演着勿街的一切"。她经常坐在家中阳台上听别人家打麻将洗牌的声音，看着男孩子在下面街道上嬉笑打闹的情景，观察街上来来往往、灯光闪烁的车流。

其次，摄影成为她隐匿自身的一个方法，她把远走他乡去摄影作为逃避真相、驱赶噩梦的一个策略。美碧的妈妈送给她一台宾得相机，让她学会透过取景器这个艺术之眼观察世界，本来的目的是想激发她的艺术潜能，继承父亲的才智。然而，她在相机里看不到自己的灵魂，找不到拯救自己的路途，也不敢去拍摄关涉自己的东西，只拍些扭曲了的自然景观：如拍摄冬季光秃的植被、干涸的水稻、无处躲藏的困兽。无望的美碧认为"只有傻子才通过机械眼睛去捕捉这种无垠，相信影像有治疗恐惧的魔力"。这使她非但没有解脱自己，反而将自然扭曲在自己的影像世界里，遂放弃了这条艺术之路，直到后来重返被压抑的记忆，才获得艺术重生。

再次，摄影连接着主人公与家人和自己内心压抑的记忆。父亲的摄影作品直接成为女儿的梦魇，成为梦魇的影像也为美碧的摄影事业造成了阻碍。父亲放弃自己的艺术之路又为女儿的成长设置烦恼，因为无法解决或找到答案，使女儿对自己的艺术之路不抱希望。所以，美碧转而寻找飞翔的动作，过上自我放逐和流浪的生活。正如美碧说："我的计划这两个方面都失败了。我并没有学会自由地或者无惧地飞翔。我却流连在一个又一个男人身上。然而我的噩梦仍然阴魂不散。"

最后，美碧的相机成为她自己和真实世界之间的屏障。与哥哥亨利的一次谈话揭开了美碧的自卑、自闭的心理。她总是觉得自己因为长得不够像华人所以总被人疏离，以至于在镜头后面小心翼翼保护自己的伤口，专注自己被疏离的自怜情绪，实际上拒绝了别人的关怀，更将自己与世界隔离开来。同样的心结终也被汤米点破："你看到了么？真正的分界线跟你的眼睛、你的脸、你说的语言没有任何关系。是你的内心——你真的过着你的生活，还是一直藏在你的相机背后？"美碧真正需要做的，便是直面现实中镜头前的和回忆中经常闪现的惊悚快照，用摄影这种艺术"将历史拉近现实……将曾经发生的事情重新组装、建构、修改、润色，使其变得或明或暗"。

美碧终于决心回归纽约唐人街——早年的记忆之城，寻找噩梦之源，直面它，直到战胜它。此时，摄影为弥补记忆缺失、连接历史断裂造成的身份支离提供了媒介。美碧能够重拾相机，进行艺术对自我的拯救，完成了自我成长的突围。她找到著名女记录摄影师玛吉·格莱莫西（Marge Gramercy）的生前住处并将之租下来，置身在她的家园（home base）中，接替了她生前的摄影工作，开始踏寻这位已逝老者的精神导引与启蒙，挖掘勇者的智慧和母性的温暖，开启了生命中铿锵的旅程。美碧又在父亲身上找到艺术家成长的契机。父亲在女儿最终成长的路上为她提出忠告，把自己藏了多年的莱卡相机给了她，鼓励她用心摄影，希望她走出自己的艺术之路。美碧就是用父亲的莱卡相机，在玛吉灵魂的暗示下，接受了汤米的拍摄邀请，重回让她深陷凌辱的唐人街，开始了真正意义上的艺术成长。幸运的是，美碧继承父亲的是他的艺术才华，并没有站在他的阴影下，而是继续走自己不同的路，为自己作出选择。美碧将相机当作追忆早年记忆的钥匙和保护自己的武器，在镜头后面的她可以过滤恐惧，沉静地审视世界，渐渐地，噩梦不再侵袭。

美碧与汤米来到唐人街，深入拍摄华裔移民的生活场景，带出了一段被遗忘许久的唐人街历史，也"打破了唐人街的沉默"。美碧发现，留守在唐人街或者移民来到唐人街的华人们，都有着自己辛酸的伤痛历史，死里逃生后藏在美国唐人街的餐馆或者洗衣店里辛苦工作。美碧意识到这些人物，恍如父亲照片上的幸存者和见证者，甚至就曾出现在父亲的影像里面。这象征着美碧跟上艺术家父亲的脚步，继承了他的才华，见证与摄取梦魇式的战争记忆，将生命的悲壮与惨烈和华裔美国人的生活用摄影艺术真实地呈现，践行着真正意义上的艺术家之路。同时，这又意味着美碧打开了父亲的沉默历史和自己的噩梦之门，为破解纠结着反成长情绪的阴霾作出了努力。美碧也透过影像来捕捉人物文化和族裔的矛盾情结。这些华人，有的聋有的哑，有的悲伤有的欢喜。这些经历种种苦难和艰辛的个体汇集成一个溢满中国文化又侵染着美国文化的记忆之城——唐人街。他们不喜欢被当成异国情调的他者而对观光者嗤之以鼻，然而街区里面很多经营都需要这些观光者来维持；他们混杂着不同背景、不同身份甚至不同族裔的人，包容之下仍有排外、媚外的倾向。美碧对唐人街的感受是复杂的，即使离开它，它的影响仍然流淌在她的血脉里。让她伤痕累累的唐人街，也是她的遗产之一。"我不能再住在唐人街。我明白了。但是我也不能离开它。家中的任何一个都不能离开它。无论我跑多远。"正如她想方设法保存家中的旧纸盒子一样，拥有唐人街的记忆也意味着对遗产的珍视，不管它是好的还是坏的。

　　父亲在小说中也是一位艺术家。然而他中途突然放弃摄影，毁掉自己的艺术作品，否定自己的艺术历程，就此泯灭自己的艺术之路，却造就了一个失败的艺术家的成长故事，或者反艺术家成长故事（Anti-Kunstlerroman）。另外，与美碧一同回归和成长，又爱上美碧的汤米，其实他的经历也可以看作是一个艺术家的成长。秉承"沉默是牢狱，故事是解脱，行动是救赎"的信念，汤米以历史作家的身份回归唐人街，邀请美碧，共同为唐人街也为身为其中一员的自己书写和见证。与美碧父亲不同，汤米以自己的作品为傲，并先美碧一步，停止放逐的脚步，回归初始之地，最终与美碧殊途同归。汤米的曾祖母被她的父亲卖到加州做妓女，后被曾祖父解救并结婚生子。当排华法案颁布、白人开始谋杀中国劳工时，他们带着独子来到纽约唐人街，开了家鸡店赖以为生。当年汤米家遭到唐人街帮派的轰炸，父母先后惨死，成为汤米噩梦与出逃的根源。然而袭击他们家的帮派，就是轮奸了美碧的那帮人，他们的头目正是美碧的亲爷爷老李！与此同时，美碧最终挖掘到自己埋藏得最深的伤痛，回忆起被轮奸的经历。两人便重返事发地点，汤米家的鸡店、美碧受辱的阁楼，让相机变成了疗伤的工具。诚如美碧说："只有汤米和我愚蠢地选择回到唐人街。为这故事、这些影像、这些记忆的繁衍使得噩梦靠岸。我的梦冷却下来。我开始变暖。"美碧与汤米也因个人与家族的遭遇而重聚在唐人街，使他们的生命纠缠在一起。打开彼此心结的两人以吻定情。

　　所以，美碧、汤米是一对共同成长的艺术家，美碧父亲则是反成长的艺术家。除此之外，小说中的其他人物如美碧的母亲戴安娜、老李和强尼也具备了一定的艺术品格。

　　戴安娜是美碧在成长中一直误解的对象，也是家族历史与秘密的受害者之一。她在老板弗科位于纽约的一家艺术馆工作，对视觉艺术的鉴赏能力与敏感使她成为弗科的摇钱树。她热爱艺术、珍惜丈夫与女儿二人的才华，然而她努力想要成就他们却不知晓两个人艺术成长之路的坎坷。她不了解最亲近的人的历史与遭遇，悲哀地扮演徒劳的奔波者的角色。不知疲倦、不知气馁的戴安娜最后被美碧认可和理解。她心中戴安娜的形象变成一个充满女性主义的"美国式母亲"，永远强势，敢与命运抗争，不怕秘密与历史的胁迫和压抑。

老李是美碧永远无法逾越的历史羁绊，是造成她创伤性童年、阻遏其生命伸展的罪魁祸首，也是她生命与根基、快乐和抚慰的重要来源。他一生与艺术品打交道，以收购贩卖这些充满了记忆与历史的古董为生，一直把中国的秘密当作自己的财富和生存的信念。老李是美碧的亲祖父，是她族裔血脉的来源，在美碧关键时刻给予先知般的启迪。也因介入美碧祖母的感情生活，造成美碧父亲复杂的身世和支离破碎的家境，成为父亲极度憎恨的人。更甚者，他也是造成美碧与汤米悲剧的幕后主使。所以，老李作为家庭阴险隐秘的象征，处于家族历史的黑暗一面，给后世人的生活抹上了晦暗的色彩。值得庆幸的是，美碧在挖掘家史过程中，理解了祖母对老李的心意和她真爱的表达，从而冰释了前仇旧恨。

另外，美碧童年早逝的情人强尼也可以看作是一个艺术家，他极大地影响着美碧。他从小就钟情于飞翔，渴望像鸟一样拥有翅膀，远离尘世，自由翱翔，是一个空想式的艺术家。在他看来，摆脱尘世的困扰与愁苦的方法便是迎风飞翔，从而获得凤凰涅槃式的再生，然而他却因此摔断脖子丧命。美碧不断地在其他白人男性身上寻找与强尼做爱时欲火与再生的感觉。在美碧生活节节败退的时候，她想像强尼一样飞翔，所以不顾恐高症去做空姐，遇到挫折首先想到逃走。最终，美碧意识到："强尼的飞翔不能让他接近天堂，反而使他的脸贴在了地面上。我最终明白了如果他真的活下来了他只会成为另一个男人。"强尼超越生活、逃离尘世的艺术家愿望践行失败，意味着空想艺术家的成长路径并不会带来积极结果。

这些具有艺术品格的人都对美碧的艺术成长产生影响。也许他们称不上严格意义上的艺术家，但是他们每个人或喜或悲的人生成就了他们作为生活艺术家的资格。这些艺术家们在美碧的艺术家成长之路上，或喜或悲地留下了深深的生命印痕。美碧最终成长起来并非重走他们的旧路，而是比照他们的人生，作出了自己的选择。

最后，美碧意识到自己混血的特质，肯定了自我的特殊身份与存在："非中非西，是一个结合，另外的东西。第三种可能。"关于沉重的记忆，她也最终得以释怀，"并不是继续重建已经死掉腐烂的东西，不是拒绝过去的悲伤和遗留下来的恐惧，而是利用它来继续前行"。最终，美碧与过去和解，接受了自我的历史，成长起来。故事最后，美碧拍摄到了住在阁楼里的女孩。这个女孩来自越南，亦如美碧一样中美混血，拥有好似灰色、琥珀色、绿色甚至蓝色的眼睛。可爱的女孩如同美碧从前天真无邪的影子。希望点亮，美碧的夜不再黑暗。美碧通过镜头找到了希望，并开始作为艺术家，也成了希望的创造者。

总之，美碧在层层地肢解家族与个体压抑记忆的过程中，在秘密重围中，最终将自我释放出来，在获得对自我和家族历史的充分认识之后，成长为女艺术家。

二、精神拯救与文化认同

华裔女作家赵惠纯与刘爱美一样，也是具有华裔血统的混血作家。1997 年出版的《猴王》是她的第一部作品，她又出版了第二部小说《危险的曼波舞》（*Mambo Peligroso*，2005）。《猴王》得到了批评界的普遍好评，认为作者生动、睿智的叙事声音和精湛的细节描写为读者呈现了一部深刻、复杂的女性自我突围与成长故事。小说触碰了乱伦题材，采用片段式的破碎记忆和实验性的叙事，将族裔与身份、性别与性、历史与记忆化身为具体个体，又将此个体放置在多元文化语境当中，深切思考人类诸多课题，形成了作者独特的艺术风格。

《猴王》和《脸》的成长模式基本相似：主人公们都是年轻的女性，核心事件是追忆和挖掘成长中早期的创伤性体验，身体成了记忆的容器和感知的导向。在情节安排上，两者都揭示了具有文化根源的创伤性体验对主人公的身份建构和成长所具有的压制和阻抑作用。同时，两者亦在回溯与重返历史中经历了对族裔身份的困惑与认同，凸显了个体成长过程中无法回避的文化选择问题。但是《猴王》表达的记忆与个体成长方式以及对创伤性记忆的突围方式和《脸》有很大不同，表达出成长与突围的多元方式。

（一）破碎的记忆与崩溃的个体

《猴王》的题目本身带有一种文化隐喻的味道。小时候，妈妈经常拿着书给萨莉和萨莉的妹妹讲中国民间故事，其中一个故事便叫做"猴王"："猴王是一个神，一点都不像一只猴子。他的头有蓝、红、黄三种样色，身体是人的身体，只是有一条长长弯弯的尾巴。他有一个可以变大、变小、变粗、变细的竿子，可以用来打人。虽然他拥有永生，但是他并不快乐，天天在天上找麻烦。当他被派去看守蟠桃园之时，他自己却把桃子全吃掉了。""猴王"不仅仅有反传统、反霸权的颠覆效果，对于萨莉来说，更具有惊人的毁灭作用。书中所谓的监守自盗偷桃子吃的猴子，是指经常给萨莉讲猴王故事的父亲，而父亲对年幼时的萨莉的不伦之举，如噩梦一般一直折磨萨莉，压抑在她意识深处，终于致使萨莉在28岁的时候精神崩溃，无法正常生活：她无法阅读、交流，无法从事自己喜欢的绘画艺术创作。她无法面对自己，面对自己的过去与未来，成长猝然停滞。小说便是从这个成长起点上开始了女主人公成长的探索与突围。

《脸》中的主人公美碧虽然被噩梦缠身，但尚未到达崩溃或丧失自我意识地步，从而能够主动回归，寻找压抑的记忆，以掌控自己过去的表征与再现；相比之下，《猴王》中的萨莉就不幸了，精神崩溃的她无法控制现在的自己，对历史的再现也无法全面把握。从这个意义上说，《脸》和《猴王》分别代表着两种记忆观，一种是以《脸》为代表，通过回忆和推理、造访与探寻，使压抑记忆得以全部呈现，未知的家族秘密也得以通过历经人的口述、事件的梳理和拼贴，使个人的历史、现在与未来相互连接，并达成连贯的自我（coherent self）。《猴王》展现了另一种记忆观，小说利用主人公精神崩溃来强调全部记忆无法组织和完整呈现。这样无法理性思考的叙述者，她所讲述的故事自然时断时续，缺乏连贯性。历史的残缺与破碎、不连贯性和非完整性，决定了主人公认识世界和自我具有多重解读性。

小说《猴王》使用第一人称的有限视角进行叙述，通过萨莉之口，回忆自己的过去。在一轮又一轮的精神治疗中，萨莉终于慢慢道出实情，释放自己的苦痛，勇敢地前行。核心故事是在第二章的第十一节中讲述的。这也是通过萨莉之口叙述出的唯一完整的创伤故事：萨莉三年级时的老师意识到萨莉的自闭倾向，随后向萨莉的妈妈建议带萨莉去看医生，可是家庭医生认为萨莉身体非常健康，于是妈妈带她来到唐人街的一个叫做梅氏（Mei Shie）①的女人那里。梅氏认为萨莉的身体偏阴，有人在她身上下了诅咒，让她躺在房间里接受治疗，然而却遭伪装得与"猴王"一样的父亲胁迫强奸，给萨莉造成巨大打击。这短暂的经历，是真是假，父亲为何这么做，萨莉心存疑惑，然而其他人却当没事发生一样，使她无从知晓答案。

---

① 梅氏的真实名字不得而知，但是暗示着有多种翻译和解释方法：可以是讽刺性的"没事"，抑或使病人成为侵犯者的"美食"、"霉事"，或者是自己诡异的行医之为"昧事"、"魅事"等。

随后的日子里，父亲多次猥亵她，给她的生活带来阴郁的色彩。

在成长的岁月中，萨莉噩梦不断，以幽灵意象暗示父亲给自己造成的心灵伤害。她说："我不断地垮掉，我知道，但是我无法停止它。更糟糕的是，我爸爸几乎无处不在……"诚如罗希奥·G.戴维斯（Rocio G. Davis）所认为的，"作为认识的一个特殊形式，'阴魂不散'（Haunting）暗示着对过去的态度，同时赋予过去力量在当下呈现，作用于我们的意识或者潜意识，决定我们的选择和目的。"在潜意识的记忆里，爸爸的形象异常清晰，纠结着女儿萨莉的过去，阻止她迈向未来。这反映出父权性质的文化生存空间中男性欲望对女性身体与精神的侵略和蹂躏，已经超出了伦理禁忌所规定的边界。于是，萨莉选择了多种方式试图逃离记忆的纠缠和父亲带来的羁绊。在实际生活中，萨莉采用各种办法背叛爸爸，逃离家：去寄宿学校上学、去商店偷东西、抽烟、自己剪掉了爸爸喜爱的长发、退学和结婚等。

可以看出，与《脸》中的美碧一样，逃离也是萨莉面对这种伤痛记忆的首选方式，然而这并未奏效。婚后生活中，萨莉仍苦于无法摆脱心理阴影，这导致她与丈夫的性生活无法和谐，她仍然缺乏安全感。萨莉更不止一次试图用自杀解决这一切痛苦。极度痛苦和压抑最终造成萨莉人格分裂。她拼命工作，实际上是为了"麻木心中的那个怪物。这个怪物想杀掉'猴王'，却到头来要把自己吞噬掉"。萨莉堕落在无尽的丧我状态中，无法肯定和面对自己："我是个假货。我从来用脑袋而不是用心做事。实话讲，我是据我所知最不真诚的一个人。"

无法进行理性思考的萨莉是无法呈现完整的记忆的，对自我的历史也就无法理解和重建。然而，当萨莉想要回溯这段创伤经历时，因不愿面对耻辱和伤痛而促使所有知情者们把逃避当成处理此事的共同方法。父亲此时去世已久，可以永远逃避萨莉对事实的追问。问及妈妈，妈妈矢口否认，只说"他是个好父亲"，"作为女儿，应该让逝者安息"。后来，妈妈干脆以太忙为由不来参加家庭治疗，拒绝女儿和医生的追问。妹妹马蒂（Marty）也是间接的受害者，经历着噩梦般记忆的折磨。当萨莉求助于妹妹时，妹妹不愿谈起这个话题。然而她左手腕上的纱布，这个自杀未遂的证据暗示着仍在放逐自己、徘徊在男人之间的马蒂的内心亦受折磨。这种集体沉默阻截了萨莉发泄自己内心伤痛的路径，摧毁了她摆脱困扰的信心。最后，萨莉搞不清楚真相，自己也选择了沉默，这对她造成的压制和打击要比父亲的性虐待更严重。

萨莉的叙述试图告诉读者：由于历史的承载和见证的种种因素，历史记忆是无法全部呈现的。而且同一件事，在回忆的时候，会以多种版本呈现。她利用病友莉莉丝（Lilith），道出了记忆的破碎性和建构性："她把回忆发展成为一种艺术。多少次讲起她叔叔的故事，就有多少个版本。她就像披围巾一样，拿起她的戏剧，喘着粗气抛给每一个人。讲着故事的时候，她每次都不会忘记在某个悲伤情节哭泣起来，就好像她在一遍又一遍地读着一本悲伤的书。"与莉丽丝一样，妈妈和妹妹也是不可靠的叙事者。妈妈就曾把与爸爸相爱相恋的故事换过版本，对于爸爸的死，妈妈和妹妹也各有说法。妈妈被萨莉看作"是个前后不一的说谎者"，同时萨莉也认为不可靠的妹妹"并不是家里唯一一个说谎的人。我也说过谎。我们整个人生都在说谎，用遗漏，用捏造来述说爸爸对我们的所作所为"。

最有颠覆性的是，故事没有预定一个高潮，把真实事件通过理智的当事人或者见证者讲述给读者。这种新历史主义式的叙事空间，留给读者的想象令人难以忍受。进入文本，追随着叙述者的经历，读者期待的是故事的确定性和完整性。然而，一切真相都被隐去，似乎确有其事却无从证实，读者期待视野中的所有信息，但在接受的过程中必须经过读者的充分参与和想象，这种挑战是始料不及的。精神崩溃的萨莉给读者制造的正是这样一种历史断裂的感觉，让读者体会到历史的一种没有定论的真实。我们永远也不能抓到真正的历史真相，得到的只是历史事件的一个个影子和历史的迷雾。想从这些不可靠的叙事者身上找回历史真相是不可能的。所以，如詹姆逊所认为的，没有任何话语可以引导我们走向固定不变的真理，也没有任何话语可以表达不可更改的人之本质。

虽然历史无法完整建构，萨莉从没能够解密这段伤心的历史，但是她从疗伤与成长的另一个向度中解救自己，将对其不断的追问变成叙事的重心。真实事件经由记忆的重构，已具备了语言的不稳定性，再进入叙事，更增加了不可靠性。所以，历史本来就是虚构的，充满裂痕，萨莉却从裂缝中找寻希望和光芒，获得成长的滋养。此时，事实在萨莉身上已变成内心象征性的事实（inner symbolic truth）。寻找对历史的另一种理解，成为萨莉解救自己、突破困境的有效之路。

（二）精神拯救与文化认同

萨莉从裂缝中寻觅到的，从而把自我和历史连缀起来的是爱与理解——从对父亲的拒绝与憎恨到对父亲的接受和理解，这成了萨莉精神拯救的核心之路。她通过家族人员以及自己的叙述和回忆，以及精神病院病友们之间的友情与相互疗伤，从而重新审视创伤性经验，挖掘晦暗的创伤经验掩埋下的当事人的感情与认同，终于将自己拉回生活的岸边。真正使她逐渐恢复起来的，是在断断续续的回忆中逐渐建立起来的家庭温暖和亲情记忆，精神病院中的友情和短暂的爱情也使萨莉的心情复苏。而萨莉最后的回归也是来自对中国式的父爱和母爱的认同。回忆的真实与否已经不重要，重要的是重建起来的身份的归属，自我找寻的努力和成长的希望。这给所有遗留着伤痛记忆的成长主人公带来了启示。

这条精神拯救之路是通过记忆、遗忘与宽恕铺就而成的。在这里，历史哲学家保罗·利科（Paul Ricoeur）的观点有助于我们理解萨莉的精神成长过程。他曾在《记忆与遗忘》（"Memory and Forgetting"，1999）一文以及《记忆，历史，遗忘》（*Memory*，*History*，*Forgetting*，2004）一书中，从现象学角度，有系统地指涉哲学及精神分析传统中有关的分析，以理清记忆和遗忘的作用与宽恕等的伦理意义。他在《记忆与遗忘》中分析记忆作用的治疗、实用、伦理政治等三个层面时指出，人对痛苦的记忆，有时会滥用（abuse），有时则会过多遗忘，集体记忆所储存的多半是暴力的打击、伤害（wounds）与疤痕（scars）。其实，这种情况在集体记忆和个体记忆叙事中都经常发生。华裔集体记忆里就充满了白人主流对华裔族群的打压、歧视与迫害。在萨莉的个体叙事中，她的中国父亲对女儿们总是保持着中国式的沉默，"他从来都不讲我们到底是谁"，并且他歧视女性，骂女儿为"没用的女孩，行尸走肉"，时不时地施行家庭暴力。父权的压迫使女儿们陷入了对自我历史的未知。父亲的严厉、歧视、体罚与性虐待，自己不被重视、受冷落的感受占据了萨莉对父亲的大部分回忆。然而萨莉崩溃之后，母亲与妹妹表现出来的沉默和压制更使萨莉的解救遥遥无期。关于对抗遗忘，利科强调，透过宽恕和许诺，人才能从过去的牢笼枷锁解放，找到生命延续的能量，成为"过去"的主人。萨莉通过寻找父亲身上的文化与血缘之系，认同了自己的族裔身份，达成宽恕和许诺，从而解救自己。

人生中刻骨铭心的，带给自己最深的伤痛的记忆当然不能忘记，也无法忘记。在不断反复重现的回忆中，它被放大，聚焦，甚至添加了神话的、不可战胜的色彩。但是，跳出记忆的围城，理解它，包容它，它便成为内心强大起来的力量，建构起来的是一个强大的自我。强大的自我就是安全的港湾。逆境的风浪，则使人的脚步更加坚定。最终，萨莉自己拥有的充满悲悯情怀、善良而又强大的心解救了自己。

在这条自我救赎的路上，实则暗藏着另一条成长路径——文化认同。虽然对族裔身份的商酌相对于对创伤记忆的考量，在此只是次要考虑的问题，但是却是萨莉达成主体生成的重要认同之旅。她与父亲产生距离感，除了因为父亲的性侵犯之外，更大程度上源于自己无法认同华裔文化身份。例如，父亲与女儿的一次对话显示出两者文化上的分歧。孩子不承认自己的华裔身份，而父亲告诉她："你是美国公民，但是在你心里你是个中国人。"萨莉生活在自我身份的悖论中。邻居、老师等主流社会的代表始终把她们视为中国人，然而"我希望自己没有脸，没有名字也不特殊。我厌烦了自己的特殊"，"私下我却知道我是我遇见过最美国化的孩子"。萨莉内心对中国文化的拒绝与对外界刻板印象的归纳使她更加抵触父亲。

经萨莉的了解与叙述，我们得知她的父亲生于中国山东农村，从小便成为孤儿，被疾病缠身。勤奋学习的爸爸在全国征文比赛中夺魁，从而获得美国一对传教士夫妇的资助而赴美深造。资助人去世后，他又变成孤儿，独自奋斗到今天成为美籍华人。艰辛的自我奋斗历程、光宗耀祖的荣誉观和中国式的望子成龙、望女成凤的心态使他对萨莉产生过高要求，要她成绩全部是 A，考上耶鲁大学。更重要的正如父亲所说："歧视！这就是你要比别人强两倍的原因。"在被边缘化的美国社会中生存、发展，这些华裔注定要付出更加艰辛的努力。

萨莉在回忆中处处感受到自己与父亲无法割舍的感情。她有着与父亲一样的面孔和脾性，血脉中流淌着父亲的血。回忆起小时候与父亲在迪士尼公园里走失，萨莉多年后才了解到父亲曾担心丢了她而黯然流泪。萨莉来到姑姑家，看到照片上父亲日渐衰老的容颜，听到姑姑讲述父亲曾经历的辛酸，宽容与理解渐渐替代恐惧与仇恨。姑姑、姑父和奶奶等其他家族成员给予萨莉充分的鼓励与支持，例如姑父曾对萨莉说："你有很好的基因。你父亲的聪颖，你母亲的坚强……你能做任何事……你是个好女孩。"他们讲述的萨莉父母和萨莉出生时她父母充满了爱与期待的珍贵记忆，也进一步促使萨莉珍惜自己的族裔与文化，接受自己的独特身份。另外，多年来，萨莉一直保留着奶奶送给她的玉发夹，包在绒布里面，将之作为传家宝和护身符，这意味着萨莉心底早已将族裔文化作为宝贵遗产而内化却不自知。其实，萨莉用毛笔书写"心"字，临离开姑姑家时对他们改用中文说"谢谢"、"再见"，都可以看作她对族裔身份的认同的标志。萨莉也一直保存着母亲给的结婚礼物——手表。最后，萨莉姑父临终前又送给她一个银灰狗状的钥匙链。她像保存奶奶的玉发夹一样，小心珍藏，认可亲情的同时，赋予其期许。

萨莉在小说的尾声中经历了两个仪式——一个是精神病院病友道格拉斯（Douglas）的葬礼，一个是童年朋友小路（Xiao Lu）的婚礼。这两个仪式分别象征着死亡与再生，预示着萨莉生命的希望。在道格拉斯的葬礼上，萨莉通过思考死亡来认同自己的身份：

　　家庭是致命的，但是毕竟是他们创造了你。如果没有"猴王"，没有他的呼吸、他的骨头和他的血，如果他没有在我的身下烙下痕迹的话，那么我会是谁？去设想如果我生在另一个家庭会是如何是没有意义的，也不可能做到的。我从哪里来决定了我是谁。当我决定离开时，却又被别人用另一种方法定义……我注定要离开他们，但同时又永远不会离开。无路可逃，除了我曾经试过，道格拉斯却成功了的方法。[①]

　　萨莉认识到没有人可以改变的事实，无法割断的父女亲情，世代传承的华裔身份。所以，此刻她对童年的创伤性记忆采取了充满创造性的理解，将施予性虐待的"猴王"与充满父爱的父亲分开，从而将丧礼视为疗伤治愈的契机，埋葬"猴王"，为父亲祈祷，与逝者和过去的自己永别。她说：

　　虽然我不能为"猴王"祈祷，但是我可以为父亲祈祷。坐在那里的此刻，我想起这些我从来没有说再见的人——奶奶，达西，理查德姑父，当然还有，如霍普金斯所说，我自己……[②]

　　萨莉之后参加了小路的婚礼。小路是萨莉童年时期父亲口中的榜样人物，因此也是她和妹妹极其憎恨的人物。他学习用功，考上名牌大学，功成名就，成功将自己美国化。然而小路娶了一位亚裔妻子，也象征性地肯定了自己的族裔身份。婚礼上，幸福与希望在照片中定格。三个月前还想着自杀弃世的萨莉此刻认识到"生命是美丽的"，此刻打算重新面对自己，面对生活。

（三）精神病院——艺术家独特的成长与疗伤空间

　　受童年创伤打击几近毁灭的萨莉无力重返事发地点，从而不得不选择其他疗伤环境，建立自我康复机制。萨莉意识的复苏与成长的生成是在两个空间中进行的：一个是精神病院，另一个是姑姑、姑父在佛罗里达海边

---

① Patricia Chao，*Monkey King*. New York：HarperCollins Publishers，1997，p.290.
② Patricia Chao，*Monkey King*. New York：HarperCollins Publishers，1997，p.291.

的家。在华裔美国小说中，几乎很少人触及精神病院空间的成长经验。《猴王》中萨莉独特的境遇使小说蕴含着独特的成长叙事，扩展了华裔美国文学中的成长景观。

虽然萨莉的叙事不甚可靠，但是通过她主观的经历与感受，读者们能够深切体会到精神病院空间中给萨莉成长带来诸多思考和希望的人与事。精神病院并非她想象中的监狱，这里汇集了各种悲伤与不幸的人，如道格拉斯、莉莉丝、梅尔等，他们的故事与命运对萨莉的成长突围产生了重大影响。

道格拉斯是混血儿，"他在这里是因为他试图谋杀巴巴多斯的黑人母亲。他的父亲是白人。他如果不是这样的性格的话他会是个很有魅力的人。他的问题就是殴打所有女人"。道格拉斯对待萨莉行为粗暴，并试图去猥亵她以印证东方女人的刻板印象。但是萨莉并没有将其行为报告给医生。而后道格拉斯两次惨烈自杀，最终结束了自己的生命。萨莉并未深入了解道格拉斯，但她理解其内心无法发泄的痛苦。在萨利的成长途中，道格拉斯可以被看作是一个对自我身份极端否定的例子。强烈的东方主义倾向，使他无法认同黑人母亲和自己的少数族裔血统，也使他对具有亚裔血统的萨莉想入非非。道格拉斯用极端的反成长行为来毁灭自我，暗示着萨莉反成长的终点，为她敲响警钟，也促使她认可自己的族裔身份。

莉莉丝是萨莉的室友，一直鼓励她积极配合治疗，甚至帮她梳头发，像姐姐和妈妈一样照顾她。然而当萨莉不断康复，从一阶段进步到三阶段时，莉莉丝却直线下降，不断试图自残，最严重时被送到州立精神病院进行药物监护治疗。透过莉莉丝，萨莉思考着回忆的作用和解脱的可能。同样经历了伤痛，莉莉丝"要么疯，要么遥不可及，或者沉迷于过去。但是哪种方法都使她深感迷茫"。幸运的是，迷茫中的萨莉能够找到与莉莉丝不同的路来解救自己，她"希望能够抽身于生活之外，就像作画时一样，从不同角度研究它，不同的光线下审视，以便我（萨莉）能够知道如何进行下一笔"。

另外，透过萨莉对莉莉丝的思考，我们会发现萨莉潜伏在病症背后的强烈女性意识和坚强的意志。她说：

> 为什么莉莉丝选择圣女贞德？如果我是她我会以我自己的名义，莉莉丝，真正的第一个女人，夏娃之前。我像亚当一样从泥土中形塑而出，从而与亚

当平等。我逃离了伊甸园，并拥有一群有趣的魔鬼情人。①

　　萨莉也同情与关心道格拉斯和莉莉丝以及病友蕾切尔（Rachel）和梅尔（Mel）的遭遇。莉莉丝病重时，"我不敢看她的双眼。我明白无论在生活中感到多么孤单，始终无法与这里的隔绝相比"。强烈的悲悯情怀、坚强的自我意识，其实也是萨莉拯救自我的坚强武器。

　　梅尔也是注定要怀念和感激的病友。在医院里，每每萨莉受挫，梅尔都主动帮忙，从而与萨莉建立了深厚而复杂的友情，成为萨莉信赖的朋友和保护者。他与萨莉都有被性虐待的经历，遂无法正常生活。萨莉在姑姑家见到前来探望的梅尔，于是经历了如胶似漆的一段性爱生活，从而成功将彼此心头的"恶龙斩杀"，破除生活障碍，互相疗伤成功。萨莉的女性身体书写，描述了将自我女性的个体成功地从压抑与泯灭中释放出来这种双向成长，共同成长的萨莉与梅尔和《脸》中的美碧与汤米具有一定相似之处。出生于美国加州的梅尔取名"卡梅尔"以纪念其在委内瑞拉的外祖父。萨莉记住他的名字，也意味着她对不同族裔和血统的认同。至此，精神病院可以看作是一个多元化的疗伤空间，萨莉对这些边缘同胞的接受与理解，实际上证明了自我内心的逐渐成熟与强大。

　　同时，萨莉的疗伤故事也是一个独特的艺术家成长故事。正如《脸》中的美碧，萨莉自小也有艺术的"神火"（divine fire），具有凡·高式的绘画气质："我拥有大胆的幻想，因为我拥有执笔着墨的绝对信心。你必须以灵魂为指引，像呼吸一样去完成绘画。"②她精神崩溃之前在纽约做艺术指导，被称为能干的女强人。小时候，萨莉以画画为逃离创伤的契机，称"这是唯一一件可以将我从这个世界上带走的东西"。后来精神的阻隔使她无法执笔画画，她甚至不想画画，而去做没有创造性的粉刷匠。在精神病院治疗期间，她的绘画功能逐渐在疗伤中恢复，用自动绘画（automatic drawing）的方法欣赏世界，诠释自己。在姑姑家时，她已能够欣赏这种艺术形式的创作。萨莉最后回到自己的公寓画室里，在画布上第一次画满了耀眼的鲜红色，场景像大屠杀一样。随后寻思着过些时日接受老板的邀请，重新踏上艺术的征程。红色的渲染，使人联想起歃血的仪式，为自己生命的祭奠，也为自己的重生而洗礼，令人期待走出阴影的萨莉能够重返艺术

----

① Patricia Chao, *Monkey King*. New York：HarperCollins Publishers, 1997, pp.69 –
70.

② Patricia Chao, *Monkey King*. New York：HarperCollins Publishers, 1997, p.34.

之路。

总体观之，萨莉成长受阻，精神崩溃，遂以精神病院作为其艺术家独特的成长与疗伤空间，这实际上给予了她与生活的距离和空间，容许她暂时离开生活正常轨道，为重新审视自己的生活经验并赋予其意义提供机会。萨莉通过具有创造性的生存策略，勇敢面对种族主义、性别歧视、精神与肉体的虐待，从而将记忆中的断裂部分为我所用，挖掘生存意义，颠覆个体创伤记忆的毁灭性，为自我成长独辟蹊径。

第三节 小 结

本章通过研究华裔美国小说成长主题个体化模式，挖掘华裔女性在个体压抑记忆维度下，实现自我突围，从而获得成长的艰辛历程。

首先，华裔美国小说成长主题的个体化模式诠释了个体压抑记忆对女主角心灵的摧残作用，使她们与他人无法形成正常关系。她们往往会陷入成长迷失的状态里或成长失败的困境中，以至于很多人在大学毕业后，过了成长关键时期——青少年期，仍然无法步入成年，成为典型的"后成长式"。她们经历了痛苦的挣扎与蜕变，通过折返与回望，最终破茧化蛹，各自寻觅到自我拯救的方法和成长突围的希望。然而，这并不意味着成长的终结或者成功，而只为主人公继续成长打下基础。

其次，这类成长模式下的主人公在超越内心苦难的同时，都对性别身份、文化身份和社会身份作出认真考量和反思。创伤性经验与她们的女性身体体验特别是性体验紧密相连。可以说，没有对身体层面的探索和肯定，回忆的作用将不会完整。"受回忆的折磨，身体本身可以想象成为存有历史经验的考古现场（archaeological site）。"①她们对创伤性经验的挖掘是随着身体伤痛记忆的重返而进行的。同时，跨越羁绊不但意味着对女性身体体验的积极认可，也意味着对自身的族裔文化身份的认同，以及对自我艺术家潜质与人生的肯定。她们依靠强大的内心与悲悯的情怀，突破自我生存的困境，将历史与回忆熔铸成生存的希望。所以，她们的故事展示出个体对生命的关怀和对生活的体悟。

再次，在成长模式上，华裔美国小说成长主题的个体化模式表现了女性成长的两种传统模式——精神成长式和顿悟式的结合。成长不是单靠回

---

① Nicola King, *Memory*, *Narrative*, *Identity*, Edinburgh: Edinburgh University Press Ltd., 2000, p.15.

忆这个单纯动作进行的，成年后的自我重新回顾一系列关涉成长的事件，必须与当下的生活和思想相碰撞，方能促成顿悟与成熟。回忆是一种反思和重新体认，这种反思的内容不仅仅是个体的遭遇，更向个体所在的文化时空进发，挖掘家族史、民族史。我们在这些成长文本中，不仅看到压抑的个体记忆在个人成长维度阻滞主人公的发展，也看到了华裔美国人的个体记忆与家族、民族的集体记忆有着无法割舍的联系，更与主流社会的历史和文化息息相关。主人公的成长就是在挖掘记忆，同时重新认识记忆的创造者和当事人，以适合自己的方式消化、改写和选择遗忘，从而解构它的破坏性，建构自己未来的记忆认知。这体现了华裔美国文学中不同成长主人公对待创伤性经验的不同策略，反映出个体成长的多种途径。

　　另外，蕴含这种成长模式的小说在艺术效果上往往体现出哥特小说的美学特点，在叙事建构上都存在着戏剧化的悬念，在情节模式上也与哥特小说暗合。起源于18世纪英国的哥特小说，诸如《简·爱》、《呼啸山庄》和《蝴蝶梦》等，都描写了一个孤独、美丽的姑娘被放置在一个异国风情的背景之中。在阴森恐怖、充满神秘的氛围中经历了一系列令她几乎崩溃的磨难，最终她被拯救出来，获得爱情或返回家庭。与此相同的是，诸如《脸》与《猴王》等华裔美国小说中的主人公也常常生活在诡异恐怖的梦境与回忆之中，感受到压抑的记忆，在悬念的指引下挖掘和背负着阻碍个体成长的历史，最终将自己从创伤性记忆中解脱出来，主人公在回溯童年创伤性记忆时都不约而同地挖掘了人的潜意识、心理创伤、精神错乱、疯狂根源，所以也可以归类为哥特叙事，或者说是哥特式的成长叙事。不同的是，华裔美国小说中主人公的族裔身份比较特殊，其成长多半源于自我主观的奋斗而并不是被动的拯救，她们挖掘出来的记忆往往具有颠覆和批判的性质，表达出对压抑和迫害的控诉。女性哥特式的意象也在很多华裔女作家的笔下以女疯子、幽灵或者鬼魂的形式表达出来，同样具有质疑和颠覆主流文化的歧视和父权压迫的意义。如果说哥特叙事本身传达的信息是非理性的抗争，对权威、中心、主流意识形态的挑战和反抗，那么这类小说便是以成长主题融入哥特叙事艺术，不仅反抗了主流对少数族裔和混血儿的边缘化压制，也触碰了人类的禁忌、梦魇和性的主题，发出了自己的声音。

　　总之，这些作品中经历个体化成长的主人公们，过多地纠结于无法开解的个体记忆和囚禁的自我，所以她们努力挣脱压抑记忆的羁绊，从而伸张独立自我，以期获得成长的可能。同时，这种成长模式所揭示出来的，族裔与文化身份、女性身份如何在历史与现实以及身体与精神维度下从压抑状态解救出来，如何获得独立的问题，不仅是华裔女性，更是各个时代各个族群女性成长的共同问题。

第五章　　结　论

　　综上所述，本书主要梳理了成长主题的三种不同模式，并以史为言说理路，参照成长小说理论，选取华裔美国作家以英语创作并具有一定代表性的长篇小说，探讨了华裔美国作家笔下的少数族裔主人公在美国多元文化社会中如何确立自我身份、建构独立自我的成长过程，展示了作家们如何借助成长主题在小说中进行自我言说。

　　成长主题/小说在西方文学史上具有悠久的创作传统，影响巨大。在华裔美国文学里，成长主题也占据重要地位，华裔美国人的生存现实和文化境遇从根本上决定了华裔美国文学的风貌，也决定了文学中展示的华裔个体成长路径与成长维度。所以，其定义以主人公对身份的追寻和建构为主要成长向度，以跨文化的视角书写和诠释其自我意识的全方位萌发，艰难曲折地建构自我、确立自我身份的成长历程。本书按照主人公成长的不同向度以及成长过程表现出的不同性质，提炼出华裔美国小说成长主题的三种主要模式：社会化成长——沿用和改写传统成长小说的社会化成长路线而成长；族裔化成长——通过对为美国主流社会所淹没的华裔移民历史和中国家族历史的挖掘而获得的成长；个体化成长——对内心压抑记忆的回溯和禁锢自我的突围所达成的成长。

　　首先，探寻社会化成长的主人公们如何在多元的背景和个体独特的生存语境中深刻思考身份、族裔、阶级、性别、语言、同化以及生存空间等诸种人生课题，反映出他们在成长的路上常常因为中美文化的挤压与碰撞而出现矛盾与不稳定的社会化历程。他们的成长故事表达了想要突破来自家庭的族裔文化束缚与权力压迫，同时颠覆主流社会与文化所带来的"边缘化"和"他者"境遇的成长祈愿，他们期望在面临多重文化时能够以审慎的态度自主选择，使其生存与发展最终能够获得尊严与理解。

　　其次，族裔化成长的主人公们除了探寻自身生活，还探寻与自我紧密相连的历史，考量家族与民族的成长历程，从而达成对自我历史性的体察和族裔身份的认同。这种成长向度中的主人公主要依靠顿悟式的寻根与回溯，获得了对家族的命运与渊源相对清醒的认识，更挖掘出他们所受的压迫，理解了祖辈异于美国主流的行为与思维。这种族裔化成长往往带有对族裔文化精神的重拾与重释，从而建立自己的生存责任与价值，建立一种带有族裔自豪感、自我荣誉感的成长心理。

再次，个体化成长的主人公们向内心的个体压抑记忆进发，释放成长的阻隔与纠结，完成独立个体的伸张与确立。主人公无论是踯躅于重返亲情与爱情的乌托邦的路途上，还是被束缚于创伤的围城之中，都是处在压抑式成长的境遇之中。对于女性来说，这种压抑既有父权文化与男性欲望的强力胁迫，又有主流意识与文化的挤压。华裔女性成长的心理感受与身体体验，在爱与恨、希望与绝望、认同与反抗的成长两极不断滑动；强大的内心与完整的自我在成长的漫漫长夜里不断摸索与感悟。

总体来讲，主人公成长的具体形态既与大环境和时代息息相关，也与个体的出身和境遇不可分离，还与作者的知识背景、价值取向密切联系。这三种分类并不是彼此孤立的，在很多文本中常常是互相关联和重叠的，毋宁说从不同侧面和角度展示了主人公的成长与成熟。

本书对上述三种主要成长模式的分类研究，旨在辨析成长主题在华裔美国小说中呈现的大致样式和总体风貌。华裔美国小说成长主题可以说一方面继承了传统成长主题/小说的艺术经验，另一方面在主体意蕴的深度与广度以及成长表达与范式的创新上谋求突破，形成了独具社会时代特色、独具族裔文化色彩的思想深度和艺术品格，为华裔美国文学生命成长注入活力。本书通过对华裔美国文学中蕴含成长主题的小说文本所作的分析，总结出其成长主题具有以下特点：

第一，从成长内涵看，华裔美国小说的成长主题主要关注华裔青少年在多元文化的种族社会环境中成长的艰辛、困惑和代价，华裔青少年几乎每个人都面临一个追寻和建构身份的问题。

第二，从形态和范式看，成长意味着一个人从"他者"和"边缘"的地位走向主流的尝试，实现他者的主体化和边缘的中心化的过程。归于主流，受到主流认同，恐怕是每个华裔美国作家笔下的成长主人公的"美国梦"。

第三，从成长跨度看，有些成长主体的年龄跨度比较大，其中跨代成长的主人公比比皆是。但是，他们讲述和经历的故事，都是人物思想和心理从幼稚走向成熟的变化过程，通过对家史的追述、身份的彰显和确立，主人公迈出了走向成熟的关键一步。

第四，从成长空间看，由于家庭条件、族裔身份、社会及文化等诸种因素，有些主人公的成长空间具有一定的局限。具有强烈族裔色彩的家庭，构成了"美国梦"和"中国情"碰撞交织的场域，也是主人公精神与肉体的出逃和回归之处。

　　成长具有很强的文化隐喻性，作家常常以人生的启蒙象征一个族群或一个民族的启蒙。华裔美国小说成长主题叙事也通过个体成长充分体现着华裔美国少数族群在不断地成长，努力在多元文化的社会里建立自己独特的文化属性和国民性，所以成长叙事也承载着华裔族群的社会和政治责任，能够加深读者对成长小说／主题与现实社会成长个体和文化社会环境的理解。华裔美国小说成长主题叙事关注的是华人和华裔在主宿国的人文状态，对所有华裔年轻人甚至美国多元文化社会中所有青少年的成长具有普遍的借鉴意义，更包含了对整个生命存在状态和存在意义的探询与追问。这种关注生命生成过程的书写，也是华裔在复杂的本族和异族之间寻找人文关怀的一种体现。同时，作为文学艺术的一种表现主题形式，成长叙事在每个时代都与当时的政治和想象进行对话。所以，华裔美国小说成长主题能够作为一个转换机制，把传统的文学形式转换成带有族裔色彩的主题样式，质疑和改写成长小说，拓展自我言说的领域的同时，与主流进行对话，争得发言的权力，最终又跨越了地理、文化、族裔的疆界，迈向人类共同的主题。

　　本书通过对华裔美国英语小说中的成长主题进行分析研究，揭示出华裔美国作家笔下的华裔成长主人公独具一格的成长历程。这些主人公的个人成长环境、教育背景、个人经历，以及塑造他们的作者的年龄、性别、背景、价值观等的不同，促成了华裔美国小说中丰富多样的成长风景。但华裔美国小说中人物成长的这种复杂性、特殊性和曲折性在很大程度上被研究者忽略了。因此，本书的研究为探讨华裔文学提供了一种独特的视野，填补了国内外华裔美国文学研究的空缺，同时也拓展了华裔美国文学研究领域的学术空间，有助于我们更加深入地认识这类小说的美学特征。华裔美国文学是一种跨文化的文学现象，该领域是一个由越界引起的文化交叉重合地带，具有跨国别、跨地区等世界性特点，对其小说成长主题的研究能够更加深刻地显现出美国成长小说和主题具有的复杂性和多义性，拓展和扩充了离散文学的研究空间，这也正是本书的创新意义所在。

参考文献

一、英文参考文献

［1］Abel, Elizabeth, Marianne Hirsch and Elizabeth Langland, eds. *The Voyage in: Fictions of Female Development*, Hanover and London: University Press of New England, 1883.

［2］Agnew, Vijay ed. *Diaspora, Memory, and Identity: A Search for Home*, Toronto, Buffalo, London: University of Toronto Press Incorporated, 2005.

［3］Anata, Pavlenko. "In the World of the Tradition, I Was Unimagined": Negotiation of Identities in Cross-cultural Autobiographies. *The International Journal of Bilingualism*, 2001, 5（3）: 319.

［4］Anderson, Benedict. *Imagined Communities: Reflections on the Origin and Spread of Nationalism*, London and New York: Verso, 1991.

［5］Bhabha.Homi K. *The Location of Culture*, New York: Routledge, 1994.

［6］Brinich, Paul, Christopher Shelly. *The Self and Personality Structure*, McGraw-Hill Education（Asia）Co.& Peking University Medical Press, 2008.

［7］Buckley, Jerome Hamilton. *Season of Youth: The Bildungsroman from Dickens to Golding*. Cambridge, Massachusetts: Harvard University Press, 1974.

［8］Butler, Judith. *Bodies That Matter: On the Discursive Limits of "Sex"*, New York: Routledge, 1993.

［9］Butler, Judith. *Gender Trouble: Feminism and the Subversion of Identity*, New York: Routledge, 1990.

［10］Caruth, Cathy ed. *Trauma: Explorations in Memory*, Baltimore and London: The Johns Hopkins University Press, 1995.

[11] Chae, Youngsuk. *Politicizing Asian American Literature*: *Towards Critical Multiculturalism*, New York & London: Routledge, 2008.

[12] Chan, Jeffery Paul et al. ed. *Aiiieeeee! An Anthology of Asian American Writers*, Washington D. C.: Howard UP, 1974.

[13] Chan, Jeffery Paul et al. ed. *The Big Aiiieeeee! An Anthology of Chinese American and Japanese American Literature*, New York: Meridian, 1991.

[14] Chang, Joan Chiung-huei. "Transforming Chinese American Literature—A Study of History Sexuality, and Ethnicity" .General ed., Yoshinobu Hakutani. *Modern Literature*: *New Approaches*, New York: Peter Lang Publishing, Inc., 2000.

[15] Cheng, Anna Anlin. *The Melancholy of Race*: *Psychoanalysis*, *Assimilation and Hidden Grief*, Oxford: Oxford University Press, 2001.

[16] Cheung, King-kok & Stan Yogi. *Asian American Literature*: *An Annotated Bibliography*, New York: The Modern Language Association of America, 1988.

[17] Cheung, King-kok ed. *Words Matter*: *Conversations with Asian American Writers*, Honolulu: University of Hawaii Press, 2000.

[18] Cheung, King-kok. *Articulate Silences*: *Hisaye Yamamoto Maxine Hong Kingston*, *Joy Kogawa*, Ithaca: Cornell University Press, 1993.

[19] Cheung, King-kok. ed. *An Interethnic Companion to Asian American Literature*, New York: Cambridge University Press, 1997.

[20] Chin, Frank, Jeffery Paul Chan. "Racist Love" .Ed. Richard Kostelanetz. *Seeing through Shuck*, New York: Ballantine Books, 1972.

[21] Chin, Frank. "Come All Ye Asian American Writers" .Ed. Jefferey Paul Chan et al. *The Big Aiiieeeee! An Anthology of Chinese American and Japanese American Literature*, New York: Meridian, 1991.

[22] Chodorow, Nancy. J. "Family Structure and Feminine Personality" . Eds. Michele Zimbalist Rosaldo and Louise Lamphere. *Woman Culture and Society*, Stanford: Stanford University Press, 1974.

[23] Chodorow, Nancy. J. *The Reproduction of Mothering*: *Psychoanalysis and the Sociology of Gender*, Berkley: University of California Press, 1987.

[24] Chu, Patricia P. *Assimilating Asians*: *Gendered Strategies of Authorship in Asian America*. Durham and London: Duke University

Press, 2000.

[25] Coyle, William ed. *The Young Man in American Literature*: *The Initiation Theme*. New York: The Odyssey Press, 1969.

[26] Davis, Rocio G. *Begin Here*: *Reading Asian North American Autobiography of Childhood*, Honolulu: University of Hawaii Press, 2007.

[27] Eng, David L. "Out Here and Over There: Queerness/Diaspora in Asian American Studies". Kent A. Ono, ed.*A Companion to Asian American Studies*, M.A.: Blackwell Publishing Ltd., 2005.

[28] Feng, Pin-chia. *The Female Bildungsroman by Toni Morrison and Maxine Hong Kingston*: *A Postmodern Reading*, New York: Peter Lang Publishing, Inc., 1998.

[29] Foucault, Michel. *Language*, *Counter Memory*, *Practice*, *Trans*, Basil Blackwell: Cornell University, 1977.

[30] Gouge, Catherine. "The 'Glorious National Problem': Frontierism and Citizenship in Frank Chin's Donald Duk". *The Journal of American Culture*, Sep.2008.

[31] Grice, Helena. *Maxine Hong Kingston*, New York: Manchester University Press, 2006.

[32] Hall, Stuart. "Cultural Identity and Diaspora".Ed. Jonathan Rutherford. *Identity*: *Community*, *Culture*, *Difference*, London: Lawrence and Wishart, 1990.

[33] Hall, Stuart. "Ethnicity: Identity and Difference". *Radical America* , 1989.

[34] Hardin, James ed. *Reflection and Action*: *Essays on The Bildungsroman*, Columbia: University of South Carolina Press, 1991.

[35] Huang, Guiyou. *Asian American Autobiographers*: *A Bio-bibliographical Critical Sourcebook*. Greenwood Publishing Group, 2001.

[36] Ian, Wojcik-Andrews. *Margaret Drabble's Female Bildungsroman*: *Genre and Gender*. The University of Connecticut, 1990.

[37] Kim, Elaine H. " 'Such Opposite Creatures': Men and Women in Asian American Literature". *Michigan Quarterly Review* , 1990.

[38] Kim, Elaine H. *Asain American Literature*: *An Introduction to the Writings and Their Social Context*, Philadelphia: Temple UP., 1982.

〔39〕King, Nicola. *Memory, Narrative, Identity*, Edinburgh: Edinburgh University Press Ltd., 2000.

〔40〕Li, David Leiwei. *Imagining the Nation-Asian American Literature and Cultural Consent*, California: Stanford University Press, 1998.

〔41〕Lim, Shirley Geok-lin John Blair Gambler, etc. *Transnational Asian American Literature: Sites and Transits*, Philadelphia: Temple University Press, 2003.

〔42〕Lim, Shirley Geok-lin. "Immigration and Diaspora".Ed. King-kok Cheung. *An Interethnic Companion to Asian American Literature*, New York: Cambridge University Press, 1997.

〔43〕Ling, Amy. *Between World: Women Writers of Chinese Ancestry*, New York: Pergamon Press, 1990.

〔44〕Louie, Andrea. *Chineseness across Borders: Renegotiating Chinese Identities in China and the United States*, Durham: Duke University Press, 2004.

〔45〕Lowe, Lisa. *Immigrant Acts: On Asian American Cultural Politics*, Durham, N.C.: Duke University Press, 1996.

〔46〕Ma, Sheng-mei. *Immigrant Subjectivities: in Asian American and Asian American Literatures*, New York: State University of New York Press, 1998.

〔47〕Min, Pyong Gap ed. *The Second Generation: Ethnic Identity among Asian Americans*, CA: AltaMira Press, 2002.

〔48〕Moretti, Franco. *The Way of the World: The Bildungsroman in European Culture*, London: Verso, 1987.

〔49〕Ono, Kent A. *A Companion to Asian American Studies*, M.A.: Blackwell Publishing Ltd., 2005.

〔50〕Said, Edward W. *Reflection on Exile and Other Essays*, Cambridge, Massachusetts: Harvard University Press, 2000.

〔51〕Singh, Amritjir, Peter Schmid. *Postcolonial Theory and the United States: Race, Ethnicity, and Literature*, University Press of Mississippi, 2000.

〔52〕Singh, Amritjit Skerrett, Joseph T. Jr., and Robert E. Hogan, eds. *Memory, Narrative, and Identity: New Essays in Ethnic American*

Literatures，Boston：Northeastern UP，1994.

［53］Smith，Sidonie，Julia Watson ed. *Reading Autobiography：A Guide for Interpreting Life Narratives*，Minneapolis：University of Minnesota Press，2001.

［54］Sue，Stanley，Derald W. Sue. "Chinese-American Personality and Mental Health". *Amerasia Journal* Ⅰ，1971.

［55］Susanne，Howe. *Wilhelm Meister and His English Kinsmen：Apprentices to Life*，New York：AMS Press，1966.

［56］Swales，Martin. *The German Bildungsroman from Wieland to Hesse*，New Jersey：Princeton University Press，1978.

［57］Trudeau，Lawrence. ed. *Asian American Literature：Reviews and Criticism of Works by American Writers of Asian Descent*，Gale research International Ltd.，1999.

［58］Wong，Sau-ling C. & Jeffrey J. Santa Ana. "Gender and Sexuality in Asian American Literature"，*Signs*，1999，Vol. 25，No. 1.

［59］Wong，Sau-ling C. "Ethnicizing Gender：An Exploration of Sexuality as Sign in Chinese Immigrant Literature". Shirley Lim and Amy Ling，ed. *Reading the Literature of Asian America*，Philadelphia：Temple University Press，1992.

［60］Wong，Sau-ling Cynthia. "Chinese American Literature". *An Interethnic Companion to Asian American Literature*，New York：Cambridge University Press，1997.

［61］Yin，Xiao-huang. *Chinese American Literature since the 1850s*，Urbana and Chicago：University of Illinois Press，2000.

二、中文参考文献

［1］［苏］巴赫金著，白春仁、晓河译：《小说理论》，石家庄：河北教育出版社 1998 年版。

［2］程爱民主编：《美国华裔文学研究》，北京：北京大学出版社 2003 年版。

［3］单德兴：《铭刻与再现——华裔美国文学与文化论集》，台北：麦田出版社 2000 年版。

［4］单德兴：《"开疆"与"辟土"——美国华裔文学与文化：作家访

谈录与研究论文集》，天津：南开大学出版社 2006 年版。

　　[5] 单德兴、何文敬主编：《文化属性与华裔美国文学》，台北："中央研究院"欧美研究所 1994 年版。

　　[6] 冯至：《冯至学术论著自选集》，北京：北京师范学院出版社 1992 年版。

　　[7] [英] 弗吉尼亚·伍尔夫著，贾辉丰译：《一间自己的房间》，北京：人民文学出版社 2003 年版。

　　[8] 何文敬、单德兴主编：《文化属性与华裔美国文学》，台北："中央研究院"欧美研究所 1994 年版。

　　[9] 何文敬、单德兴主编：《再现政治与华裔美国文学》，台北："中央研究院"欧美研究所 1996 年版。

　　[10] [美] 黄秀玲著，詹乔等译：《从必须到奢侈：解读亚裔美国文学》，北京：中国社会科学出版社 2006 年版。

　　[11] [美] 杰夫·特威切尔 - 沃斯：《荣誉与责任》，南京：译林出版社 2004 年版。

　　[12] [美] 黄玉雪著，张龙海译：《华女阿五》，南京：译林出版社 2004 年版。

　　[13] [美] 凌津奇著，吴燕译：《叙述民族主义：亚裔美国文学中的意识形态与形式》，北京：中国社会科学出版社 2005 年版。

　　[14] [匈] 卢卡奇著，张亮、吴勇立译：《卢卡奇早期文选》，南京：南京大学出版社 2004 年版。

　　[15] [美] 南希·乔多罗著，张君玫译：《母职的再生产：心理分析与性别社会学》，台北：群学出版有限公司 2003 年版。

　　[16] [加] 诺思洛普·弗莱著，陈慧等译：《批评的剖析》，天津：百花文艺出版社 1998 年版。

　　[17] 蒲若茜：《族裔经验与文化想象：华裔美国小说典型母题研究》，北京：中国社会科学出版社 2006 年版。

　　[18] 饶芃子：《世界华文文学的新视野》，北京：中国社会科学出版社 2005 年版。

　　[19] 芮渝萍：《美国成长小说研究》，北京：中国社会科学出版社 2004 年版。

　　[20] [美] 谭恩美著，张坤译：《接骨师之女》，上海：上海译文出版社 2006 年版。

　　[21] [美] 汤亭亭著，肖锁章译：《中国佬》，南京：译林出版

社 2002 年版。

　　［22］［美］汤亭亭著，卢劲衫译：《我的缪斯》，上海：上海远东出版社 2007 年版。

　　［23］［美］汤亭亭著，李剑波、陆承毅译：《女勇士》，桂林：漓江出版社 1998 年版。

　　［24］吴冰、王立礼主编：《华裔美国作家研究》，天津：南开大学出版社 2009 年版。

　　［25］［法］西蒙娜·德·波伏娃著，陶铁柱译：《第二性》，北京：中国书籍出版社 1998 年版。

　　［26］［美］徐宗雄著，何文敬译：《天堂树》，台北：麦田出版社 2001 年版。

　　［27］［美］伊雯·殷伯－布雷克著，侯为之译：《秘密，说还是不说》，台北：张老师文化有限公司 2001 年版。

　　［28］［美］尹晓煌著，徐硕果译：《美国华裔文学史》，天津：南开大学出版社 2006 年版。

　　［29］［美］朱迪丝·维尔斯特著，张家卉等译：《必要的丧失》，北京：北京大学出版社 1988 年版。

后 记

　　成长是每个人的生命课题。成长主题作为我考察华裔美国文学的一个理论契点，是源于我对文学的热爱，也是我期待透过文学对个体生命的成长作些反思。本书只是一个未完的旅程，它持开放的视角，试图拓宽和重写成长小说的边界，将更多华裔美国文学作品纳入观照视域，探索文类如何转变和拓展，使其获得更多的活力与自由，同时洞悉美国少数族裔文学的意义与价值。

　　写作本书的过程给予了我对自身成长历程进行回顾与反思的机会。回望自己的成长历程，因为一路只顾在狭小的天地里埋头看书、考学、工作，才明白自己错失了成长中很多风景，也遗失了诸多宝贵的成长经验。当我体会到那些游走在文化边缘之外、文化碰撞之中的华裔成长主人公们的成长与挣扎、历练与冒险、坚韧与不懈，才逐渐明白成长之途的险恶与艰难，理解了人生的歧途与困境，正是这些造就了人的强大和隐忍，也导致了年轻人反叛与出逃的无奈。

　　在我的人生中，我非常有幸能够成为暨南大学饶芃子教授的学生，跟随师兄师姐的脚步，在老师膝下读书，践行自己的学术成长之路。老师兼收并蓄、严谨厚学的学风，流畅唯美兼具学理性的文笔，真诚善良、热情高贵的人品时刻让我感到学术之路不仅是学业的收获，更是人生德行的教育与启蒙，这让我以能成为老师的学生为荣，更督促我严格要求自己，在为人、为学、为师上以饶老师为榜样，努力向她学习。老师上课总是经过精心准备，课上激情洋溢，让我收获良多。老师开设的博士课程，如"文艺学专题研究"和"比较诗学"课程扩大了我的研究视野，又将方法论与具体批评实践结合起来，为我今后的学术研究与写作打下基础。本书可以说是在老师一路鼓励和支持下完成的，她的循循善诱让愚钝的我得以慢慢在学术的旷野中找到方向；她对我研究的成长主题给以充分的肯定，让我一路慢慢建立自信，走到了今天。可以说，没有饶老师的鼓励与教导，这本书就不足以成形。

　　除此之外，我还要感谢曾经给予我教诲和鼓励的其他老师。在暨南大学攻读博士的阶段，我有幸能够聆听到中文系文艺学专业蒋述卓教授、王列耀教授、黄汉平教授等博士生导师的博士课程，这给了我理论的提升和拓展，提高了我思维的敏锐度。暨南大学"忠信笃敬"的传统造就了严谨务实的学风，督促我努力利用青春的宝贵时间，完善自我，超越自我。饶老师门下的师兄、师姐、师妹在学术研究上也给予我大量的帮助，如陈玉珊、詹乔、张仁香和许燕转等。特别是师姐蒲若茜教授，可以说从我踏入华裔美国文学研究阶段起就一直给予我无私的帮助，给我提供大量华裔美国文学的一手资料，并为我的研究和写作出谋划策。我还要感谢我的同学周静博士、徐璐博士、石了英博士、马军红博士、曹志建博士、李勋，我的同事冯薇，还有我在美国雪城大学的学生汤旋等，他们都为我的学术研究与写作提供了宝贵意见和诸多便利。

我还要特别感谢中山大学外国语学院的区铖教授、王宾教授、高文平副教授和莫穗林教授，没有他们的点拨与教诲，我无论如何也走不到今天。

我还要感谢的是华南农业大学外国语学院的领导，他们一直给予我科研与教学的诸多支持，使我能够安身立命于宁静淡泊、充满书香的大学校园，专心读书写作、教书育人。

我要深深感谢的还有我的家人。我的父母抚养教育我成人，在我追求学术研究的路上又一直给予我精神与生活的支持。同时，我的丈夫李中万在我工作、学业以及科研上，给予我充分的理解和精神、物质上等多方面的支持与自由。他们的理解、宽容和体贴陪我一路前行，让我倍感家庭的温馨和爱，让家成为我一生的归宿，也是我一生努力呵护的港湾。

本书是 2010 年度教育部人文社会研究科学青年基金项目"华裔美国小说成长主题研究"（批准号：10YJC752014）的最终成果，并得到了 2012 年度华南农业大学教改重点项目"从英美文学到比较视野下的外国文学——英语专业英美文学课程的教学改革与实践"（批准号：JG12025）的资助，系本人参加"2013 年国家留学基金委青年骨干教师进修计划项目"的成果。我受国家留学基金委资助，得到英语学院终身教授、亚裔美国研究中心主任凌津奇教授（Prof. Jinqi Ling）的邀请与帮助，于 2013 年 10 月—2015 年 1 月赴美国加州大学洛杉矶分校 UCLA 访学。我利用在美国访学期间，将《华裔美国小说成长主题研究》一书修订完成，付梓出版。

同时，本书的出版得到了暨南大学出版社的大力支持，感谢出版社的编辑们，特别是师姐苏彩桃老师的真诚帮助与辛劳付出。

本书只是我学术成长的第一步阶梯，我将以此为起点，逐步开辟和建立自己的学术基点，开出与心灵相通的学术之花。此刻，我的内心依然忐忑，负载的责任和未来的征程仍然召唤我快步前行，不容迟疑。我的成长主题仍然在继续。

谨以此书献给饶芃子教授，遥祝恩师身体健康！

2014 年 12 月于洛杉矶